L'OMBRE DU MAL

LES ENQUÊTES DE DÉTECTIVE KAY HUNTER

RACHEL AMPHLETT

Alexandru Popa enfonça ses poings dans le bas de son dos et contempla la fine brume qui s'élevait au-dessus des plants de houblon.

Il était un peu plus de sept heures du matin, et il prit un instant pour savourer l'un des plus beaux levers de soleil qu'il ait vus depuis son retour dans le Kent en juillet. Le paysage vallonné du Weald était inondé de différentes teintes de vert après un été d'averses et de soleil, et le houblon était florissant.

Des treillis tissés à la main bordaient la houblonnière à flanc de colline en rangées soignées qui s'étendaient sur plusieurs centaines de mètres, interrompues par endroits par des couloirs naturels pour laisser passer le tracteur et sa remorque qui viendraient ramasser la récolte une fois qu'Alexandru et les autres cueilleurs auraient coupé les tiges. Celles-ci s'enroulaient le long de fils métalliques qui avaient été tendus en février et mars, prêts à accueillir les premières pousses timides qui s'y agripperaient dès le mois d'avril, puis les mois d'été avaient été consacrés à les faire grandir jusqu'à devenir les lianes de huit mètres de haut qui le dominaient.

Elles offraient un peu d'ombre sur le sol argileux et gréseux desséché, qui avait été cuit et craquelé par la canicule de la fin de l'été, et il marqua une pause pour prendre une profonde inspiration.

Il y avait là un arôme qui défiait toute description et qui exaltait Alexandru. Il dépendait de la variété de houblon devant laquelle il passait, mais il pouvait varier d'une odeur terreuse et saine à des notes d'agrumes en l'espace de quelques treillis. Il passa sa main calleuse sur les cônes de houblon mûrs les plus proches avec un toucher léger et expert, fruit d'années de voyages depuis la Roumanie à chaque saison pour apporter son savoir-faire et sa main-d'œuvre au personnel à plein temps.

L'exploitation appartenait à une entreprise bien établie qui fournissait du houblon à plusieurs brasseries artisanales indépendantes du comté, ainsi qu'à une ou deux autres de l'autre côté de la limite régionale, dans le Sussex. D'ici la fin de la récolte de septembre, Alexandru et ses collègues travailleraient dix à douze heures par jour pour cueillir plusieurs milliers de plants, chacun destiné à intégrer l'industrie florissante de la bière artisanale locale.

Il avait même entendu des rumeurs selon lesquelles des brasseries de plus loin passaient des commandes pour l'année suivante, en fonction de l'accueil réservé à deux nouvelles variétés lors du festival du houblon vert du mois prochain.

— Tiens.

Il se tourna au son d'une voix et vit Daniel Ionescu

s'approcher de lui, une bouteille isotherme à la main. Il haussa un sourcil.

— C'est du café ?

— Justin est arrivé avec le tracteur il y a cinq minutes et il a apporté du ravitaillement frais.

— Je savais bien que je l'appréciais pour une bonne raison.

Daniel sourit et lui tendit l'une des deux tasses en fer-blanc, puis il laissa tomber son sac à dos au sol avant de dévisser la bouteille isotherme et de verser une généreuse portion.

— Comment va ton dos ?

Alexandru agita sa main libre en guise de réponse.

— C'est l'âge, dit Daniel.

— Va te faire voir.

Il souffla sur la surface du liquide chaud et ferma les yeux, savourant les grains d'arabica avant de prendre une petite gorgée.

— On continue à cueillir ceux-là aujourd'hui ?

Le plus jeune leva les yeux vers le sommet des plants, observant les fils métalliques qui s'entrecroisaient au sommet de chacun.

— Il dit qu'ils sont prêts.

— Je pense qu'il a raison.

— Tu es d'accord avec lui ?

— Il n'est pas aussi patient que son père, mais oui, il sait ce qu'il fait, dit Alexandru, avant de marquer une pause pour prendre une autre gorgée.

Il désigna les plants de l'autre côté du chemin de terre battue.

— Et il n'a pas peur d'essayer de nouvelles variétés. Celles-là ont très bien poussé cette année.

Daniel plissa le nez.

— Il a trouvé un acheteur ?

— Une nouvelle brasserie artisanale à Maidstone en veut la moitié.

Alexandru termina son café et jeta le reste sur le chemin, à l'écart des plants pour ne pas déranger l'équilibre délicat des précieux nutriments du sol.

— Ils ont même déjà passé commande pour l'année prochaine.

Les yeux de l'autre homme s'écarquillèrent.

— Ils peuvent faire ça ?

— Ils ne voulaient pas attendre le festival du houblon de peur de passer à côté, mais à mon avis, il n'aura aucun mal à vendre le reste une fois que le mot aura circulé.

— Tant mieux.

Daniel lui prit la tasse et la jeta dans son sac à dos avec la bouteille isotherme.

— Ça veut dire qu'on aura du travail l'année prochaine, alors.

— On dirait bien.

Alexandru s'interrompit au son du tracteur à quelques centaines de mètres sur sa droite, de l'autre côté des plants de houblon, et il fit un signe du pouce vers les treillis à côté d'eux.

— On ferait mieux de se remettre au travail.

Les deux hommes marchèrent jusqu'au bout de la rangée où grondaient deux tracteurs rouges, l'un avec une plate-forme de cueillette à l'arrière, l'autre tractant une remorque.

— Prêts ? lança l'homme avec la plate-forme de cueillette. Je pensais qu'on pourrait commencer par cette rangée avant que le soleil ne soit trop haut. Les plants restants nous donneront un peu d'ombre pendant qu'on travaille.

— Prêt, Howard.

Alexandru soupesa la faux à l'allure redoutable dans sa main calleuse et jeta un coup d'œil d'abord au houblon le plus proche, puis à Daniel.

— Tu veux remonter ?

— Vas-y. On échangera d'ici une heure.

Après avoir tiré un bob en coton souple de la poche arrière de son jean pour l'ajuster sur sa tête, Alexandru souleva la barrière de sécurité et grimpa dans la cueilleuse en acier. Il planta ses pieds sur le plancher grillagé et attendit que Howard commande la montée. D'un seul mouvement fluide, il se retrouva dans les airs, en mesure de tendre le bras et de couper le sommet de la liane d'un seul coup de faux.

En bas, Daniel fit de même, laissant quelques centimètres de la liane dépasser du sol, et il transporta la plante coupée jusqu'à la remorque tirée par le second tracteur avant de revenir.

Les deux hommes répétèrent l'opération le long de la rangée de houblon avant que Howard n'abaisse la cueilleuse et qu'Alexandru n'en descende, pendant que le tracteur se positionnait pour repartir le long de la rangée suivante.

La remorque n'était remplie qu'au quart et le moteur du second tracteur tournait au ralenti pendant que le conducteur attendait qu'ils recommencent le processus de récolte.

Alors que la cueilleuse l'élevait dans les airs, Alexandru prit un moment pour admirer le paysage. Il ne s'en lasserait jamais, il en était certain. De là, il pouvait voir le long des lianes et par-delà, en direction du chemin de terre principal qui menait du champ à la cour de la ferme. Un vieux mur de pierre s'étendait sur toute la largeur de la houblonnière, disparaissant dans un bosquet de hêtres, de chênes et de frênes qui était en cours de régénération grâce à une partie des bénéfices de l'exploitation. Le portail entre le champ et la cour avait été laissé ouvert pour faciliter l'accès des deux tracteurs et des ouvriers et, garés plus loin, se trouvaient un 4x4 vert foncé et un pick-up bleu utilisés par le propriétaire et sa femme.

La ferme était de style victorien tardif, un bâtiment remarquable dont les murs de briques rouges et le toit de tuiles en terre cuite reflétaient le soleil du petit matin. Il y eut du mouvement à une porte sur le côté du bâtiment, puis Justin Mallory, le propriétaire, traversa la cour d'un pas décidé en direction d'un bloc d'écuries reconverti de l'autre côté, qui servait de bureau à la ferme et de salle de repos rudimentaire pour le personnel. Il avait une main portée à la tête et Alexandru réalisa que l'homme était au téléphone, la journée de travail était déjà bien entamée pour l'entreprise affairée.

Dans une heure environ, le premier groupe de touristes serait déposé au portail principal par un minibus, pressé de se promener parmi les lianes et de participer ensuite à une dégustation de bière divertissante, même si c'était avant l'heure du déjeuner.

— On se réveille, Alex.

Il sursauta, puis baissa les yeux vers Daniel qui attendait au pied de la liane, sa faux abaissée.

— Désolé.

Reportant son attention sur son travail, ils avancèrent méthodiquement le long de la rangée. Le sifflement de la faux et le bruissement du houblon frais en train de tomber dans la remorque en contrebas s'infiltraient jusqu'à l'endroit où il se tenait et imposaient un rythme de travail empreint d'une urgence sous-jacente.

Si on laissait le houblon mûrir trop longtemps, l'équilibre délicat qui garantissait que les saveurs soient celles attendues par les brasseurs serait rompu et, avec lui, la réputation de la houblonnière.

Alexandru grimaça lorsqu'un pincement familier lui frappa le bas du dos au moment où il lâchait la liane suivante, et il se redressa un instant, laissant son regard errer sur les rangées restantes qui s'étendaient sur une centaine de mètres ou plus.

Puis il fronça les sourcils.

Il y avait quelque chose de coincé entre les lianes dans une rangée à une vingtaine de mètres de là, quelque chose de bleu pâle qui flottait dans la douce brise. Quelque chose qui…

— Fais-moi descendre ! hurla-t-il. Vite !

Howard n'hésita pas. Le bras de la cueilleuse s'abaissa tandis qu'Alexandru s'agrippait à la rambarde de sécurité, la mâchoire serrée.

Dès que le bras fut en position de sécurité, il souleva la rambarde, détacha sa ligne de vie et courut jusqu'au bout de la rangée, Daniel et Howard sur ses talons.

— Qu'est-ce qui se passe ? cria Daniel. Qu'est-ce que c'est ?

Il ne répondit pas, déjà à bout de souffle et regrettant la quantité de bière artisanale qu'il avait appréciée chaque soir avec ses compatriotes au pub local. Il fut un temps, dans sa jeunesse, où il pouvait courir un semi-marathon, mais cette époque était révolue depuis longtemps. Des perles de sueur apparurent sur son front et il haletait lorsqu'il atteignit le chemin et ralentit pour marcher, scrutant entre les rangées de lianes tout en essayant de localiser ce qu'il avait vu.

Howard le rattrapa le premier, son accent anglais teinté d'un ton traînant du Somerset qui trahissait son expérience dans les cidreries du West Country.

— Qu'est-ce que tu as vu ?

— Je ne suis pas sûr. Je pense que…

Alexandru s'interrompit en atteignant la rangée suivante et il sentit ses entrailles se tordre.

— Restez ici.

— Alex ?

Daniel essaya de se faufiler devant lui, mais il le repoussa.

— J'ai dit, restez ici.

Il pouvait maintenant entendre la peur dans sa propre voix, et les yeux de l'autre homme s'écarquillèrent, voyant dans son expression quelque chose qui ne souffrait aucune discussion.

— Laissez-moi vérifier d'abord. Je me trompe peut-être.

Il se détourna avant que Daniel et Howard ne puissent

protester davantage et il longea le rang. Celui-ci présentait une courbe naturelle due à la topographie de la houblonnière. Sur une pente douce qui captait les rayons du soleil tout au long de la journée et qui se drainait bien après de fortes pluies, le centre du rang de lianes était pour l'instant masqué à la vue, révélant son secret à mesure qu'il se rapprochait.

Les pas d'Alexandru étaient maintenant plus lents et plus hésitants tandis qu'il levait les yeux et parcourait du regard les fils du treillis qui s'entrecroisaient, essayant d'évaluer à quelle distance il se trouvait de… ce truc.

Puis une rafale de vent agita les lianes et les feuilles s'écartèrent pour révéler un lambeau du même bleu pâle que celui qu'il avait vu depuis la plateforme de la récolteuse de maïs.

Sauf que ce n'était pas un lambeau.

C'était la chemise d'un homme, il le voyait maintenant. Elle avait été déchirée dans le sens de la longueur, du col à l'ourlet, et il y avait ce qui ressemblait à…

Du sang.

Il avait imbibé l'ourlet de la chemise, coulé le long du pantalon cargo gris foncé et sur des chaussures de travail sales et très usées, avant de former une flaque sur le sol parmi…

Alexandru porta la main au crucifix d'argent qu'il portait à son cou, la bile lui montant à la gorge tandis qu'il contemplait l'homme ensanglanté, attaché par les poignets et les chevilles aux fils du treillis, le visage tordu dans un rictus d'agonie.

Il y avait tant de sang, tant d'horreur dans les yeux de l'homme, et ses…

— Mon Dieu, parvint à articuler Alexandru, avant de tourner les talons et de repartir en trébuchant vers Daniel et Howard.

CHAPITRE 2

L'inspectrice principale Kay Hunter sortit de la voiture de service d'un gris terne et s'accouda à la portière. Une légère brise chatouillait les fins cheveux blonds sur sa nuque.

Il faisait déjà chaud et les prévisions annonçaient une chaleur écrasante qui s'abattrait sur la campagne du Kent pour les prochaines vingt-quatre heures, sans aucune promesse de pluie avant au moins une semaine. Elle remonta les manches de son chemisier et elle observa la rangée de voitures de la police du Kent aux couleurs officielles, une camionnette blanche banalisée appartenant à la police scientifique et une berline argentée à quatre portes qui appartenait au médecin légiste du quartier général. Kay souffla sur sa frange pour la dégager de ses yeux et regretta de ne pas avoir pensé à emporter une bouteille d'eau.

Seulement, elle n'en avait pas eu le temps.

L'appel avait été transféré par le central une heure plus tôt, la première patrouille était arrivée sur les lieux dans les vingt minutes qui avaient suivi, et elle et son inspecteur, Ian Barnes, s'étaient vu confier l'enquête un quart d'heure plus tard. Malgré leur charge de travail actuelle, leurs supérieurs à Gravesend avaient jeté un coup d'œil à leur position – une décharge de ferraille à la périphérie de Tunbridge Wells qui faisait l'objet d'une enquête depuis un mois – et ils avaient choisi d'envoyer l'officier supérieur disponible le plus proche.

— Quelle chance, maugréa-t-elle.

En refermant la portière, elle jeta un coup d'œil par-dessus le toit tandis que Barnes sortait du siège passager en desserrant sa cravate.

— Qu'est-ce que Gavin a dit ?

Barnes glissa son téléphone portable dans la poche de sa chemise et protégea ses yeux avec sa main en regardant trois experts de la police scientifique en combinaisons de protection blanches qui faisaient la navette entre leur camionnette et un bâtiment au fond de la cour de la ferme.

— D'après lui, il n'y a jamais eu le moindre problème ici. L'incident répertorié le plus proche est un accident dû à l'alcool au volant à environ un kilomètre et demi d'ici, sur la route en direction de Headcorn, en février.

— Je m'en souviens. Trois jeunes de dix-neuf ans, c'est ça ?

Kay frissonna.

— Je crois que l'un des agents de la circulation qui est intervenu est toujours en arrêt maladie.

— Ouais. C'était moche.

Barnes baissa la main et regarda par-dessus le toit de la voiture.

— Prête ?

— Aussi prête que possible. On dirait que Nadine maîtrise bien le périmètre.

Kay ouvrit la marche jusqu'à l'autre bout de la cour, où une jeune policière en uniforme, aux cheveux bruns attachés en une queue-de-cheval soignée, se tenait à côté d'une barrière métallique à cinq lisses. La barrière était restée ouverte, une chaîne rouillée enroulée autour de la lisse supérieure et son autre extrémité passée sur un poteau en bois fiché dans le mur en pierres sèches juste à côté.

Nadine avait tendu un ruban de scène de crime bleu et blanc entre le poteau et un silex saillant dans le mur d'en face, et elle se tenait là, un bloc-notes dans une main et un stylo-bille noir dans l'autre. Elle se redressa en voyant les deux enquêteurs.

— Bonjour, chef, dit-elle à Kay, saluant Barnes d'un signe de tête en lui tendant le bloc-notes. Kyle a dit que vous étiez en route.

Kay griffonna sa signature et l'heure sur la feuille d'émargement avant de la passer à son collègue.

— Est-ce qu'il aide Gavin à mettre en place la salle des opérations ?

— Oui, et Laura et Debbie ont aussi été affectées à cette affaire, dit Nadine. Elles sont prêtes à commencer à traiter les informations dès que nous aurons quelque chose ici.

— C'est du très bon travail. Tu étais la première sur les lieux ?

— Moi et Tim Wallace. Il est dans les champs de houblon en ce moment, il aide à la coordination avec l'équipe scientifique de Harriet. Ils sont arrivés il y a environ dix minutes, alors ils s'assurent que nous n'avons rien dérangé.

— C'est le cas ? demanda Barnes.

— Non, chef. Dès que les ouvriers nous ont montré la scène de crime, nous les avons tous déplacés dans la salle de repos, dans la grange là-bas. Harry Davis et Sean Gastrell sont arrivés il y a vingt minutes et ils ont commencé à recueillir les dépositions, en commençant par l'homme qui a trouvé le corps.

— Une pièce d'identité sur la victime ?

— Aucune, chef. Nous devons attendre que l'équipe de Harriet nous rende la scène de crime et ensuite nous organiserons une fouille minutieuse avec eux pour voir si nous pouvons localiser son portefeuille, son téléphone ou autre chose.

Alors que Kay écoutait, la conscience que tout ce qu'elle et son équipe feraient serait scruté par ses supérieurs était tempérée par le calme méthodique avec lequel l'une de ses plus jeunes agentes s'acquittait de ses fonctions.

Elle sourit.

— On dirait que tu gères très bien la situation. Est-ce qu'on doit enfiler nos combinaisons ici ?

— Non, chef.

Nadine se retourna et désigna du doigt, au-delà de la barrière, les rangées de houblon qui bordaient les treillages à perte de vue.

— Si vous suivez la rangée sur environ deux cents mètres, vous arriverez à un chemin plus large entre les houblons que les cultivateurs utilisent pour accéder au champ situé derrière celui-ci. Lucas est là-bas, et je crois que c'est là que l'équipe de Harriet s'est installée aussi.

— Parfait, merci.

Kay se mit à marcher d'un pas rapide le long des houblons, leur parfum puissant presque entêtant. Elle ne s'était jamais approchée d'une culture à maturité, et en regardant entre les rangées de treillages, elle frissonna à la façon dont ils la dominaient, bloquant toute lumière entre eux.

Il y avait une immobilité dans l'air, l'anticipation que quoi qu'il se soit passé ici, cela se propagerait en ondes de choc parmi ceux qui travaillaient là, ainsi que leurs familles, leurs amis, les habitants du coin – tous seraient touchés par la mort de la victime et l'enquête qui s'ensuivrait.

Sur la gauche du chemin, une bande d'herbes hautes le séparait des treillages. Elle y aperçut à mi-chemin deux boîtes en carton ouvertes, ainsi qu'une poubelle pour risques biologiques dont s'occupait un membre de l'équipe de Harriet ; l'homme faisait les cent pas à côté, le téléphone collé à l'oreille.

Les allées entre les quatre treillages de part et d'autre de lui étaient bouclées par une deuxième bande de ruban de scène de crime, et un sergent en uniforme, un géant aux cheveux blond vénitien, se tenait à côté, le visage stoïque.

— Bonjour, Tim, dit Kay. J'ai entendu dire que c'est un peu le bazar, par là.

— C'est le cas, chef, répondit le sergent Wallace. C'est pour ça que j'ai pensé qu'il valait mieux dire à Nadine de s'occuper du premier cordon pendant que je venais ici en arrivant.

— Merci.

Kay lui adressa un sourire reconnaissant, puis se tourna vers le technicien de la police scientifique qui terminait son appel.

— Bonjour, Gareth.

— Bonjour, détective Hunter.

— On pourrait avoir deux de ces combinaisons ?

— Pas de problème.

Le technicien se pencha un instant, puis sortit de la première boîte deux combinaisons de protection sous plastique et, de l'autre, des gants et des surchaussures assortis. Pendant que Kay et Barnes les enfilaient par-dessus leurs vêtements, Gareth désigna la rangée à la gauche de Tim.

— Nous avons établi un chemin balisé par là. Heureusement, il est assez large car ils doivent y faire passer une remorque pendant la récolte, donc vous ne risquez pas de toucher quoi que ce soit en avançant. Lucas est déjà sur place.

— Ok, merci.

Elle attendit que Tim soulève le ruban de scène de crime pour que Barnes et elle puissent passer dessous, puis elle se cala sur le pas de son collègue.

— Une fois qu'on aura vu à quoi on a affaire, j'aimerais interroger l'homme qui l'a trouvé.

— Alexandru Popa, dit Barnes de mémoire. C'est l'un des travailleurs roumains saisonniers qui viennent ici pour la récolte.

— Son visa est en règle ?

— Oui, tout est légal. Ils sont quatre dans cette exploitation, et d'autres ressortissants roumains sont répartis dans d'autres houblonnières et vergers de la région, avec quelques Polonais et Hongrois. C'est la cinquième année qu'Alexandru travaille ici.

— Merci, murmura Kay, puis elle ralentit le pas en apercevant une silhouette dégingandée familière qui les attendait au milieu de la rangée.

Simon Winter avait rejoint l'équipe du médecin légiste Lucas Anderson quelques années auparavant et c'était un membre clé de ce groupe d'experts très soudé. Elle avait travaillé avec lui à plusieurs reprises et son approche calme et méthodique de son travail était de nature à apaiser les visiteurs les plus nerveux de la morgue de Dartford.

Il salua les deux inspecteurs d'un signe de tête, puis s'écarta tandis qu'un homme costaud le rejoignait. Ce dernier, plus âgé, donna une petite tape à Simon avant de lui tendre une tablette.

— Merci d'être arrivé si vite, Lucas, dit Kay, puis elle regarda Simon passer à côté d'elle et de Barnes, une expression inquiète sur le visage alors qu'il fixait l'écran de la tablette.

— Pas de problème. Un des techniciens de la police scientifique a dit que vous descendiez de la ferme, alors je me suis dit que j'allais vous retrouver ici.

Lucas Anderson gratta sa cagoule en plastique avec un doigt ganté.

— Je vous préviens, ce n'est pas beau à voir.

— Comment ça, pas beau à voir ?

Le médecin légiste la dévisagea par-dessus son masque, ses yeux marron funestes.

— Eh bien, je peux confirmer qu'il n'est pas mort de

causes naturelles. Et je pense qu'on peut aussi écarter la thèse de l'accident.

— Pourquoi ça ?

En guise de réponse, il leur fit signe de le suivre.

— Il vaut sans doute mieux que je vous montre plutôt que d'essayer de l'expliquer.

Sur ce, Lucas les guida le long de la légère courbe du treillage de houblon avant de s'écarter et de pointer vers le haut.

Kay suivit son doigt du regard, puis elle haleta et recula d'un pas, sentant la bile lui monter au fond de la gorge malgré ses années d'expérience, alors qu'elle fixait le corps de l'homme suspendu par les fils du treillage, les pieds ballant au-dessus du sol.

Du sang séché maculait la terre sous lui et elle pouvait voir où il avait taché le pantalon de l'homme. Ce qui restait de sa chemise exposait une plaie ouverte et profonde qui partait juste en dessous du sternum de la victime et se frayait un chemin le long de son estomac et de son abdomen ; les intestins de l'homme serpentaient sur le sol où des mouches bourdonnaient et grouillaient.

— Mon Dieu, dit Barnes en pâlissant. Je suppose qu'on peut aussi écarter le suicide.

Kay déglutit, puis balaya du regard les liens qui maintenaient la victime en place.

— Comment diable a-t-il pu se retrouver là-haut ? C'est à quoi, deux, trois mètres du sol ?

— Et il a un poids respectable pour son âge, en plus, ajouta Lucas. Harriet aura ses propres théories le moment venu à partir de ses conclusions, mais je dirais qu'il a fallu au moins deux personnes pour le hisser là-haut.

— On lui a fait ça avant ou après sa mort ?

— Avant, répondit le médecin légiste sans hésiter. Il y a trop de sang ici pour qu'il ait été déplacé, et il n'y a aucune trace de sang le long du chemin qui mène à ce treillage.

Kay vérifia par-dessus son épaule avant de reculer d'un pas, puis elle tendit le cou pour voir le long des rangées ombragées de lianes. Elle pouvait distinguer trois silhouettes voûtées dans des combinaisons de protection blanches identiques à l'extrémité.

— C'est quoi ces traces qui vont dans cette direction ?

— Harriet et son équipe sont déjà sur place pour s'occuper des prélèvements et de quelques empreintes de pas qu'ils ont trouvées, expliqua Lucas. Sa théorie de départ, c'est que celui ou celle qui a fait ça a utilisé la nacelle élévatrice qu'on utilise ici pour couper le sommet des plants de houblon du treillage, afin de le hisser là-haut.

— Ça n'a pas dû être une mince affaire.

Kay balaya les environs du regard, observant la terre cuite par le soleil et les racines de houblon noueuses.

— Vous avez trouvé des indices concernant l'arme du crime ?

Lucas soupira.

— D'après le propriétaire, six personnes sur le site sont actuellement en possession d'une serpe à houblon. Tu as l'embarras du choix.

— Dis-moi que Harriet les a toutes saisies pour analyse, je t'en prie.

— Elle l'a fait, dès que je lui ai dit que cette blessure avait été causée par un couteau ou un objet similaire.

— Ok, merci.

Kay jeta un dernier regard à la victime, gravant son visage dans sa mémoire malgré les cauchemars qu'elle devrait endurer. Elle enfonça ses ongles dans les paumes de ses mains.

— Quand est-ce que tu penses pouvoir faire l'autopsie ? demanda Barnes, qui avait retrouvé un peu de couleurs.

— Demain matin. Tu seras là ?

— Oui.

— Moi aussi, ajouta Kay en jetant un dernier regard autour d'elle. Quiconque a fait ça a bien préparé son coup, et ça m'inquiète. Beaucoup.

CHAPITRE 3

Kay trouva Alexandru Popa dans un salon confortable à côté de la cuisine de la ferme principale. L'homme aux traits burinés avait l'air troublé, assis sur un canapé affaissé, le regard fixé sur une tasse de café vide qu'il tenait entre ses mains.

Le salon avait un plafond bas en plâtre strié de poutres apparentes en chêne et une grande cheminée en pierre au fond de la pièce qui abritait actuellement un vase rempli de lys orientaux roses fraîchement coupés, autour duquel une poignée de cônes de houblon séchés avaient été éparpillés. Une télévision murale fixait la pièce d'un œil vide depuis son emplacement au-dessus du manteau de la cheminée ; une diode de veille rouge dans son coin inférieur était le seul signe de vie. Un piano droit en palissandre usé occupait l'espace entre deux étagères sur le mur de droite, et le mur de gauche donnait sur deux larges fenêtres à guillotine qui surplombaient un vaste jardin. Une longue table basse se trouvait devant le canapé, le séparant de deux fauteuils aux coussins et aux cadres usés, qui semblaient avoir été griffés par un chat, actuellement absent de la pièce. Sur la table se trouvaient une sélection de magazines agricoles, un exemplaire d'une brochure touristique pour la houblonnière et une télécommande dont le cache des piles était retiré, avec deux piles jetées à côté.

La lumière du soleil mouchetait le tapis sous les pieds d'Alexandru, et tandis que Kay s'asseyait dans l'un des fauteuils en face de lui et attendait que Barnes sorte un carnet et un stylo de sa poche de chemise, elle remarqua que des mèches grises parsemaient les cheveux clairsemés de l'homme et que des taches de vieillesse couvraient le dos de ses mains.

— Alexandru, je suis l'inspectrice principale Kay Hunter, et voici l'inspecteur Ian Barnes. Nous sommes de la police du Kent, commença-t-elle. Je sais que vous avez eu un choc terrible ce matin et que vous avez aussi fait une déposition à mes collègues, mais j'aimerais vous poser quelques questions. Est-ce que ça vous convient ?

L'homme leva les yeux vers elle, ses iris brun foncé cerclés de rouge à force d'avoir pleuré. Il renifla, puis se pencha en avant, posa la tasse de café sur la table et poussa un soupir tremblant avant de parler.

— Ce n'est pas moi.

— Vous savez qui a fait ça ?

— Non. Je n'ai jamais vu cet homme de ma vie.

— Des problèmes en Roumanie ?

Il secoua la tête.

— Aucun. Ma femme est décédée il y a quatre ans, mes deux filles sont mariées à des hommes merveilleux et mes trois petits-enfants sont à l'école.

— Pourquoi est-ce que vous travaillez ici pendant l'été ?

Les yeux d'Alexandru s'écarquillèrent.

— Vous avez vu le coût des universités ?

— En effet, c'est cher. C'est pareil chez vous ?

— Oui, surtout quand une de vos petites-filles décide qu'elle veut étudier la médecine. C'est pour ça que je viens ici, pour l'aider à mettre de l'argent de côté.

— C'est gentil de votre part.

Il haussa les épaules.

— J'aime ma famille.

— Ils doivent vous manquer.

— Ce n'est que pour quelques semaines de plus.

Kay s'adossa à son siège et garda les mains détendues sur ses genoux.

— Depuis combien de temps est-ce que vous travaillez dans les houblonnières ici ?

— Cinq ans. Toujours ici.

— Comment est-ce que vous avez entendu parler de ce travail ?

— Par un ami qui prenait sa retraite. Je suis venu avec lui la première année, et ils m'ont demandé de revenir.

Un léger sourire apparut sur les lèvres d'Alexandru.

— Les Mallory sont une bonne famille pour qui travailler.

— Racontez-moi ce qui s'est passé ce matin.

Le corps d'Alexandru fut secoué d'un frisson au souvenir.

— J'étais en haut sur la cueilleuse, c'est une plateforme surélevée que nous utilisons pour atteindre le sommet des lianes. Daniel y avait passé la première heure, alors on se relaie. Ça nous permet à chacun de faire une pause, de ne pas avoir à toujours se pencher pour couper les lianes en bas et les soulever dans la remorque. Je regardais justement les rangées suivantes, j'essayais d'estimer combien il en restait pour cette récolte et combien de temps ça pourrait nous prendre, quand j'ai vu quelque chose bouger. Il fait chaud dehors, mais il y a une brise entre les plants de houblon, et le vent bougeait… il s'est avéré que c'était la chemise de cet homme… Est-ce que vous savez qui c'est ?

— Pourquoi est-ce que vous avez décidé d'aller voir ? demanda Kay en ignorant sa question.

— Je ne sais pas. Je…

Alexandru s'interrompit et haussa les épaules avant de continuer.

— Ça me semblait… étrange. Déplacé. Je voulais voir ce que c'était. Je suppose que je me suis dit que s'il y avait un problème, on ferait mieux de le découvrir avant que ça ne cause un retard… Le houblon doit être récolté avant de perdre sa saveur, vous comprenez.

— Et donc vous êtes allé jeter un œil ?

— Oui. Daniel et Howard m'ont suivi, mais quand j'ai vu le sang, je leur ai dit de repartir.

Alexandru regarda Barnes.

— J'ai été dans l'armée quand j'étais plus jeune. Conscription. J'ai vu des choses à l'époque, comme infirmier… Je ne voulais pas qu'ils voient cet homme, comme ça. Ils auraient fait des cauchemars.

— Et vous ? dit Kay en l'amenant à reporter son attention sur elle. Ça va aller ?

— Je crois que oui.

— Est-ce que vous avez accès à un professionnel de la santé, un médecin, pendant que vous êtes ici ?

L'homme hocha la tête.

— Oui, nous y avons tous accès.

— N'hésitez pas à leur parler si vous avez du mal à dormir, ou si vous avez besoin de parler à quelqu'un, dit-elle. Ils pourront vous aider.

Alexandru fit un signe de tête.

— Merci.

— Quand vous avez trouvé l'homme dans la houblonnière, est-ce que vous avez touché quelque chose ? demanda Kay.

— Non. Je savais qu'il ne fallait rien toucher. J'ai gardé mes mains dans mes poches.

— Qu'est-ce que vous avez fait ensuite ?

— Dès que j'ai vu tout ce sang, j'ai su qu'il n'y avait plus d'espoir pour lui. Je voyais la mort dans ses yeux. Il était mort depuis un petit moment.

Alexandru se passa la langue sur les lèvres.

— Je suis parti en courant. J'ai été malade, puis j'ai dit à Howard d'utiliser son portable pour appeler les secours. Après ça, nous l'avons dit à Justin et il a dit à tout le monde de sortir de la houblonnière.

Kay l'observa un instant, puis elle se pencha en avant.

— Est-ce que vous avez la moindre idée de qui pourrait vouloir tuer un homme de cette façon ? Qui que ce soit ?

— Non.

Le regard d'Alexandru tomba sur ses mains. Il les

joignit comme pour une prière silencieuse, les jointures blanchies.

— Celui qui lui a fait ça est un démon.

CHAPITRE 4

L'inspecteur Ian Barnes suivit Kay à travers la cour de la ferme. La sueur perlait à son front quelques secondes à peine après avoir quitté la fraîcheur de la maison.

Il sortit un mouchoir en coton de la poche de son pantalon, une habitude que lui avait transmise son défunt père, et il s'épongea le front avant d'esquiver une jeune technicienne de la police scientifique qui s'écarta vivement de son chemin pour se précipiter vers la camionnette blanche.

La cour était empreinte d'une immobilité, comme si le temps s'y était figé. Là où il se serait normalement attendu à entendre le vrombissement des machines pour la cueillette du houblon et des séchoirs modernes dans la grange à côté de l'ancien four à houblon, et des voix s'interpellant à travers la cour tandis que tracteurs et remorques arrivaient avec le reste de la récolte de la saison, il n'y avait rien.

Même les oiseaux se taisaient.

Barnes examina du regard les anciennes écuries

reconverties dont ils approchaient et il remarqua les tuiles d'argile plus récentes à l'extrémité et la peinture fraîche qui avait été appliquée sur les encadrements des fenêtres et de la porte à un moment donné durant l'été. Les vitres des fenêtres étaient poussiéreuses, des cosses de houblon jonchant la surface en béton en dessous, mais les pignons au-dessus avaient été décorés de jardinières suspendues éclatantes, donnant l'impression que l'ensemble de la propriété était bien entretenu et que l'entreprise était florissante.

Le bâtiment des écuries avait été divisé en trois pièces distinctes. Celle du fond, la plus proche de toutes les voitures de patrouille et autres véhicules, était la plus grande des trois, selon Nadine, et elle servait de bureau d'accueil et de centre pour les visiteurs. Barnes s'humecta les lèvres à l'idée d'une bière fraîche, mais il reporta son attention sur la pièce du milieu qui servait de salle de repos et de cuisine pour le personnel. La porte était ouverte lorsqu'ils passèrent devant, mais il n'y avait personne à l'intérieur et les comptoirs en acier inoxydable de chaque côté d'un évier assorti étaient vides.

La dernière pièce du bâtiment avait été aménagée en bureau de l'exploitation, et c'est vers cette porte que Kay tourna son attention. Elle frappa à la surface en chêne et Barnes entendit un « entrez » étouffé avant qu'elle n'ouvre la porte et qu'ils ne pénètrent à l'intérieur.

Barnes jeta un coup d'œil par-dessus l'épaule de sa supérieure et il vit un homme à la fin de la trentaine assis dans un fauteuil en cuir derrière un bureau en pin, la tête entre les mains, les yeux fixés sur une liasse de rapports étalée devant lui.

Il leva les yeux avec une expression lasse et fit signe aux deux détectives de s'asseoir sur une paire de chaises pour visiteurs sous la fenêtre, de part et d'autre d'une petite table d'appoint tachée d'eau en son centre.

— Je suppose que vous êtes les deux détectives qu'on m'a dit d'attendre.

Barnes fit les présentations et sortit son carnet.

— Est-ce que vous pouvez confirmer votre nom, s'il vous plaît ?

— Justin Mallory, répondit l'homme.

Il se pencha en arrière dans son fauteuil et soupira, le grincement du cuir usé faisant écho à son sentiment.

— Je suis le propriétaire de la ferme, avec ma femme, Cassandra. Vous l'avez rencontrée ?

— Nous l'avons trouvée dans la cuisine, en train de servir du café à tout le monde. Elle nous a dit que nous vous trouverions ici, répondit Barnes.

— Ça, c'est tout Cassandra.

L'agriculteur esquissa un sourire triste.

— Toujours la première à affronter les crises de front.

— Depuis combien de temps est-ce que vous avez la ferme ?

— Elle appartenait à mon grand-père, répondit Justin en rassemblant les rapports pour les empiler dans un bac à gauche d'un écran d'ordinateur.

Ceci fait, il repoussa le clavier et la souris et croisa les bras sur le bureau, sa peau bronzée ressortant sur le polo vert clair qu'il portait.

— C'était une exploitation céréalière jusqu'à ce que mon père décide de se lancer dans le houblon. Depuis, on n'a jamais regretté.

— Quand est-ce que votre père a pris sa retraite ?

La bouche de l'agriculteur s'étira en un sourire.

— Il dit qu'il l'a prise il y a deux ans, mais il n'a jamais vraiment lâché l'affaire. Il aime mettre la main à la pâte.

— Ah oui ?

Barnes haussa un sourcil.

— Est-ce que ça cause des problèmes par ici ?

— Pas souvent. Il a encore de l'influence sur certains des employés de longue date, mais ils sont assez gentils pour lui faire plaisir sans le vexer, et ensuite on trouve un compromis entre nous.

Justin leur adressa un sourire triste.

— Il a maintenu cet endroit à flot pendant des périodes très difficiles au fil des ans, alors je ne veux pas qu'il se sente exclu.

— Ce n'est que votre femme et vous ici ?

— Nous avons des filles adolescentes, elles sont chez les parents de Cassandra dans le Wiltshire en ce moment, Dieu merci. Papa a le cottage de l'autre côté de la ferme, plus près d'une propriété voisine ; il y en a deux, et nous louons l'autre pendant l'été pour avoir un revenu supplémentaire. Et nous avons trois employés à temps plein qui vivent à proximité. Gloria s'occupe de la partie touristique : les réservations pour les visites guidées, le cottage que je viens de mentionner, ainsi que notre site web et notre blog. Howard est notre ouvrier agricole à temps plein, il est avec nous depuis plus de dix ans. Et puis il y a Trevor, qui gère la production avec moi : le traitement et le séchage du houblon, ce genre de choses.

— Vous avez beaucoup de vignes là-dehors, dit Barnes. Combien de temps faut-il pour tout récolter ?

Justin afficha un sourire patient.

— Dans le métier, on appelle ça des « lianes ». La vigne pour le pinard, les lianes pour la bière, c'est ce qu'on raconte aux groupes de touristes. On commence en août, selon la variété, et la récolte peut durer jusqu'à début octobre.

— Des problèmes dans l'entreprise ?

— Non.

La réponse de l'homme était catégorique.

— Je viens de signer un contrat avec un nouveau brasseur local pour une variété que nous testons depuis l'année dernière, et ils ont déjà passé une commande qui leur réserve cinquante pour cent de la récolte de l'année prochaine. Quant au reste du houblon de cette année, nous tournons à plein régime et nous nous préparons pour les festivals du houblon vert du mois prochain.

— Du houblon vert ? demanda Kay.

— De nouvelles bières, très jeunes et un goût auquel il faut s'habituer, expliqua Justin. Mais c'est essentiel pour notre marketing : ça suscite l'enthousiasme des brasseurs pour le potentiel des variétés nouvelles et existantes, et ça nous aide à vendre le houblon que nous récoltons tout en posant les bases pour l'année suivante. C'est ce qui contribue à améliorer notre bilan. En nous faisant une idée de ce qui est tendance ou de ce qui pourrait être la prochaine grande nouveauté, nous pouvons adapter nos plantations en février et mars pour répondre à ces besoins.

— Est-ce que vous avez reçu des menaces qui pourraient expliquer ce qui s'est passé ici ce matin ?

demanda Barnes. Et je dis bien *n'importe quoi*. Même si vous pensez que c'est insignifiant.

— Rien, dit l'homme.

Il fit un geste de la main vers les rapports dans le bac.

— Je n'ai cessé d'y penser en parcourant les commandes. Il n'y a eu aucune menace, rien de dit, à ma connaissance, dans les pubs du coin… Alors non, je n'ai aucune idée de la raison pour laquelle il y a un cadavre pendu dans ma houblonnière.

— Vous l'avez vu ?

— J'ai accompagné votre sergent, Wallace, quand il est arrivé ici.

Justin frissonna.

— Je ne me suis pas approché jusqu'à… lui… mais il était évident que la personne, qui qu'elle soit, était morte.

— Vous savez qui c'était ?

— Je n'ai pas vu son visage.

— Si nous obtenions une photo, est-ce que vous seriez prêt à y jeter un œil pour voir si vous le reconnaissez ? demanda Barnes.

— Peut-être…

Le ton de Justin était méfiant.

— Ne vous inquiétez pas, ce sera après qu'on l'aura préparé, et je m'assurerai d'être celui qui vous la montrera. D'accord ?

— Ok. J'imagine, si ça peut aider.

— Merci, ça nous aiderait.

Barnes mit ses notes à jour avant de continuer.

— Vous avez dit que des groupes de touristes visitent la ferme, à quelle fréquence ?

— Les mardis, jeudis et les week-ends. Les lundis, si

c'est un jour férié, dit Justin, ses épaules se détendant un peu au changement de sujet. Gloria organise tout via notre site web, et Trevor ou moi-même faisons les visites. Nous proposons également des installations pour les séminaires d'entreprise, des mariages, des dégustations privées le soir en été avec un pique-nique dans la houblonnière. Nous faisons appel à un traiteur pour nous aider sur ce point. Il est tenu par quelqu'un du village. Nous essayons de faire profiter les autres entreprises locales du succès de la ferme autant que possible.

— Ça a l'air bien. Est-ce que vous avez déjà eu des problèmes avec le public lors de ces visites ?

— Aucun.

Justin secoua la tête.

— Nous faisons très attention à la quantité d'alcool que nous servons. Je suis obligé, pour garder ma licence après tout, et nous indiquons très clairement dans notre communication que nous ne sommes pas intéressés par l'organisation d'enterrements de vie de garçon ou de jeune fille, ce genre de choses. Certaines réceptions d'entreprise ou de mariage peuvent devenir un peu bruyantes, mais rien de fâcheux. Les mariages sont généralement en petits comités comparés à certaines fêtes que les hôtels du coin organisent. Nous nous positionnons sur l'exclusivité du cadre, vous voyez.

— Quel effet la journée d'aujourd'hui va-t-elle avoir sur votre entreprise, monsieur Mallory ? demanda Kay.

Son attention se tourna brusquement vers elle, comme s'il avait oublié sa présence, et Barnes vit la peur dans ses yeux.

— À part les visites qui viennent d'être annulées à la

dernière minute ? Le timing est primordial dans la culture du houblon, répondit Justin, ses mains jointes tapotant la table pour appuyer ses paroles. En fait, dans n'importe quel système de culture. Trop tôt, et le goût sera trop amer. Trop tard, et tous les arômes et les saveurs seront perdus. Si le houblon n'est pas récolté à temps, il sera fichu. Si je ne récolte pas cette nouvelle variété cette semaine, tout ce pour quoi nous avons travaillé ces deux dernières années va partir en fumée.

— Et quelle somme allez-vous perdre ? dit-elle.

— Des centaines de milliers de livres, répondit Justin. Je suis conscient qu'un pauvre type a été torturé et tué là-dehors, mais si vous ne trouvez pas qui a fait ça, je pourrais perdre mon entreprise et ma maison.

CHAPITRE 5

L'enquêteur Gavin Piper but une gorgée de sa canette de boisson énergisante et balaya du regard la salle des opérations en pleine effervescence, avec un sentiment familier d'anticipation.

Deux étages plus haut et au bout d'un couloir depuis l'accueil principal du commissariat de Maidstone, il entendait le vacarme et les klaxons de la circulation de Palace Avenue à travers les fenêtres à double vitrage, tandis que la sirène d'une ambulance ajoutait une complainte funèbre au loin. De l'autre côté de la pièce, près d'un îlot de bureaux où étaient assis quatre agents administratifs, une énorme imprimante-photocopieuse crachait page après page des rapports et des points sur les premières investigations, l'odeur de toner brûlé se mélangeant à l'arôme de café rassis en provenance de la petite kitchenette située sur un côté de la pièce.

Deux autres détectives étaient assis à des bureaux placés devant une salle de réunion abandonnée, dont la porte était fermée et les stores baissés. Vingt minutes plus tôt, il avait chargé Laura Hanway et Kyle Walker de dresser la liste des propriétés voisines de la houblonnière et de trouver les coordonnées des propriétaires. Ils se tenaient maintenant penchés sur une carte qui finirait par être épinglée sur le tableau en liège dans son dos.

Se retournant, il posa sa canette et choisit un stylo noir dans une collection rangée dans un vieux mug ébréché. Il commença alors à écrire sur le tableau blanc une liste à puces qui résumait les faits connus.

Pour le moins maigres.

Gavin ne savait que trop bien qu'il ne fallait pas émettre de théories à ce stade, Kay leur poserait cette question pendant le briefing, à son retour de la scène de crime, mais elles se bousculaient déjà dans sa tête.

Une unique photographie était épinglée dans le coin supérieur droit du tableau. Prise par Kay sur la scène de crime, elle montrait le visage de l'homme qui avait été retrouvé massacré au milieu des treillages de houblon. Elle serait remplacée en temps voulu par une photo prise par Lucas Anderson après l'autopsie, et une version plus nette serait mise à la disposition de l'équipe. Pour l'instant, elle leur rappelait à tous l'urgence de l'enquête.

Gavin grimaça, puis détourna le regard et serra la mâchoire.

Même l'expérimenté Tim Wallace avait paru secoué quand il avait appelé cinq minutes plus tôt pour lui dire que Kay et Ian Barnes étaient sur le chemin du retour. Et quand Gavin avait demandé des détails sur les blessures de la victime, le sergent en uniforme s'était montré bref, son dégoût manifeste.

Même s'il aurait aimé être sur la scène de crime et

entendre de vive voix les premiers témoignages cruciaux, le regret de Gavin était tempéré par le soulagement d'avoir un cauchemar de moins à affronter.

— Gav, on a six propriétés qui bordent la houblonnière, et trois d'entre elles sont des petites exploitations, lui dit Laura en interrompant ses pensées. Les autres sont des résidences privées.

Il jeta un coup d'œil par-dessus son épaule, le stylo suspendu au-dessus du tableau.

— Est-ce qu'il y a assez de patrouilles sur place pour commencer les interrogatoires aujourd'hui ?

— Non, mais Kyle est en train de contacter le central pour leur demander d'augmenter le personnel.

Elle tenait la carte dans une main et secouait quelques punaises dans l'autre, avant de pointer le poing vers le tableau en liège.

— Tu veux que je l'accroche ?

— S'il te plaît, et merci. Ce serait bien de pouvoir interroger les voisins les plus proches aujourd'hui pour voir s'ils ont remarqué quelque chose d'inhabituel dans le coin ces derniers jours. Au moins, si c'est le cas, on pourra envoyer l'équipe scientifique.

Laura hocha la tête en guise de réponse, puis aplatit la carte et recula d'un pas avant de lire ses notes.

— Il n'y a pas grand-chose sur quoi s'appuyer, hein ?

— Pas pour le moment.

Il soupira, reboucha le stylo et le laissa tomber sur la table à côté du tableau blanc.

— Qu'est-ce que tu en penses ?

Son regard se posa sur la photographie et elle se mordit la lèvre avant de parler.

— Eh bien, c'est prémédité, je pense, vu la logistique pour le monter là-haut. Il faut au moins être deux pour le soulever, non ? Et d'après ce que Tim t'a dit sur les blessures, quelqu'un l'a torturé avant sa mort, ce qui pour moi signifie qu'on voulait le faire souffrir… mais pourquoi ?

— Aaron Stewart assure la liaison avec le labo, qui a reçu des copies des empreintes digitales de la victime, dit Gavin. Mais à moins qu'il ne soit dans notre système, ça ne nous aidera pas de ce côté-là.

— Croisons les doigts alors, dit Laura. Sans mauvais jeu de mots.

— Tu passes trop de temps avec Barnes, répondit Gavin avec une légère crispation des lèvres. Tu vas bientôt nous sortir des blagues de papi.

— N'y pense même pas.

Ils se tournèrent au bruit de la porte de la salle des opérations qui grinçait sur ses gonds et Gavin vit Kay et Barnes entrer.

L'inspectrice principale avait le regard hanté tandis qu'elle se dirigeait vers le tableau blanc, laissant Barnes rassembler le reste de l'équipe.

— Tout est sous contrôle, Gav ?

— Oui, chef.

Il s'écarta et désigna la liste.

— Ce n'est pas grand-chose pour l'instant, mais—

— Ne t'en fais pas. On ne fait que commencer, et de longues heures nous attendent.

Kay se tourna vers Laura.

— Je ne suppose pas que tu aies eu le temps de voir

s'il y a des enregistrements de surveillance dans le secteur ?

— C'est Debbie qui s'en occupe, chef, répondit sa jeune collègue. Je lui ai demandé de commencer par les stations-service, le fournisseur de matériaux de construction qui se trouve un peu plus loin sur la route de la ferme… Le pub auquel je pensais a fermé il y a trois mois, mais Debbie va contacter l'agent immobilier dont la pancarte est en vitrine pour voir s'ils ont des caméras sur place. Après ça, nous commencerons à interroger les riverains.

Elle désigna la carte.

— Et nous avons identifié les propriétaires des six propriétés qui entourent la houblonnière.

Gavin s'empara du stylo et mit à jour ses notes pendant qu'elle parlait, puis le tendit à Kay.

— Je pense qu'on est plus ou moins prêts pour le briefing, chef.

— Bon travail à tous.

Kay jeta un coup d'œil par-dessus son épaule au bruit des chaises que le reste de l'équipe d'enquête faisait rouler vers eux, puis elle se retourna vers lui.

— Et merci, Gavin. J'apprécie que tu m'aies donné une longueur d'avance.

Il lui adressa un sourire sinistre.

— Faisons en sorte d'attraper les salauds qui lui ont fait ça, chef.

CHAPITRE 6

Kay balaya du regard les officiers et le personnel administratif rassemblés tandis qu'ils s'installaient.

Une tension palpable régnait dans la salle des opérations, accompagnée d'une montée d'adrénaline familière qui parcourait son corps. Elle prit un instant pour se concentrer sur sa respiration afin de calmer son rythme cardiaque.

De l'autre côté des fenêtres, la circulation du milieu de matinée s'était réduite à un vrombissement étouffé, et au-dessus de sa tête, les bouches de la climatisation ronronnaient, tandis qu'une brise fraîche et constante lui caressait les épaules. Au-delà de la salle des opérations, elle entendit une porte claquer plus loin dans le couloir d'où une autre enquête était menée, et des bruits de pas martelaient l'escalier entre cet étage et les deux niveaux inférieurs, tandis que le personnel administratif livrait du matériel et des fournitures de bureau, déposant le tout sur trois bureaux au fond de la pièce, prêts à être installés après la réunion.

Alors qu'elle regardait les visages familiers autour d'elle, une partie des inquiétudes initiales de Kay quant à l'ampleur de la tâche qui l'attendait commença à se dissiper. Il y avait là un certain nombre d'agents en uniforme et deux ou trois sergents qui avaient apporté leur expérience sur de précédentes enquêtes, et qui avaient souvent été à l'origine des avancées capitales qui avaient mené à l'arrestation de suspects.

Son équipe de détectives était assise au premier rang, arborant des expressions stoïques tout en se préparant mentalement à ce qui s'annonçait être plusieurs jours de longues heures de travail et de frustration. Kyle Walker quitta précipitamment son bureau et s'assit à côté de Barnes, se penchant derrière le détective plus âgé pour tapoter l'épaule de Laura et lui faire un léger signe de tête négatif avant de sortir son portable de sa poche et d'en baisser le volume.

Kay jeta un coup d'œil sur sa gauche alors que l'agente Debbie West s'approchait, une liasse de documents dans une main et une tasse de café fumant dans l'autre.

Debbie tendit le café à Kay, puis prit un des documents agrafés sur le dessus de la pile et le lui donna.

— Voilà l'ordre du jour que je propose, chef, d'après ce que nous avons pour l'instant. Je mettrai à jour le système après la réunion.

— Parfait, merci.

Kay leva sa tasse de café en guise de salut et but une gorgée, attendant que la responsable des pièces à conviction expérimentée prenne place près du premier rang et distribue les ordres du jour. Du pouce, Kay parcourut la liste des points tout en écoutant les derniers membres de l'équipe trouver une place ou s'appuyer contre les bureaux et les classeurs, et elle but une autre gorgée de café avant de commencer.

— Bien, tout le monde, commençons.

Comme un seul homme, ils se tournèrent tous vers elle. On entendit le froufroutement des carnets que l'on ouvrait, de faibles murmures tandis qu'un ou deux des plus jeunes agents en uniforme cherchaient à tâtons des stylos qui fonctionnaient, puis un silence religieux s'abattit sur la salle des opérations.

— Je vous remercie, dit Kay. Je vais commencer cette réunion en disant que ce sera l'une des enquêtes pour homicide les plus éprouvantes sur lesquelles certains d'entre vous auront jamais travaillé. Notre victime, pour l'instant non identifiée, a été crucifiée entre deux treillages à houblon avant que son ou ses meurtriers n'utilisent un objet tranchant pour la torturer puis l'éviscérer. La série complète des photographies de la scène de crime ne sera mise à la disposition d'aucun membre du personnel administratif, ni de quiconque n'est pas directement impliqué dans cette enquête. Si vous n'y avez pas accès et que vous pensez que vous le devriez, parlez-en à moi-même ou à l'inspecteur Ian Barnes.

Barnes se leva et se tourna, saluant de la tête les membres de l'équipe qui ne le connaissaient pas, puis il se rassit.

— Ensuite, la plupart d'entre vous connaissent Debbie West. Debbie sera notre responsable des pièces à conviction pour cette enquête, mais elle est également en charge de vos plannings et elle supervise tous les problèmes administratifs ou matériels que vous pourriez rencontrer.

Kay leur adressa un sourire malicieux.

— Et tenez-vous à carreau : sa réputation de gardienne du placard à fournitures est légendaire par ici.

Quelques rires polis fusèrent, ce qui détendit un peu l'atmosphère tendue, et Kay vit certains des plus jeunes membres de l'équipe se détendre sur leur chaise.

— Passons aux choses sérieuses, poursuivit-elle, en commençant par un bref examen de ce que nous avons jusqu'à présent. Lucas Anderson nous a informés que notre victime est morte sur les lieux entre dimanche soir et hier après-midi. Il pourra nous donner une estimation plus précise une fois qu'il aura terminé l'autopsie demain. Personne ne travaillait dans cette zone de la houblonnière hier, car selon le cultivateur, Justin Mallory, le houblon n'était pas tout à fait prêt, ce qui explique pourquoi notre victime n'a été découverte que ce matin.

Elle se tourna pour regarder la photographie de la victime, un frisson lui parcourant les épaules à l'idée que même cette image ne parvenait pas à capturer la véritable horreur de la torture et de la mort de cet homme.

— À l'heure actuelle, nous ne connaissons pas son identité. Ses empreintes digitales ne sont pas dans notre système et il n'a pas de casier judiciaire. Quelqu'un a-t-il eu l'occasion de jeter un œil aux personnes disparues ?

— Je m'en suis occupé.

Le sergent Harry Davis se leva d'une chaise vers le fond du groupe.

— J'ai commencé par les noms et les photographies les plus récents, en remontant dans le temps. Personne ne correspond à sa description parmi les disparus des quatre derniers mois, mais je vais continuer à chercher.

— Merci, Harry. Même si ses meurtriers ont déchiré sa chemise, Lucas a pu voir l'étiquette. Ce n'est pas une marque bon marché et elle était par ailleurs en bon état, alors interromps ta recherche lorsque tu arrives à six mois et viens m'en parler, dit Kay. Nous déciderons alors de poursuivre dans cette voie ou non. En attendant, est-ce que tu peux contacter le quartier général et t'assurer qu'ils t'informent si de nouvelles déclarations de disparition arrivent au cours des prochaines quarante-huit heures ?

— Pas de problème, chef.

— Lucas va effectuer l'autopsie demain matin et Barnes et moi allons y assister, donc si nous découvrons quoi que ce soit que nous puissions partager avec vous tous, je le ferai lors de la réunion de demain après-midi.

Kay s'interrompit pour prendre une autre gorgée de café, sachant que ce serait sans doute le dernier avant plusieurs heures.

— Il n'y a eu aucun signe d'effraction à la ferme, et les caméras de sécurité orientées vers la cour des deux dernières nuits ne montrent aucun engin agricole déplacé à l'insu du propriétaire, ni aucun signe d'intrus. Sean Gastrell a terminé l'examen initial avec Justin Mallory, mais il a demandé des copies de ces enregistrements et il prévoit de les visionner à nouveau au cas où il aurait raté quelque chose.

— Tu penses que Mallory l'a peut-être distrait ou quelque chose du genre, chef ? demanda Gavin.

Kay haussa les épaules.

— Je pense que c'est simplement que Sean veut

s'assurer d'avoir été le plus minutieux possible. C'est sans doute dû à sa formation militaire. En attendant, l'équipe de la police scientifique de Harriet travaille toujours dans la houblonnière pour essayer de déterminer comment le ou les meurtriers de notre victime ont réussi à l'amener dans le champ et à le hisser sur ce treillage sans être vus ni entendus. Six faux ont été confisquées aux ouvriers agricoles, y compris à l'homme qui a trouvé le corps, Alexandru Popa. Lui et quelques autres travailleurs sont venus de Roumanie pour aider à la récolte, mais ils ont déjà travaillé pour la ferme de Justin Mallory par le passé et n'avaient jamais causé de problèmes. Mallory lui-même est bien en peine d'expliquer qui est cet homme ou pourquoi il se trouvait dans son champ. Kyle, est-ce que tu peux commencer à enquêter sur le passé de Mallory ? Il a repris l'exploitation à plein temps de son père il y a deux ans, mais il avait déjà travaillé à la ferme avant ça. J'aimerais savoir ce qu'il a fait d'autre.

— Je m'en occupe, chef.

L'enquêteur compléta ses notes, puis fronça les sourcils.

— Et sa femme ?

— Cassandra Mallory s'occupe de la comptabilité de la ferme et fait la liaison avec tous leurs fournisseurs, dit Kay. C'est aussi elle qui recrute les travailleurs saisonniers par l'intermédiaire d'une agence pour l'emploi basée ici, à Maidstone. La ferme emploie les mêmes ouvriers depuis cinq ans. Gavin, tu peux t'arranger pour parler à l'agence et obtenir toutes les informations dont nous aurons besoin sur ces ouvriers, s'il te plaît ?

— Pas de problème, chef, répondit Gavin. Je verrai

aussi si ces ouvriers ont participé à d'autres récoltes dans la région en dehors de la saison de la cueillette du houblon.

— Bien vu. Est-ce que leurs noms sont déjà apparus dans notre système ?

— Aucun, répondit-il en lui adressant un sourire carnassier. Mais ça ne veut pas dire qu'ils n'ont pas un passé violent…

— Ça veut juste dire qu'ils ne se sont pas fait prendre, termina Kay. Si tu trouves quoi que ce soit, même une rumeur, tiens-moi au courant.

— Entendu.

— Ok, dernière chose pour l'instant, la houblonnière organise des visites régulières pendant l'été, dit Kay. Laura, tu peux obtenir de Gloria, la femme qui gère le site web et le marketing de la ferme, une liste de tous les participants des quatre derniers mois et commencer à enquêter sur leur passé ?

— Oui, chef.

— Kyle, Laura m'a dit que tu étais en contact avec le quartier général pour obtenir du personnel supplémentaire afin de t'aider à interroger les voisins et pour toutes ces autres tâches. Où est-ce que tu en es ?

La nouvelle recrue de son équipe de détectives grimaça.

— Pas de bonnes nouvelles, désolé chef. Ils ont dit qu'aucun renfort ne serait disponible cette semaine, et qu'ils pourraient peut-être nous prêter deux agents stagiaires la semaine prochaine si une formation anti-émeute est annulée.

— Bon sang.

Kay soupira, regarda le reste de son café, puis le vida d'une traite.

— Bon, c'est comme ça. Debbie, le mieux est que Nadine et Sean te donnent un coup de main pour retrouver le reste des enregistrements des caméras de surveillance du secteur dès qu'ils seront libérés de la scène de crime.

— Pas de problème, chef.

L'agente en uniforme compléta ses notes.

— Tant qu'on y est, je peux demander à tout le monde de s'assurer de mettre à jour HOLMES2 avec leurs tâches avant la fin de chaque journée pour que je puisse maintenir la cohérence des rapports ? De cette façon, nous pourrons identifier plus rapidement les liens ou anomalies potentiels.

— Merci, et oui.

Kay balaya ses collègues du regard.

— Vous avez entendu Debbie, tout le monde. Je sais que certains d'entre vous sont en retard sur leurs tâches administratives, mais vous allez devoir en faire une priorité sur cette affaire. Je compte sur vous, compris ?

Il y eut des murmures d'assentiment, puis elle jeta un coup d'œil au tableau pendant un instant et regarda la photo de la victime.

— Il est encore trop tôt pour avoir un rapport complet de la police scientifique, mais Harriet a demandé les empreintes digitales de tous les ouvriers agricoles dont les faux ont été saisies pour un examen plus approfondi. Des nouvelles sur d'éventuelles correspondances avec notre base de données ?

— Personne n'est fiché, chef, répondit Kyle, mais il nous manque une personne : Roland Hammerton. Justin

Mallory a confirmé qu'il est en arrêt maladie cette semaine pour un mal de dos, donc dès qu'il sera disponible—

— Un mal de dos ?

Kay se retourna vivement vers lui, puis vit Barnes qui la fixait, la main déjà en train de sortir les clés de la voiture de la poche de son pantalon.

— On a son adresse ?

CHAPITRE 7

Kay tenait son téléphone d'une main et s'agrippait de l'autre à la poignée au-dessus de la portière passager de la voiture, alors que Barnes écrasait l'accélérateur et les projetait sur un étroit pont de pierre qui traversait la Medway.

La route pour sortir de Maidstone était une voie secondaire interdite aux poids lourds. À cette heure de la journée, il n'y avait pas de banlieusards et très peu de circulation locale. Même si les fenêtres étaient fermées et la climatisation allumée, elle pouvait sentir le parfum sucré des accotements fraîchement tondus de chaque côté de la route, et apercevoir les éclats jaunes caractéristiques des cultures de ricin entre les lisières de chênes et de hêtres.

Reportant son attention sur son téléphone, elle sentit la voiture bondir de nouveau tandis que la main de Barnes reposait sur le levier de vitesse, son attitude détendue alors que le véhicule oscillait dans un virage à gauche et émergeait au sommet d'une colline. La voûte des arbres laissait place à un soleil éclatant qui inondait l'habitacle à travers le pare-brise.

Elle leva les yeux et vit passer en coup de vent un pub au crépi blanc, puis son collègue freina brusquement à la vue d'un cheval et de son cavalier, et elle sentit la ceinture de sécurité lui cisailler l'épaule.

— Bon sang, Ian, dit-elle en posant son téléphone sur ses genoux pendant qu'il baissait le volume de la radio de la police. S'il a vraiment mal au dos, il ne risque pas de s'enfuir bien loin.

— Et s'il n'a rien ?

Barnes lui lança un regard, puis se reconcentra sur la route sinueuse qui traversait le village.

— Bref, que dit son dossier personnel ? Ils te l'ont envoyé ?

— Laura a réussi à obtenir une copie de Cassandra Mallory.

Kay scruta l'écran de son téléphone.

— Roland Hammerton a cinquante-deux ans, il est divorcé et a deux filles, toutes deux à l'université. Il a commencé à travailler pour les Mallory il y a quatre ans, après avoir été licencié pour motif économique de son ancien poste de tôlier dans une boîte près d'Orpington. Lui et sa compagne actuelle louent la maison où nous allons.

— Des antécédents ?

— Pas au travail, et Laura ne le trouve pas dans nos fichiers.

Kay laissa tomber son téléphone dans son sac et se cala dans son siège tandis que Barnes adoptait une conduite plus calme tout en l'écoutant.

— Il n'a pas pris de congés payés depuis Pâques,

quand il est monté à Manchester voir une de ses filles, mais il a posé une semaine début décembre, et il a dit à Cassandra que lui et sa compagne allaient aux Canaries.

— Qu'est-ce qu'elle fait, sa compagne ?

— Aucune idée. Quand Laura a posé la question, Cassandra a dit qu'elle pensait que Roland ne la fréquentait que depuis quatre ou cinq mois.

— Et ils ont emménagé ensemble ?

Kay haussa les épaules, puis ouvrit l'application de cartographie sur son téléphone.

— Les loyers ne sont pas donnés par ici, et s'ils s'entendent bien…

— Autant emménager et économiser de l'argent.

Barnes haussa les épaules.

— Ça se tient.

— Prends la prochaine à gauche dans environ deux cents mètres, dit Kay en se tendant tandis qu'il freinait. Leur maison est par là, sur la droite.

Barnes ralentit jusqu'à rouler au pas avant d'atteindre la rangée de quatre cottages de ferme mitoyens en briques.

C'étaient des bâtiments sans prétention, sans jardin devant, avec un simple accotement en terre battue. Quatre voitures étaient garées face aux maisons : deux vieilles voitures à hayon tout au bout qui semblaient sur le point de tomber en morceaux, un 4x4 vert foncé devant le troisième cottage, et un pick-up blanc et sale devant la maison la plus proche.

Le toit d'ardoise avait souffert au fil des ans et Kay vit des bâches en plastique bleu là où des tuiles avaient été emportées par les tempêtes ou étaient tombées par négligence. La peinture s'écaillait aussi des rebords de fenêtres de la propriété, contrastant avec les maisons voisines qui avaient des paniers de fleurs suspendus aux petits auvents au-dessus de leurs portes d'entrée, et qui paraissaient en bien meilleur état. Il y avait un arbuste flétri dans un pot en terre cuite ébréché et taché à côté de la porte d'entrée, et lorsque Kay remonta l'allée, elle sentit les dalles de béton vaciller sous ses chaussures.

Barnes sonna puis retira vivement sa main lorsqu'un bourdonnement électrique s'échappa des fils qui dépassaient sous la sonnette.

— Nom de Dieu.

Prenant du recul pour regarder les fenêtres de l'étage, Kay parcourut la maison du regard.

— Cet endroit tombe en ruine. On pourrait croire que le propriétaire ferait quelque chose, non ?

— Tu plaisantes. C'est un palais comparé à certaines maisons du coin.

Barnes désigna d'un coup de menton les habitations voisines.

— Sauf pour celles-ci.

— Garde un œil ouvert au cas où tu verrais des voisins, dit Kay. Je vais peut-être vouloir leur parler après.

Il hocha la tête, mais ne dit rien alors que le cliquetis d'une chaîne résonnait à travers la porte en bois, puis celle-ci s'ouvrit pour révéler une femme d'une quarantaine d'années, sa bouche ridée témoignant d'une vieille habitude de fumer qui n'avait rien fait pour sa peau.

Kay brandit sa carte de police.

— Inspectrice principale Kay Hunter, et mon collègue, l'inspecteur Ian Barnes. Est-ce que Roland Hammerton est là ?

Les yeux de la femme se plissèrent.

— Qu'est-ce que vous voulez ?

— Lui parler.

Kay tendit le cou pour voir par-dessus la tête de la femme, le long du couloir derrière elle.

— Il est là ?

— Non.

La femme commença à refermer la porte, mais Kay y coinça son pied.

— Eh oh.

— Où est-il ?

— Je sais pas.

— Comment est-ce que vous vous appelez ?

— Je vais pas vous le dire.

— Écoutez, on peut faire ça ici, ou au poste, s'impatienta Kay. Je suis en pleine enquête pour meurtre, et je ne suis pas d'humeur pour votre cinéma. C'est à vous de voir.

La femme fit la moue, puis lâcha la porte et croisa les bras sur sa poitrine menue.

— Il est allé au magasin acheter des clopes.

— Pourquoi est-ce que vous n'y êtes pas allée ?

— La connasse qui tient la boutique ne peut pas me voir.

— Pour quelle raison ?

— Je lui ai peut-être dit deux ou trois choses, la dernière fois que j'y suis allée.

Son froncement de sourcils s'accentua.

— Et pourquoi vous êtes là alors ?

— On peut entrer ?

Kay fit un signe de tête en direction des maisons

voisines et vit un rideau retomber brusquement.

— Sauf si vous voulez que vos voisins soient aux premières loges.

— Ces connards.

La femme s'écarta et tira presque Kay par-dessus le seuil.

— Incapables de s'occuper de leurs affaires. Fermez la porte derrière vous.

Sur ce, elle tourna les talons et les conduisit dans un salon miteux qui donnait sur la ruelle. Il y avait des voilages jaunis à la fenêtre et d'épais rideaux de velours, qui puaient la cigarette, étaient tirés pour laisser entrer un peu de lumière.

Kay sentit ses chaussures coller à la moquette en se dirigeant vers un fauteuil, puis elle changea d'avis en remarquant la quantité de poils de chien blancs accrochés aux coussins. Elle tourna plutôt le dos à la fenêtre et attendit pendant que la femme s'enfonçait dans un canapé affaissé contre le mur d'en face. Barnes se tenait devant un meuble bas sur lequel trônait une grande télévision à l'écran couvert de poussière.

— Bien, dit Kay. Quel est votre nom ?

— Jenna Corey.

— Et votre relation avec Roland est… ?

— Compliquée.

Jenna leva les yeux au ciel, tendit la main vers un paquet de cigarettes froissé et un briquet en plastique rouge sur la table basse en face d'elle, puis elle changea d'avis et les repoussa en grimaçant.

— Il était beaucoup plus drôle avant qu'on emménage ensemble.

— Où est-ce que vous l'avez rencontré ?

— Au pub sur la petite route qui sort de Smarden.

— Celui qui a fermé ?

— Ouais.

— Comment est-ce que vous vous êtes rencontrés ?

Jenna haussa les épaules.

— J'attendais un ami là-bas, un vendredi soir. Mon ami n'est pas venu, et Roland et moi, on a commencé à discuter. Le courant est tout de suite passé.

— Est-ce qu'il vous a parlé de problèmes au travail récemment ?

— Non. Pourquoi ?

— On nous a dit qu'il était en arrêt maladie pour un mal de dos en ce moment.

— Ouais, il s'est blessé il y a quelques jours.

— En faisant quoi ?

— Je ne sais pas.

— Où étiez-vous ?

— Quoi ?

— Où étiez-vous ? répéta Kay en observant la femme avec intérêt tandis qu'elle se tortillait sur son siège.

— Je... je suis allée à Tunbridge Wells dans l'après-midi pour voir un ami. On a bu quelques verres de trop, alors je me suis écroulée sur son canapé pour la nuit.

— Un ami ?

Les yeux de Jenna se plissèrent.

— Il ne se passe rien entre lui et moi. On a juste bu un coup, d'accord ?

— Et ça ne dérangeait pas Roland ?

— Je ne lui ai pas demandé.

La femme se jeta sur les cigarettes, en tira une du paquet et l'alluma d'un mouvement fluide.

— Il n'était pas là à ce moment-là.

— Où était-il ?

— Dehors.

— Où ça ?

— Je ne sais pas.

Jenna tira une longue bouffée de sa cigarette, puis releva le menton et souffla la fumée vers le plafond, où elle rejoignit une myriade de taches jaunâtres.

— Il est sorti samedi matin, pendant que je dormais encore.

— Il va nous falloir le nom et l'adresse de votre ami de Tunbridge Wells.

— Pourquoi ?

— Parce que, comme je vous l'ai déjà dit, je suis en pleine enquête pour meurtre, madame Corey, et pour le moment, toutes les personnes auxquelles je parle sont des suspects jusqu'à ce que je sois convaincue qu'elles ne sont pas impliquées.

Kay la foudroya du regard en observant le bout de la cigarette se consumer en cendre tandis que la bouche de Jenna s'ouvrait en un « o » de surprise.

— Pour meurtre ? bafouilla-t-elle. Je ne sais rien sur un quelconque meurtre.

— Le nom et l'adresse de votre ami ? intervint Barnes, le stylo en suspens.

Jenna les lui donna, puis reporta son attention sur Kay.

— Roland ne ferait de mal à personne.

— Mais il ment à propos de son mal de dos, n'est-ce pas ?

— Il avait vraiment mal hier. Il a pris des antidouleurs.

Kay essaya de nouveau.

— Comment s'est-il blessé ?

— Je vous l'ai dit, je ne sais pas. Mais il souffrait le martyre quand je suis rentrée dimanche après-midi, ça je peux vous le dire.

Kay observa la femme, la laissant se tortiller de façon incontrôlable sous son regard pendant quelques instants, puis elle regarda par la fenêtre au son d'une voiture qui s'arrêtait dehors.

Un homme corpulent, au début de la cinquantaine et aux cheveux châtain clair clairsemés, en sortit, son ventre proéminent dépassant de la ceinture de son jean. Malgré sa corpulence, il se déplaçait avec aisance en sortant deux sacs de courses en plastique bien remplis de la banquette arrière avant de verrouiller le véhicule.

Puis il se retourna et observa en fronçant les sourcils la voiture à hayon argentée qu'il ne connaissait pas, garée plus loin sur l'aire de repos.

— Il m'a l'air d'aller bien, dit Kay, puis elle fit un pas en avant au moment où Jenna s'élançait du canapé pour tenter de courir vers la porte du salon. Asseyez-vous et taisez-vous. Barnes ?

— Je m'en occupe.

CHAPITRE 8

L'inspecteur se précipita vers la porte d'entrée avant que Jenna ne puisse l'avertir, laissant Kay foudroyer la femme du regard tout en écoutant la porte s'ouvrir et Barnes ordonner à l'homme d'entrer.

Risquant un coup d'œil par la fenêtre, elle regarda Roland Hammerton qui semblait se demander s'il valait mieux retourner à sa voiture ou non, avant que ses épaules ne s'affaissent et qu'il ne se traîne vers la maison avec les deux sacs.

— Ne bougez pas d'ici, ordonna-t-elle à Jenna, puis elle quitta la pièce, referma la porte et suivit Barnes et Roland dans le petit couloir.

Une forte odeur corporelle émanait de Hammerton et elle vit des auréoles de sueur s'étendre sous les bras de son t-shirt bleu pâle, ce qui, à son avis, n'avait rien à voir avec la température chaude du dehors. Sa respiration était lourde et une toux sifflante avait commencé à se faire entendre au moment où il atteignit la porte du fond.

Il l'ouvrit et se mit sur le côté pour laisser passer

Barnes en premier, mais son inspecteur, qui avait plus de bon sens – et d'expérience –, fit signe à l'autre homme de passer devant lui, puis se tourna pour lui faire un signe à elle.

— C'est la cuisine, chef. RAS.

— Merci.

Elle le laissa sur le seuil et entra dans la pièce pour voir Roland, dos à l'évier, les doigts fébriles, en train de déchirer l'emballage plastique d'un paquet de cigarettes. Les sacs de courses se trouvaient sur une petite table recouverte de Formica ébréché, sur laquelle un autre paquet de cigarettes et une miche de pain étaient tombés. Deux chaises étaient rentrées sous la table et deux autres étaient empilées dans un coin de la cuisine à côté d'un aspirateur-balai, pour ne pas gêner.

Kay tira l'une des chaises de la table et la lui désigna du doigt.

— Asseyez-vous, je vous prie, monsieur Hammerton. Vous pourrez fumer quand nous aurons terminé.

Il grogna, puis grimaça et posa une main sur son dos avant de se traîner jusqu'au siège et de s'y installer avec précaution. Il fit glisser le paquet de cigarettes et son emballage en plastique vers les sacs de courses, puis il fronça les sourcils en voyant Kay s'asseoir en face de lui et sourire.

Elle ne dit rien.

Après quelques instants d'un silence gêné, Roland s'éclaircit la gorge d'une toux grasse, puis déglutit.

— J'allais chercher un arrêt de travail chez mon médecin aujourd'hui, mais ils n'ont pas de rendez-vous de libre.

— Je suis sûre que c'est parce que des gens souffrent plus que vous, monsieur Hammerton, et ont plus besoin d'un médecin, dit-elle. Comment vous êtes-vous blessé ?

— Au travail, vendredi après-midi.

— Et où est-ce que vous travaillez ?

— Si vous êtes ici, vous le savez. La ferme de Mallory.

— Comment vous êtes-vous blessé ?

— Je me suis fait un tour de rein en déplaçant des sacs d'engrais.

— Et si je vérifie le registre des accidents du travail de la ferme, je trouverai une note sur cet incident, n'est-ce pas ?

— Oui, je me suis assuré que Mme Mallory l'inscrive dans le registre pour moi. Mais ça ne me faisait pas si mal que ça sur le moment. Ce n'est qu'en rentrant chez moi que j'ai réalisé à quel point c'était grave.

Roland fit mine de poser les coudes sur ses genoux, puis se ravisa et laissa échapper une autre grimace.

— Ça fait vraiment mal.

— Et pourtant, vous pouvez conduire.

— Je suis bien obligé, pour aller chercher des antidouleurs.

— Et des cigarettes.

Kay le regarda se caler dans son siège et éviter son regard.

— Pourquoi est-ce que vous n'avez pas demandé à Jenna d'aller vous les chercher ?

— Jenna ne peut pas conduire en ce moment. Elle a perdu son permis le mois dernier.

La lèvre inférieure de Roland se retroussa.

— Pauvre conne.

— Comment vous êtes-vous blessé ?

— Un sac d'engrais a glissé sur le chariot élévateur pendant que je vérifiais les sangles. Il m'a fait tomber par terre et je suis mal retombé.

— À quelle heure est-ce que vous avez quitté la ferme de Mallory, vendredi ?

— Trois heures et demie, comme d'habitude. Il a fallu tout ce temps pour remplir les papiers et lui raconter ce qui s'était passé.

— Où êtes-vous allé après ça ?

— Pourquoi ?

Il plissa les yeux.

— Contentez-vous de répondre à la question, s'il vous plaît.

— Je suis venu ici.

— Est-ce que vous vous êtes arrêté quelque part en chemin ?

— Non.

— Même pas pour acheter des cigarettes ?

Il se tortilla sur sa chaise.

— Ok, j'ai acheté des cigarettes.

— Où ça ?

— Euh, à la supérette du village, plus bas sur la route.

Kay fronça les sourcils.

— Ça vous fait un détour, en venant de chez les Mallory.

— Je ne voulais pas aller au grand supermarché de Staplehurst. Trop de monde à cette heure-là, pas vrai ?

— Où êtes-vous allé après la supérette ?

— Nulle part. Je suis venu ici.

— Quelqu'un peut le confirmer ?

Roland fit un signe de tête en direction de la porte.

— Elle le fera.

— Ian ?

Kay jeta un regard par-dessus son épaule.

— Ça te dérangerait de demander à Mme Corey de confirmer cela, s'il te plaît ?

— Je m'en occupe.

Elle se retourna vers l'homme.

— Où êtes-vous allé samedi matin ?

— Qu'est-ce que vous voulez dire ?

— Mme Corey affirme que lorsqu'elle s'est réveillée samedi matin, vous n'étiez pas là. Où étiez-vous ?

La mâchoire de Roland se crispa et son regard passa au-delà de Kay au bruit de pas.

— Chef, Jenna dit qu'il est rentré ici vers seize heures trente vendredi après-midi, dit Barnes.

— Merci, dit-elle en observant Roland. Alors, où étiez-vous samedi matin ?

— J'ai essayé d'aller voir un médecin…

— Quel cabinet ?

Il le lui indiqua, puis posa ses mains dans le creux de son dos et s'étira en fermant les yeux et en gémissant.

— Monsieur Hammerton, si vous souffrez, pourquoi est-ce que vous n'avez pas téléphoné au cabinet samedi matin au lieu de vous y rendre en voiture ?

Ouvrant les yeux, il laissa retomber ses mains sur ses genoux et haussa les épaules.

— Je me suis dit que s'ils pouvaient me voir, voir à quel point je souffrais, ils me donneraient peut-être un rendez-vous.

— Et c'est ce qu'ils ont fait ?

— Non, répondit-il d'un air boudeur. Ils m'ont dit de prendre des antidouleurs et que si ça n'allait pas mieux aujourd'hui, de les appeler.

— Et vous l'avez fait ? Je veux dire, les appeler.

— J'allais le faire en rentrant.

Il la foudroya du regard.

— Mais maintenant je vous parle, et je vais probablement rater les horaires d'ouverture pour les appels.

— Est-ce que vous avez pris rendez-vous avec un chiropracteur ou un ostéopathe ?

— Je n'en ai pas les moyens, répondit-il. C'est pour ça que je veux un rendez-vous chez le médecin, pour qu'il m'envoie chez un des leurs. Gratuitement, quoi.

— Ok, Roland. Donc vous dites que vous vous êtes blessé au travail vendredi. Êtes-vous retourné à la ferme depuis ?

— Hein ? Non, pourquoi je ferais ça ?

— Est-ce que vous y êtes retourné ?

— Non. Je n'irai pas là-bas tant que mon dos ne sera pas guéri. Ça ne sert à rien. Je ne peux pas travailler comme ça, pas vrai ?

Roland se frotta la tempe.

— J'ai aussi des flashbacks. Des cauchemars.

— Qu'est-ce que vous allez faire pour l'argent ?

— Je vais devoir m'inscrire au chômage ou un truc dans le genre si les Mallory ne me donnent rien, je suppose. En attendant d'aller mieux, en tout cas.

— Combien de temps êtes-vous resté chez le médecin ?

— Quoi ?

— Vous avez dit que vous étiez allé au cabinet médical samedi matin. Combien de temps y êtes-vous resté ?

— Je ne sais pas, un bon moment.

— Cinq heures ?

Il haussa de nouveau les épaules en guise de réponse.

— Parce que Jenna dit que vous n'étiez pas là quand elle s'est réveillée, et qu'elle a quitté la maison à quatorze heures, expliqua Kay. J'imagine que le cabinet médical n'est pas ouvert après midi un samedi, non plus. Où est-ce que vous êtes allé ?

— J'ai attendu là-bas pendant des heures, dit Roland, la voix insistante.

— Où êtes-vous allé après être parti ?

— Je me suis dit que tant qu'à faire, j'allais acheter d'autres antidouleurs, pour tenir le coup, quoi. Puis je suis rentré ici. Jenna était sortie à ce moment-là, alors je me suis endormi sur le canapé en regardant la télé.

Kay arqua un sourcil.

— Je ferais attention à votre place, monsieur Hammerton. À la façon dont vous prenez des antidouleurs, vous pourriez finir avec de très vilains maux d'estomac.

CHAPITRE 9

Laura conduisit la petite voiture bleu pâle entre les deux piliers de brique à l'entrée de la houblonnière des Mallory, les aérations du tableau de bord vrombissant et les fenêtres baissées.

Tout en maudissant d'avoir tiré la courte paille et de s'être vu attribuer pour la semaine une voiture de service dont la climatisation était en panne, elle leva la main pour saluer le jeune agent en uniforme qui se tenait près de la barrière ouverte pour repousser les visiteurs indésirables, puis elle suivit ses indications pour se garer sur le côté gauche de la cour de la ferme.

Elle trouva une place à côté d'une des camionnettes de la police scientifique, coupa le moteur et attrapa son sac posé aux pieds du siège passager avant d'y fouiller jusqu'à trouver un petit flacon vaporisateur d'eau de parfum. Elle en tamponna un peu sur ses poignets et ses clavicules, vérifia qu'elle n'avait pas besoin de remettre du déodorant, puis sortit de la voiture.

Il n'y avait pas de brise ici, aucun soulagement face à

la chaleur étouffante qui se réverbérait sur l'aire bétonnée et le mur de pierre qui entourait la cour. Les mauvaises herbes qui poussaient dans les fissures étaient flétries, et elle aperçut un couple de moineaux à quelques mètres le long du mur, le bec ouvert pour combattre la chaleur pendant qu'ils cherchaient des fourmis et des scarabées.

Laura ne reconnut pas l'agent et s'approcha pour se présenter. Une fois les présentations faites, elle balaya la cour de la ferme du regard.

— Où est-ce que je peux trouver Gloria Barkham ?

— Là-bas, dans cette écurie réaménagée, répondit-il. Le bureau le plus proche de nous.

— Merci.

Repoussant ses lunettes de soleil sur sa tête, Laura s'approcha de la porte marquée d'un panneau qui indiquait le centre d'accueil des visiteurs. Elle était fermée, et quelque part à proximité, un moteur ronronnait. À son grand soulagement, lorsqu'elle frappa puis ouvrit la porte, un souffle d'air frais l'enveloppa.

Elle franchit le seuil et entra dans un grand espace qui comportait un bar dans le coin du fond avec quatre tireuses, et quatre ensembles de tables et de chaises devant. Après avoir refermé la porte derrière elle, elle examina le matériel de marketing qui couvrait le mur de gauche, ses photos dépeignant l'histoire de la cueillette du houblon dans le Kent, puis la création de la ferme des Mallory.

À sa droite se trouvait une table en chêne qui servait de bureau, sa surface cachée par de la paperasse, des brochures de marketing et des chemises en carton beige. Le climatiseur était fixé au mur derrière, sa vitesse réglée sur un doux ronronnement.

Une femme la regarda par-dessus son écran d'ordinateur, l'air affairé.

— Nous ne sommes pas ouverts aujourd'hui, je suis désolée.

— Je sais.

Laura sortit sa carte de police et la lui tendit.

— Enquêteuse Laura Hanway, police du Kent. Est-ce que vous êtes Gloria Barkham ?

— Oui, répondit la femme. J'ai déjà parlé à quelqu'un et j'ai fait une déposition. De quoi d'autre avez-vous besoin ? Je suis très occupée.

— Je peux m'asseoir ?

Gloria désigna l'une des chaises près du bar avec un soupir résigné.

— Allez-y.

Après avoir traîné une chaise jusqu'au bureau et s'être installée avec son carnet et son stylo, Laura jeta un coup d'œil sur les documents et les dossiers.

— Combien de visites étaient prévues pour aujourd'hui ?

— Trois. Deux, plus un événement d'entreprise privé plus tard dans la journée.

Gloria tendit la main et orienta son écran de manière à mieux voir Laura, puis elle se cala dans son fauteuil en regardant la paperasse.

— Ils seront tous remboursés bien sûr, et d'après vos collègues, nous devons annuler le reste des visites de la semaine. Quant à la semaine prochaine…

Sur ces mots, la femme renifla, puis attrapa dans un tiroir de bureau un mouchoir en papier d'un paquet froissé, pour s'éponger les yeux avant de se caler dans son siège.

— C'est horrible, tout simplement horrible.

— Depuis combien de temps est-ce que vous travaillez ici ? demanda Laura.

— Six ans. J'ai commencé en aidant le père de Justin avec l'administration quotidienne de la ferme. Je n'étais qu'à temps partiel au début, pendant que mes enfants étaient à l'école, et une fois qu'ils ont préparé leur bac, je suis passée à temps plein. Justin m'a demandé de rester quand il a repris l'affaire.

— Et depuis combien de temps est-ce que vous organisez les visites ?

— Depuis le début.

Gloria se redressa un peu, la fierté dans la voix.

— C'était mon idée, en fait.

— Ah oui ?

— Eh bien, il y a eu une petite baisse d'activité l'année avant que Justin ne reprenne, et… ne dites à personne que j'ai dit ça, mais je pense que Joseph, son père, commençait à se lasser de tout le travail que cela impliquait. Il ne pouvait tout simplement pas supporter d'abandonner, cependant. Cette ferme est dans la famille depuis la fin des années 1800, et cela m'a fait penser que nous pourrions peut-être partager cette histoire familiale avec les amateurs de bière artisanale et d'autres touristes de la région.

— Qu'est-ce que Joseph a pensé quand vous lui en avez parlé pour la première fois ?

— Il n'était pas très enthousiaste au début, admit Gloria. Sa principale préoccupation était les conséquences sur son assurance. Vous pouvez imaginer ce que ça coûte chaque année. Mais j'ai parlé à des experts de l'industrie touristique locale et j'ai préparé un business plan pour le lui montrer. Une fois qu'il a vu comment ces revenus pourraient profiter à d'autres secteurs de la ferme, il a accepté de faire un essai pendant cet été-là. Nous n'avons jamais regretté depuis.

Laura entendit la fierté dans la voix de la femme et sourit.

— Ils ont évidemment beaucoup de chance de vous avoir ici. Des problèmes avec les visites dernièrement ?

— Qu'est-ce que vous voulez dire ?

— Eh bien, vous servez de l'alcool ici.

Laura indiqua le bar d'un coup de pouce par-dessus son épaule.

— Est-ce que vous avez parfois des problèmes avec des clients en état d'ébriété, ou ce genre de choses ?

Gloria plissa le nez.

— Parfois, mais c'est rare. Si ça arrive, c'est généralement parce qu'ils sont passés par une ou deux houblonnières ou vignobles voisins avant de venir ici. Mais Justin et Trevor sont plutôt doués pour gérer ce genre de situation, et ce, d'une manière qui ne froisse pas les clients.

— Vous pensez à d'autres problèmes ?

— Non, pas que je sache.

Gloria se pencha en avant et agita la souris de son ordinateur pour sortir l'écran de veille.

— Et je n'ai aucune idée de la raison pour laquelle il y a un cadavre dans notre houblonnière.

Laura rangea son carnet et son stylo dans son sac.

— Merci pour votre temps. Avant de partir, j'aimerais avoir la liste de toutes les personnes qui ont visité la ferme au cours des quatre derniers mois, s'il vous plaît. Visites de groupe, événements d'entreprise, dégustations privées, tout ce genre de choses.

La femme haussa les sourcils.

— Mais ce sont des informations confidentielles.

— En effet, jusqu'à ce que ces informations soient requises dans le cadre d'une enquête de police officielle, répliqua Laura.

Elle ouvrit la fermeture d'un compartiment de son sac et en sortit une clé USB neuve.

— Tenez. Ça vous évitera d'avoir à tout envoyer par email.

Gloria soupira, mais prit la clé USB qu'elle lui tendait et la brancha à son ordinateur.

— Je suppose. Il va falloir que vous patientiez le temps que j'exporte tout depuis notre système de réservation.

— Pas de problème.

Laura ramena la chaise près du bar, puis se dirigea vers le montage photo qui s'étendait le long du mur. Elle parcourut du regard les images les plus récentes, qui montraient la modernisation des méthodes de séchage du houblon, et elle passa quelques instants à admirer le professionnalisme du photographe qui avait capturé des clichés touchants de Justin et Cassandra Mallory en train de marcher en riant entre les cônes de houblon, tandis qu'une légende indiquait qu'ils inspectaient la récolte de l'année précédente.

Remontant le temps à travers les photos, elle s'arrêta lorsqu'elle arriva au moment où la ferme était passée de Joseph à son fils Justin. Une photographie posée, créditée à un magazine économique national, montrait les deux hommes dans la houblonnière, debout côte à côte, le père

Mallory souriait et avait une main sur l'épaule de son fils.

Justin avait les bras croisés sur sa poitrine et les pieds écartés à la largeur des hanches, donnant l'impression qu'il était prêt à marquer l'entreprise de sa propre empreinte, et il semblait ignorer les tentatives de son père d'afficher une image de générations d'agriculteurs très unis.

— Tenez.

Au son de la voix de Gloria, Laura se retourna et vit la femme lui tendre la clé USB. Elle se dépêcha de la rejoindre.

— Merci.

— Je dois vraiment m'y remettre, désolée.

La femme désigna les chemises cartonnées.

— Je dois encore appeler tous ces clients pour leur expliquer que les visites doivent être reportées. Vous ne savez pas quand nous pourrons rouvrir, par hasard ?

— Non, désolée, répondit Laura en glissant la clé USB dans son sac. Il faudra en parler à l'inspectrice principale Hunter, ou alors ce sera M. Mallory qui vous informera.

Gloria se mordit la lèvre.

— Ok.

— Merci pour votre aide.

Laura se dirigea vers la porte, puis s'arrêta et se retourna. Une dernière question.

— C'était comment, ici, quand Justin a repris la ferme ? Joseph l'a bien pris ?

— Oh, je pense que Joseph a eu du mal au début, dit Gloria. Je crois que ça a surtout blessé son orgueil de devoir abandonner l'exploitation. Enfin, il n'est pas loin, il vit dans l'un des cottages de la ferme de l'autre côté des champs et il passe de temps en temps, mais je pense qu'une partie de lui espérait que Justin ne s'en sortirait pas si bien.

Laura fronça les sourcils.

— Pourquoi ?

— Parce qu'il voulait vendre l'endroit il y a quatre ans, expliqua Gloria. Il estimait à l'époque que ça valait des millions, mais Justin l'a persuadé de la conserver à cause de l'histoire familiale. Je crois qu'il lui en a voulu pour ça depuis.

Laura jeta un coup d'œil par-dessus son épaule à la photographie des deux hommes.

— Il a l'air plutôt content sur cette photo.

— Cette photo a été prise l'année avant que Justin ne reprenne la ferme, expliqua Gloria. Ils se parlent à peine aujourd'hui.

CHAPITRE 10

Le lendemain matin, le temps était couvert et la température avait chuté d'au moins huit degrés.

Le son des sirènes perçait l'air, mêlé au vrombissement de la circulation en provenance à la fois de la voie rapide au sud de l'hôpital de Darent Valley et de Watling Street au nord, où un flot continu de véhicules se dirigeait vers l'immense centre commercial. Un hélicoptère les survola pour la troisième fois, sa livrée aux couleurs vives indiquant son appartenance à une chaîne d'information en continu, tandis qu'il décrivait des cercles au-dessus du pont de Dartford.

Des nuages gris maculaient le ciel. Adossée à la voiture de service, Kay leva les yeux vers la façade vitrée de l'hôpital, se demandant si elle quitterait les lieux avec les réponses qu'elle cherchait, ou si l'autopsie allait ajouter de nouvelles questions à celles qui tournaient déjà en boucle dans sa tête.

Elle ignora les camionnettes de livraison et les voitures des visiteurs qui saturaient la voie de desserte le long des places de stationnement, et elle tourna plutôt son attention vers son téléphone pour faire défiler les derniers emails arrivés. En soupirant, elle constata que ses tentatives pour obtenir plus d'officiers afin de l'aider dans l'enquête colossale qui s'annonçait avaient été transmises plus haut dans la hiérarchie pour « examen ». Un frisson lui parcourut l'échine alors qu'elle se demandait quels crimes avaient bien pu être commis pour justifier plus d'effectifs que le sien, puis elle releva la tête en entendant un coup de sifflet bref et sec.

Barnes marchait vers elle, un ticket en papier à la main et un grand sourire aux lèvres.

— C'est ton jour de chance, chef.

— Ah oui ?

— Le gardien là-bas vient de nous donner un laissez-passer. Apparemment, ils font des travaux de réfection sur l'autre parking, c'est pour ça qu'on n'a pas pu s'y garer. Je lui ai montré ma carte de police et il m'a dit de ne pas m'en faire.

Son sourire se mua en grimace.

— Tant mieux, vu ce qu'ils facturent d'habitude.

Kay leva les yeux vers le panneau au-dessus de la voiture qui l'identifiait comme une aire de livraison.

— Mais...

— Ne t'inquiète pas, ils dévient toutes les livraisons vers l'autre entrée. On ne dérange personne.

Barnes posa le ticket de stationnement sur le tableau de bord, puis verrouilla les portières.

— On est comment, niveau timing ?

— On a dix minutes d'avance.

Elle suivit son collègue à travers la voie de desserte

jusqu'aux portes d'entrée de l'hôpital. L'odeur familière de désinfectant et de produit pour le sol les accueillit alors qu'ils entraient dans le hall principal.

Évitant deux ambulanciers qui transportaient des sacs d'intervention et un homme âgé qui poussait une femme du même âge dans un fauteuil roulant, Kay traversa l'espace vers une porte et monta un escalier jusqu'à l'étage supérieur. Une porte coupe-feu menait à un long couloir carrelé aux murs nus, avec des panneaux suspendus au plafond pour les services de radiographie, d'IRM et d'échographie, mais Kay les ignora et continua jusqu'à une porte au fond. Elle la poussa pour révéler un petit bureau d'accueil et une porte sur la droite de celui-ci.

Un homme se leva d'une chaise derrière le bureau et leur tendit un registre des visiteurs.

— Bonjour, détectives. À l'heure, en plus. Il va apprécier.

— Bonjour, Simon, répondit Kay en griffonnant sa signature sur la page avant de passer le stylo à Barnes. La matinée est chargée ?

— Cinq aujourd'hui : trois de l'hôpital, le vôtre, et une suspicion d'overdose d'un autre hôpital, répondit l'assistant du médecin légiste. Le vôtre en premier, vu les circonstances.

Le calme de Simon Winter dissimulait un esprit vif et un penchant pour la procédure qui complétaient les compétences du médecin légiste du quartier général et avaient permis plusieurs avancées décisives pour Kay et son équipe. Tandis qu'elle le regardait remplir les derniers papiers nécessaires pour autoriser l'autopsie, une partie de la tension quitta ses épaules.

— On va s'équiper pendant que tu finis ça ? On se retrouve à l'intérieur ? dit-elle. Après tout, ce n'est pas notre première fois.

Simon esquissa un bref sourire, puis pointa son stylo par-dessus son épaule droite vers une deuxième porte.

— Vous savez où aller. Attention, il va commencer à l'heure pile.

— On ne va pas traîner, ne t'en fais pas, dit Barnes, et il s'écarta pour laisser Kay passer la porte avant lui. Je te retrouve là-bas, chef.

— Ok.

Elle poussa la porte du vestiaire des femmes et attrapa machinalement l'une des combinaisons de protection emballées sur une pile posée sur un banc, avant de déposer son sac et sa veste dans l'un des casiers. La combinaison encombrante recouvrit son pantalon de tailleur et son chemisier, puis elle enfila les surchaussures de protection assorties par-dessus ses chaussures et sortit en traînant des pieds. Elle attacha ses cheveux tout en tenant le cordon de son masque chirurgical entre les dents.

Barnes était déjà dans la zone d'accueil, en train de faire tournoyer son masque autour de son index, ses cheveux dissimulés par la capuche de sa combinaison. Il se retourna au son de son approche et haussa un sourcil.

— Prête ?

— Allons trouver des réponses, Ian, dit-elle en glissant ses cheveux sous sa capuche et en ajustant son masque sur son visage. Parce que plus ça prend de temps, plus celui qui a fait ça en a pour effacer ses traces.

— Toujours rien de l'équipe de Harriet ?

— Pas encore. J'espère que d'ici à ce qu'on retourne au poste…

Ils se turent quand Barnes poussa la porte en acier de la salle d'examen et un courant d'air frais les enveloppa.

Simon se tenait maintenant à l'autre bout, à côté d'un plan de travail rempli de fioles en verre vides et d'autres récipients de prélèvement, la tête penchée sur un ordinateur portable qui enregistrerait les commentaires du médecin légiste et suivrait l'envoi des différents échantillons à divers laboratoires spécialisés pour des analyses plus poussées.

L'odeur de désinfectant était plus forte ici et Kay plissa le nez tandis qu'elle et Barnes traversaient la pièce pour rejoindre Lucas Anderson, qui se tenait à côté de l'une des deux tables d'autopsie et réglait un microphone fixé à un câble au-dessus de lui.

— J'y suis presque, dit-il, puis il se tourna vers Simon. Le volume est bon ?

— Cinq sur cinq, répondit la voix. Je suis prêt quand tu l'es.

— Merci. Bien, vous deux, vous connaissez la procédure. Écoutez, observez et apprenez.

— C'est ce que tu dis à toutes les nouvelles recrues, ces derniers temps ? lança Barnes.

— Nous *sommes* en train d'enregistrer, intervint Simon.

— Parfaitement.

Lucas reporta son attention sur la table, son attitude reprenant une empathie toute professionnelle tandis qu'il faisait un geste de la main au-dessus de la victime qui avait été allongée et lavée.

— Alors, concentrons-nous sur cette pauvre âme, et essayons de comprendre pourquoi diable quelqu'un a bien pu vouloir lui faire ça.

Kay fit le tour de la table en observant le visage contusionné de l'homme, les coupures et les éraflures sur ses bras et ses mains, puis la terrible plaie béante qui lui avait déchiqueté le torse.

Elle déglutit.

— Où sont ses…

— Ses intestins ? compléta Lucas. Ils sont déjà au laboratoire pour y subir des analyses. Avec un peu de chance, nous aurons les résultats demain matin. Simon a demandé à ce qu'ils soient traités en urgence. Mettez-vous là, tous les deux, et je vais commencer.

Kay retourna là où Barnes s'était placé, à côté d'un chariot à roulettes chargé de scalpels et de couteaux. Un frisson involontaire parcourut ses épaules tandis que l'autopsie se poursuivait.

Lucas passa ses mains gantées sur les bras de la victime, les retournant pour exposer un entrelacs de coupures pratiquées dans la peau.

— Pour information, aucune des coupures n'est profonde et elles semblent avoir été infligées à des fins de torture.

Kay grimaça en suivant les mouvements de Lucas qui inspectait ensuite les jambes et les pieds de l'homme. Le médecin légiste secoua la tête en faisant le tour de la table pour revenir au torse de la victime. Son regard se posa sur le trou béant avant qu'il ne commence à retirer les organes vitaux.

— Ses poumons sont en bon état, commenta Lucas un

peu plus tard, et son cœur est sain. Vu sa constitution générale, je dirais qu'il avait une activité physique assez régulière, même s'il y a quelques résidus de tissu adipeux autour de son foie qui suggèrent qu'il aimait la nourriture plutôt riche. Encore quelques années, et ça aurait pu commencer à lui causer des problèmes.

— Et pour son âge ? demanda Kay.

— Je dirais entre vingt-cinq et trente ans, pas plus.

Lucas se déplaça vers les épaules de l'homme, puis fronça les sourcils et se pencha pour y regarder de plus près avant de faire signe à Simon.

— Tu pourrais venir prendre quelques photos pour moi avant que je continue ?

— Un problème ? demanda Barnes.

— Je n'en suis pas sûr.

Lucas leur adressa un bref sourire.

— Il vaut toujours mieux tout documenter au fur et à mesure, juste au cas où.

Le médecin légiste s'écarta en indiquant à Simon les zones qu'il voulait photographier, puis il continua à examiner la mâchoire et les dents de l'homme.

Les deux détectives fixaient leurs pieds pendant que Lucas maniait une scie mécanique. Bien qu'elle ait assisté à ce processus un nombre incalculable de fois, l'estomac de Kay se retourna à la puanteur qui se dégageait des restes de la victime.

Enfonçant ses ongles dans la peau de ses paumes, elle se concentra plutôt sur l'enquête et écouta Lucas énumérer les blessures de la victime, et elle se jura de retrouver ses meurtriers.

Il y eut un dernier vrombissement en provenance de la

table d'examen, puis Lucas posa la scie et commença à passer des échantillons à Simon pour qu'il les catalogue et les envoie au laboratoire. Une fois cela fait, il se dirigea vers un évier en acier inoxydable et commença à se désinfecter les mains et les bras avant de jeter un coup d'œil par-dessus son épaule aux restes de l'homme, puis à Kay.

— On se retrouve dans mon bureau dans, disons, un quart d'heure ?

— Ok.

Elle fronça les sourcils, décelant une expression troublée dans ses yeux.

— Il y a un problème ?

— Non, non, aucun problème, dit-il. Je ne vais pas vous retenir longtemps.

Congédiés, Barnes la précéda hors de la salle d'examen, puis se tourna vers elle à côté de la porte des vestiaires pour hommes.

— C'était quoi, ça ?

— Je ne sais pas. Ce n'est pas le genre de Lucas de faire des cachotteries sur ses conclusions, même devant Simon.

— J'imagine qu'il va falloir attendre pour le savoir, alors.

CHAPITRE 11

Kay retira sa combinaison de protection et la jeta, ainsi que son masque et ses surchaussures, dans un conteneur pour déchets à risque biologique avant de récupérer son sac et sa veste dans son casier, puis elle se dépêcha de franchir la porte pour retrouver Barnes qui faisait les cent pas dans le couloir devant l'entrée de la morgue.

Une jeune infirmière passa en hâte, un bloc-notes à la main, et elle disparut dans une salle indiquée comme étant le service de radiologie, et plus loin dans le couloir, un brancardier poussait un grand chariot métallique rempli de draps et de couvertures propres, mais il n'y avait personne d'autre en vue alors que les deux détectives se dirigeaient vers le bureau de Lucas.

On avait alloué au médecin légiste un espace exigu à l'autre bout de l'aile est, une mesure temporaire qui commençait à sembler permanente vu le nombre de dossiers et de livres qui garnissaient désormais les étagères de chaque côté de son bureau. Quand Kay tira une chaise libre du fond de la pièce, elle remarqua une fine couche de poussière sur l'écran de l'ordinateur.

En posant la chaise à côté de Barnes, elle sortit son téléphone et parcourut ses emails pendant que son collègue consultait sa messagerie vocale. Elle lui jeta un regard en coin lorsqu'il laissa échapper un grognement de surprise à l'écoute d'un des messages, puis un email du commandant divisionnaire Devon Sharp attira son attention, et elle ravala sa frustration en apprenant que son ancien mentor ne parvenait pas à obtenir plus de renforts pour l'enquête, malgré ses supplications.

Elle laissa tomber son téléphone dans son sac au moment où Barnes finissait d'écrire dans son carnet.

— Tu savais que Harry Davis prenait sa retraite ? dit-il.

— Ah bon ? s'étonna-t-elle en se redressant. Je n'en avais pas entendu parler.

— C'est officiel depuis peu. Apparemment, il part à la fin du mois.

— Mais c'est dans seulement deux semaines.

Barnes haussa les épaules.

— Il lui restait un congé pour ancienneté, alors sa femme et lui vont l'utiliser pour qu'il puisse prendre une retraite anticipée à plein salaire avant d'aller passer un mois en Australie pour rendre visite à la famille.

— Mais on n'a personne pour le remplacer.

Kay entendit la panique dans sa propre voix.

— Sharp vient de m'envoyer un email pour me dire qu'il n'arrive pas à nous trouver des renforts.

— Je suppose que savoir que nous sommes tous les deux invités à son pot de départ ne te console pas ?

— Détectives, désolé de vous avoir fait attendre.

Kay se tourna au son de la voix de Lucas, l'esprit encore préoccupé par la nouvelle qu'elle allait perdre un membre clé de son équipe, un sergent expérimenté doté d'une vaste expérience, sans aucune perspective d'avoir quelqu'un de la même trempe pour l'aider après son départ. Elle cligna des yeux, attrapa son carnet et son stylo, et tenta de se reconcentrer sur l'enquête en cours tandis que le médecin légiste se faufilait entre une bibliothèque et son bureau et s'enfonçait dans son siège avec un soupir.

Lucas agita la souris de son ordinateur pour sortir l'écran de veille, tapa son mot de passe avec une certaine aisance, puis tourna l'écran vers eux tout en cliquant sur une série de dossiers dans l'arborescence de l'hôpital.

— Je ne voulais rien dire en bas pendant l'enregistrement officiel, d'où ma suggestion de nous retrouver ici.

— Que se passe-t-il ? demanda Kay. Ce n'est pas dans tes habitudes d'être évasif.

— Je vous explique dans une minute. On dirait que Simon n'a pas encore fini de charger les photos.

Lucas s'adossa à son fauteuil et croisa les mains sur le bureau.

— En attendant, je peux cependant vous dire que je suis d'avis que votre victime est décédée entre vingt-trois heures et quatre heures du matin, dans la nuit de dimanche. Je ne pense pas que ça ait pu être plus tard, car le jour se lève vers six heures et demie, sept heures, et celui qui a fait ça a réussi à l'amener jusqu'à la houblonnière et à le tuer sans être vu ni entendu.

— Même ainsi, ça n'a pas dû être une mince affaire,

songea Kay. Parce qu'il se serait débattu. À moins qu'il n'ait été drogué ?

— Difficile à dire, j'en ai peur. Les tests toxicologiques initiaux que nous avons effectués ici n'ont pas été concluants. Simon envoie des échantillons au laboratoire pour des analyses plus poussées, mais…

— Il y a de fortes chances qu'ils reviennent non concluants également, termina Barnes.

— En effet.

Lucas actualisa la liste des fichiers puis cliqua sur les premières images qui apparurent.

— Vous voyez ces égratignures et ces coupures sur ses bras ? Ses ongles sont également déchirés, regardez. Cela me porte à croire qu'il était conscient quand ils l'ont emmené dans la houblonnière.

Kay sentit un frisson lui parcourir les épaules, qui n'avait rien à voir avec la bouche de climatisation au-dessus de la porte.

— Donc tu penses qu'il était pleinement conscient de ce qu'ils allaient lui faire ?

Lucas hocha la tête.

— Je vais attendre les résultats du laboratoire avant de finaliser mon rapport, bien sûr, mais j'ai déjà vu ça avec des signes de lutte. Vous vous souvenez de cette affaire il y a un an environ, la jeune femme ?

— Malheureusement, oui.

Kay regarda de nouveau la photo.

— Mais ce n'est pas de ça que tu voulais nous parler, n'est-ce pas ?

En guise de réponse, le médecin légiste se mit à faire défiler les autres images que Simon avait chargées, jusqu'à ce qu'il s'arrête à mi-chemin du répertoire, le curseur de sa souris planant au-dessus de la photo suivante.

— Je peux me tromper, mais un de mes collègues a écrit un article il y a quelque temps sur une affaire particulièrement sordide sur laquelle il a travaillé dans le West Country. Je ne crois pas que votre enquête y soit liée, tous les auteurs purgent de longues peines avec peu d'espoir de libération conditionnelle, mais il y a des similitudes entre cette affaire et certaines des marques faites post-mortem que je vois sur votre victime.

Kay vit Barnes se pencher vers l'écran de l'ordinateur et elle avança sur sa chaise, tendue.

— Quelles marques ?

Lucas ouvrit l'image et augmenta le grossissement avant d'utiliser le curseur de la souris pour indiquer ses découvertes.

— Vous voyez, ici ? Au début, je pensais qu'il avait été torturé, mais après réflexion et au vu des preuves de mon examen, je suis plus enclin à croire que ces marques ont été faites post mortem. Mais ce motif d'incisions sur sa nuque n'est pas aléatoire. Et puis…

Il marqua une pause pendant qu'il sélectionnait une autre image dans le répertoire.

— Ah, celle-ci. La même marque apparaît sur le torse de notre victime, sur la peau au-dessus de son cœur. Je ne l'ai pas remarquée hier sur la scène de crime, car elle était masquée par tout le sang des coups de couteau au torse et à l'abdomen, mais une fois que Simon l'a nettoyé, elle a sauté aux yeux. Et en voici une autre, près de son aine… Et une dernière, sur la plante de son pied gauche. Je pense qu'elles ont toutes été faites après qu'il a été éviscéré.

Kay fronça les sourcils, l'esprit en ébullition.

— C'est tordu, marmonna Barnes.

— Tu es plutôt proche, dit Lucas en fermant la dernière image. L'expression utilisée pour décrire les meurtres du West Country était que le tueur était « dérangé ». Mon collègue a bien sûr été réprimandé pour ça, ce n'était pas son rôle de commenter l'état d'esprit du tueur dans son rapport, mais c'est une chose qui m'a marqué.

— Tu as dit que le tueur de cette enquête était sous les verrous, dit Kay.

— En effet, cependant ces marques sont assez connues dans certains cercles, expliqua Lucas, mais tant que vous n'aurez pas trouvé d'autres preuves pour étayer cette hypothèse, je ne me sens pas en mesure de le conclure de manière définitive dans mon rapport.

— Quelle hypothèse ? demanda Barnes.

Lucas les regarda l'un après l'autre, puis expira.

— Que ce pauvre homme pourrait avoir été massacré dans le cadre d'un meurtre rituel.

CHAPITRE 12

Gavin poussa la porte vitrée de l'accueil du poste de police et plissa les yeux sous le soleil éclatant qui se reflétait sur les immeubles d'en face, en attendant une ouverture dans le flot de circulation qui déferlait sur Palace Avenue.

Une brise fraîche tira sur les manches de sa chemise, apportant avec elle une odeur âcre de la rivière Len qui coulait dans un large canal de l'autre côté de la route avant de rejoindre la Medway, plus grande, quelques centaines de mètres sur sa gauche. L'odeur se mélangeait à la puanteur de graillon d'un café servant de la restauration rapide plus loin dans la rue et aux fumées de diesel d'un semi-remorque qui passait dans un grondement.

Il repéra un espace entre une petite voiture blanche à hayon et un scooter et il traversa en trottinant, sa veste fermement agrippée dans une main tandis qu'il maintenait sa cravate de l'autre, avant de suivre le trottoir jusqu'à Mill Street, en direction du centre-ville.

L'agence de recrutement qui fournissait les travailleurs

temporaires à la ferme de Justin Mallory et à d'autres entreprises agricoles locales se trouvait dans un bureau au troisième étage, au-dessus d'une boulangerie artisanale, à mi-hauteur de la légère pente. La porte de l'agence se situait à gauche de la vitrine de la boulangerie et Gavin sonna à un clavier numérique crasseux d'où dépassaient des fils électriques, puis il recula pour admirer l'étalage de pains frais, de gâteaux et de pâtisseries. Son estomac gargouilla lorsque la porte de la boutique s'ouvrit et qu'une jeune employée de bureau en sortit avec des sacs en papier gras d'où s'échappait de la vapeur, tandis qu'elle passait en se hâtant.

Il reporta son attention sur la porte commune de l'agence en entendant un bourdonnement en provenance du clavier, puis il entendit un *clic* métallique lorsque la serrure se déverrouilla. Jetant un œil aux enseignes délavées sous celle de l'agence de recrutement – une pour une œuvre de charité au deuxième étage et une autre pour une société de marketing au premier –, il poussa la porte et fronça les sourcils en l'entendant frotter contre un paillasson en fibre de coco.

Après l'avoir refermée, il se retourna et vit un tas de prospectus et de journaux gratuits qui encombraient la moquette élimée du couloir du rez-de-chaussée, puis il leva les yeux pour apercevoir des toiles d'araignée poussiéreuses accrochées aux coins du plafond.

Gavin enfila sa veste et monta les escaliers, jetant un seul regard à la rampe zébrée de saleté avant de retirer vivement sa main et de décider de tenter sa chance sur les marches inégales. Le palier du premier étage comportait deux portes, l'une pour l'agence de marketing, qui restait résolument fermée avec un second panneau de sécurité fixé dessus, et l'autre marquée « WC ». Il frissonna à l'idée des horreurs en matière de nettoyage qui devaient se trouver derrière cette porte, et il continua jusqu'au deuxième étage, passant devant la porte de l'association caritative où le bruit des téléphones qui sonnaient était accompagné de voix pressées, pour enfin atteindre le troisième étage.

Une femme l'attendait sur le palier, penchée par-dessus la rampe à son approche.

— Vous nous avez trouvés sans problème, alors ?

— Oui, merci.

Il brandit sa carte de police.

— Enquêteur Gavin Piper, je crois que nous nous sommes parlé au téléphone ?

— Eleanor Wickham, dit-elle en désignant une porte ouverte d'un geste de la main. Entrez, je vous en prie. Vous voulez un café ou autre chose ?

— Non, ça va, merci.

Gavin la suivit dans un espace de réception étonnamment aéré et étincelant par rapport au reste des bureaux du palier.

Les murs avaient été peints en jaune pâle et agrémentés de fausses fougères disposées dans des pots de tailles variées, et des œuvres d'art de bon goût étaient accrochées sur trois des murs. Le bureau de l'accueil était une surface de type Formica blanc qui brillait à la lumière des fenêtres, et deux portes en verre dépoli, aux poignées chromées, polies et impeccables, partaient de la pièce.

Eleanor s'arrêta pour ramasser une petite pile de chemises cartonnées sur le bureau et un verre d'eau à moitié plein, puis elle inclina la tête vers l'une des portes en verre dépoli.

— Vous voulez bien passer devant ? Celle de droite, je m'en sers pour les entretiens. C'est beaucoup plus agréable qu'ici. Pour commencer, il y a la climatisation.

Gavin entra dans une grande pièce dotée de trois fenêtres à double vitrage qui donnaient sur Mill Street et offraient une vue sur une partie des toits enchevêtrés des bâtiments plus bas en face. Une table ovale couleur hêtre entourée de six chaises assorties occupait le centre de la pièce, tandis qu'un meuble bas rectangulaire, qui s'étendait sur le côté gauche, semblait servir à la fois de placard à papeterie – vu les rames de papier qu'il pouvait voir sur l'une des étagères – et de support pour un grand écran qui occupait la majeure partie de sa surface. Une caméra était fixée au sommet de l'écran et, en levant les yeux, il repéra des haut-parleurs dans deux coins du plafond.

— Nous faisons une grande partie de nos réunions et entretiens par visioconférence chaque fois que possible, expliqua Eleanor en posant les dossiers sur la table et en l'invitant à s'asseoir d'un geste. Même si mes deux enfants ont tendance à s'en servir pour des jeux et des films si je dois venir ici le week-end.

— Je ne peux pas leur en vouloir.

Gavin ouvrit sa veste et regarda Eleanor régler la climatisation pendant qu'il sortait son carnet et son stylo.

— Merci de me recevoir dans un délai si court.

— Ce n'est pas un problème, surtout dans ces circonstances.

Le visage d'Eleanor s'assombrit.

— Est-ce que vous avez une idée de qui a été tué ?

— L'enquête est en cours, répondit-il. Cependant, je suis en mesure de confirmer qu'aucun de vos contractuels n'a été blessé.

Ses épaules se détendirent.

— C'est une bonne nouvelle. Je les connais tous depuis un moment maintenant. À ce propos, je me suis permis de copier les dossiers du personnel pour les contractuels qui travaillent pour Justin Mallory. J'imagine que vous me ferez parvenir la demande formelle appropriée ? Évidemment, je ne peux pas distribuer ce genre d'informations comme ça, mais je suppose que comme ça fait partie d'une enquête de police...

— C'est exact, et oui, une de mes collègues s'occupe de la paperasse.

Gavin pensa à la pile de demandes que Debbie West était en train d'éplucher quand il avait quitté la salle des opérations dix minutes plus tôt, et il espéra que la sienne était en haut de la pile. Il jeta un coup d'œil aux dossiers sous le bras d'Eleanor.

— Des problèmes avec vos saisonniers ?

— Aucun, répondit-elle sans hésiter. Je connais Alexandru et Daniel depuis plusieurs années, ainsi que les deux autres qui travaillent pour Justin.

— Comment est-ce que vous recrutez les travailleurs saisonniers ?

— Nous publions des annonces sur des groupes et des pages de réseaux sociaux, mais la plupart du temps, comme pour Alexandru, nous sommes recommandés par d'autres travailleurs. L'ami d'Alexandru voulait prendre sa retraite, alors il l'a encouragé à me contacter au début de cette saison-là, dit Eleanor. Je lui ai parlé au téléphone et, après qu'il m'a envoyé toute sa paperasse par email, j'ai accepté de lui trouver du travail. Étant donné que son ami travaillait pour les Mallory, je leur ai suggéré de faire faire à Alexandru une période d'essai de deux semaines, et il est resté chez eux depuis.

— Je crois savoir que Justin a repris la ferme de son père…

— Il y a deux ans, oui.

— Et est-ce que vous traitiez directement avec Joseph Mallory, ou…

— Toujours avec Joseph. Il était… plus sur le terrain que Justin.

Eleanor esquissa un sourire en coin.

— Moins enclin à déléguer, disons.

— Vous vous entendiez bien avec lui ? Avec Joseph, je veux dire.

— Vous l'avez déjà rencontré ?

— Non.

— C'est un sacré personnage, expliqua-t-elle. J'ai toujours eu l'impression qu'il était prêt à contourner les règles si on lui en donnait l'occasion. Je ne dis pas qu'il l'a fait, mais je ne pense pas qu'il aimait le côté administratif de l'agriculture. Je devais sans cesse le relancer pour la paperasse, et pour les paiements. Sans Gloria, par exemple, Joseph n'aurait jamais pensé à ouvrir ses portes aux touristes. Justin, en revanche, est un agriculteur très moderne : il a une bonne équipe autour de lui, il est très avant-gardiste et il cherche constamment des moyens d'améliorer la ferme au-delà de sa mission habituelle de culture.

— Pour en revenir aux travailleurs saisonniers que vous employez, dit Gavin. Et les autres que vous fournissez comme prestataires ? Que pouvez-vous me dire à leur sujet ?

Eleanor tapota le dessus des chemises en carton avec un ongle manucuré.

— Tout est là-dedans. Daniel Ionescu et les autres sont chez les Mallory depuis au moins deux saisons, ce qui, à mon avis, en dit long sur leur éthique de travail. Comme Alexandru, ils travaillent ici en été pour compléter la main-d'œuvre locale que nous pouvons trouver. Beaucoup de gens de la région préfèrent travailler dans la vente plutôt que dans les champs pour le salaire minimum, c'est pourquoi les agences comme la mienne sont si importantes. Je trouve aussi des saisonniers pour les fermes fruitières locales, les entrepôts de distribution alimentaire, tout ça.

— Des problèmes parmi vos autres saisonniers ?

— Un seul jeune qui a décidé de voler l'un de mes plus anciens clients en mai. Il effectue actuellement des travaux d'intérêt général.

Eleanor soupira.

— Et j'ai perdu un client précieux à cause de lui. À part ça, non, aucun problème. La plupart des gens qui travaillent pour moi sont très fiables.

— Une dernière question, dit Gavin. Les quatre ouvriers qui sont à la ferme des Mallory, est-ce qu'ils participent à d'autres récoltes dans la région ?

— Pas pour le houblon, non, ce serait impossible en termes de calendrier. C'est bien trop intense. Une fois que la récolte est mûre, elle doit être cueillie, sinon elle est perdue.

Gavin ramassa les dossiers et repoussa sa chaise.

— Merci pour votre temps, madame Wickham. Je vous recontacterai si j'ai besoin d'autre chose.

Il descendit les escaliers en toute hâte, sortant son téléphone portable de sa poche tout en retournant d'un pas rapide vers le poste de police.

— Kyle ? Rends-moi un service. Trouve qui est le plus proche concurrent de Justin Mallory. Je crois qu'on tient peut-être un mobile pour notre meurtre.

CHAPITRE 13

Kyle tapotait le volant de ses doigts et compta jusqu'à dix à voix basse pendant que le jeune agent à l'entrée de la ferme des Mallory vérifiait sa carte de police par rapport à la liste qu'il tenait à la main.

Il était presque midi et le soleil cuisait les bas-côtés herbeux de chaque côté de l'entrée de la ferme et creusait des fissures dans la terre tassée qui bordait l'asphalte. Même les oiseaux s'étaient tus dans la haie la plus proche de la fenêtre ouverte de Kyle, et seul le bourdonnement d'un unique bourdon se faisait entendre, porté par une légère brise qui ne faisait rien pour soulager la chaleur étouffante.

Nadine et Sean avaient été relevés de leurs fonctions la veille au soir et étaient maintenant de retour à la salle des opérations, et Kyle ne reconnut pas le jeune homme d'une vingtaine d'années qui marmonnait pour lui-même, le front perlé de sueur.

— Je devrais être sur la liste, dit Kyle. Debbie West m'y a ajouté hier.

— Oh.

Les yeux de l'agent s'écarquillèrent et il s'arrêta pour tourner la page.

— Je vous ai trouvé. Désolé. Mauvaise liste.

— Pas de problème.

Kyle reprit sa carte de police, puis lui tendit une bouteille d'eau fraîche d'un pack qu'il avait acheté dans une station-service en venant du poste de police.

— J'ai été assez souvent coincé sur des périmètres quand j'étais en uniforme.

Les yeux de l'agent s'illuminèrent et il ouvrit la bouteille.

— Génial. Merci.

Kyle hocha la tête, remonta la vitre et mit la climatisation à fond tout en avançant lentement la voiture pour trouver une place à côté d'une des camionnettes de la police scientifique.

Prenant un instant pour laisser l'air froid l'envahir, il regarda l'une des protégées de Harriet apparaître à l'autre bout de la cour de la ferme, les mains pleines de sacs de preuves scellés en provenance de la houblonnière. Il y avait encore un ruban de scène de crime tendu à l'entrée de celle-ci, avec un deuxième agent en uniforme de garde au cordon, et Kyle se demanda combien de jours encore les agents de la police scientifique passeraient le champ et ceux des alentours au peigne fin dans une recherche désespérée de preuves.

Jusqu'à présent, aucune découverte significative n'avait été signalée, et lorsqu'il sortit de la voiture et fit un signe de tête à la technicienne de la police scientifique tout en se dirigeant vers la ferme principale, elle lui lança un regard méfiant comme pour le défier de lui demander comment progressait la recherche.

Il trouva Cassandra Mallory dans la cuisine.

Elle était assise à une table de petit-déjeuner au plan de travail en granit, une main enroulée autour d'une tasse en céramique et l'autre posée sur la page ouverte d'un magazine. Sa tête était détournée de la porte, de sorte qu'elle faisait face à de grandes portes-fenêtres qui avaient été ouvertes sur le jardin.

Il s'éclaircit la gorge et elle sursauta visiblement sur son siège avant de se tourner vers lui, les yeux écarquillés.

— Madame Mallory ?

Il lui tendit sa carte de police.

— Enquêteur Kyle Walker. Désolé de vous déranger. Je peux vous parler un instant ?

Elle hocha la tête, puis désigna l'un des autres tabourets.

— Vous voulez un café ?

— Non, merci.

— Un verre d'eau, peut-être ?

— Non vraiment, ça va. Merci.

— D'autres questions ?

— Oui, désolé. Vous avez un moment ?

— Je suppose.

Elle lâcha sa tasse et ferma les yeux, pinçant l'arête de son nez avant de laisser retomber sa main sur le plan de travail.

— Quel foutu bordel.

— Où est votre mari ?

— Au bureau, en train de vérifier les chiffres. Nous

devions livrer du houblon à un nouveau client vendredi... il essaie de voir si nous en avons assez ou...

Kyle sortit son carnet.

— Je voulais vous poser des questions sur Roland Hammerton, l'un de vos employés. Mon inspectrice principale, Kay Hunter, lui a parlé hier dans le cadre de nos premières investigations et il a mentionné qu'il n'était pas au travail lundi parce qu'il s'était blessé ici vendredi. Ai-je raison de dire que vous êtes responsable du bien-être de vos employés à la ferme ?

— C'est exact, et malheureusement, cela inclut Roland, oui.

Cassandra secoua la tête, ferma le magazine et repoussa la tasse de café avant de pivoter sur son siège pour lui faire face.

— Qu'est-ce que vous voulez savoir ?

— Que s'est-il passé vendredi ?

— Roland ne l'a pas dit à l'inspectrice Hunter ?

— J'aimerais l'entendre avec vos propres mots.

— Très bien. Roland est entré ici vers quatorze heures trente vendredi après-midi en disant qu'il s'était fait mal au dos en déplaçant des sacs d'engrais. Il tenait sa main sur son dos comme ça, dit-elle en posant sa paume contre le bas de sa colonne vertébrale. Et il traînait des pieds, comme on le fait quand on a mal au dos. Je lui ai demandé si autre chose lui faisait mal... évidemment, ici à la ferme, tout ce que nous faisons comporte des risques et j'ai entendu des histoires d'horreur au fil du temps... mais il a dit non, juste son dos. Je l'ai fait s'asseoir sur l'une des chaises là-bas, à côté de la table à manger, pendant que je lui prenais un verre d'eau, puis je suis allée chercher le registre des accidents pour qu'il le remplisse. Vous n'imaginez pas la quantité de paperasse que nous devons remplir ici, surtout quand quelqu'un se blesse.

— Que s'est-il passé ensuite ?

— Il est parti. Je lui ai proposé de le ramener chez lui avec sa voiture et de prendre un taxi pour rentrer, mais il a estimé qu'il était tout juste en état de conduire, et il a dit qu'il voulait passer au cabinet du médecin en chemin.

Cassandra descendit du tabouret et se dirigea vers une grande table rectangulaire en pin qui se trouvait dans un coin.

— Je n'ai pas encore eu le temps de remettre le registre au bureau, alors vous pouvez y jeter un œil si vous le souhaitez.

— Merci.

Kyle lui prit le registre des mains et feuilleta les pages jusqu'à la dernière inscription, le papier semblait fragile au toucher. L'écriture soignée de Cassandra avait rempli les différentes cases et sa signature figurait à la fin. Satisfait, il le lui rendit.

— Est-ce que vous avez eu des problèmes avec Roland avant l'accident ?

— Qu'est-ce que vous voulez dire ?

Kyle ne dit rien et haussa un sourcil en guise de réponse.

Cassandra fit glisser le registre sur le plan de travail et soupira.

— Il est… difficile, parfois. Il fait son travail, oui, et il est avec nous depuis un certain nombre d'années, mais il a l'impression que tout lui est dû. Il n'a pas apprécié que Justin nomme Trevor régisseur de notre ferme. En fait, il l'a fait savoir haut et fort, en disant qu'il avait plus d'expérience et qu'il aurait dû être promu à sa place. Justin et moi avons essayé de lui expliquer que l'expérience militaire de Trevor faisait de lui un meilleur candidat. Il était dans le corps logistique, et franchement, il a été une bénédiction ces deux dernières années. Roland lui en veut depuis, je crois.

— Vous pensez que ce ressentiment le pousserait à nuire à votre réputation ?

— C'est-à-dire ?

— Est-ce que vous avez eu des problèmes à la ferme avant son accident de vendredi ?

— Pas à ma connaissance, non.

— Il s'était déjà blessé auparavant ?

— Non, nous avons eu beaucoup de chance en fait. Si vous consultez le registre des accidents, vous verrez que la plupart de nos blessures sont des commotions légères ou des coupures et des bleus, rien de plus grave que ça.

— Et est-ce que Roland avait déjà utilisé le chariot télescopique qu'il dit avoir manipulé lorsqu'il s'est blessé ?

— Oh oui, c'est le conducteur principal de cet engin. Justin lui a même fait un compliment l'autre semaine, en disant qu'il manie la machine mieux que quiconque par ici.

— Est-ce que quelque chose a été dit entre vous et Roland avant qu'il ne parte d'ici vendredi, quoi que ce soit qui pourrait vous avoir inquiétée ?

— Non, une fois le rapport d'accident rempli, je lui ai dit qu'il devait prendre rendez-vous avec son médecin généraliste dès que possible, pour s'assurer qu'il n'y avait pas de séquelles, et je lui ai souhaité un prompt rétablissement. Après son départ, j'ai vu Trevor pour savoir qui était disponible le week-end pour couvrir les quarts de Roland. Heureusement, le fils de Trevor lui rend visite en ce moment et il a un peu d'expérience avec ce genre d'engin, alors nous lui avons donné le travail.

Les yeux de Cassandra se plissèrent.

— Écoutez, que se passe-t-il ?

— Ce ne sont que des vérifications de routine, c'est tout, répondit Kyle. Une dernière question : est-ce que Roland est revenu à la ferme depuis que vous l'avez vu pour la dernière fois vendredi ?

— Non, pas que je sache.

Elle fronça les sourcils.

— Du moins, je n'ai pas vu sa voiture ici. S'il s'est fait déposer ou quelque chose du genre, je ne serais pas au courant. Mais pourquoi ferait-il ça ? Il devrait être en train de se reposer, non, d'essayer d'aller mieux ?

— En effet, il devrait, dit Kyle en rangeant son carnet. Merci pour votre temps, madame Mallory. Je vais trouver la sortie.

CHAPITRE 14

Une brume d'après-midi s'accrochait aux toits du centre-ville de Maidstone et un amas de nuages violacés se pressait à l'horizon. L'air était lourd d'une odeur d'ozone.

Kay jeta un coup d'œil par la fenêtre avant de reporter son attention sur le tableau blanc au fond de la salle des opérations. Elle faisait tourner un marqueur noir entre ses doigts tandis que son regard parcourait les notes qui résumaient la première évaluation de l'équipe sur l'enquête qui avait maintenant pris de l'ampleur.

Le son des téléphones qui sonnaient et des voix qui se superposaient parvenait jusqu'à l'endroit où elle se tenait, dos aux bureaux. Elle entendait des pas arpenter les dalles de moquette usées, entrecoupés par la porte qui s'ouvrait et se refermait bruyamment tandis que ses agents traitaient toutes les pistes recueillies jusqu'à présent.

Elle baissa les yeux sur le dernier ordre du jour de la réunion qu'elle tenait à la main.

Il y avait tant de tâches en suspens, tant de nouvelles

tâches générées par les investigations du jour, et puis il y avait les conclusions de Lucas après l'autopsie.

Kay se tourna vers la salle et éleva la voix.

— Quelqu'un a des nouvelles de Harriet ?

— Elle a appelé il y a un quart d'heure, chef, répondit Nadine. Elle a encore des gens qui travaillent au catalogage des preuves à la ferme, mais elle a dit qu'ils auraient terminé leur évaluation initiale ce soir. Elle a précisé qu'elle appellerait dès son retour au bureau.

— Merci.

Kay consulta sa montre. D'après ses calculs, il lui restait vingt minutes.

— Bien, tout le monde, briefing dans cinq minutes, s'il vous plaît. Debs, j'ai apporté quelques modifications à cette ébauche. Tu pourrais les prendre en compte et distribuer le document à tout le monde pour moi ?

S'ensuivit une ruée vers les téléphones, les carnets et les stylos, puis une débandade organisée en direction du tableau blanc pendant que l'équipe se rassemblait. Deux ou trois d'entre eux jouèrent des coudes pour atteindre l'imprimante avant que Debbie ne la réquisitionne pour photocopier l'ordre du jour modifié.

Gavin s'approcha de Kay, une canette de boisson énergisante ouverte à la main.

— Chef, plutôt que de te faire perdre ton temps pendant le briefing, Sean Gastrell vient de me dire qu'il n'y a rien d'anormal sur les enregistrements de sécurité autour de la cour de la ferme. Il a demandé à Andy, au QG, d'y jeter un œil aussi, mais il n'a rien repéré de suspect non plus.

— Ok, merci Gav, j'apprécie.

Elle attendit que quelques retardataires rejoignent la foule devant le tableau blanc, puis elle abaissa l'ordre du jour.

— Merci, tout le monde. Avant de commencer, si vous ne l'avez pas déjà appris, l'un des membres de notre équipe a annoncé son départ à la retraite et nous quittera à la fin de la semaine prochaine. Harry, je vais être honnête : je ne sais pas ce que j'aurais fait sans toi ces dernières années. Tu as été un membre essentiel de mon équipe et tu m'as soutenue lors d'enquêtes vraiment difficiles. Merci, tu vas nous manquer.

Le sergent en uniforme leva la main pour parer les applaudissements qui suivirent ses paroles, les joues rouges.

— Merci, chef, parvint-il à dire une fois le calme revenu dans la pièce. Ce fut un honneur de travailler avec vous tous ici présents. Ça va me manquer, c'est certain.

Barnes se tourna sur son siège pour lui faire face.

— Tu vas t'ennuyer au bout de trois mois, Harry. Je te connais trop bien. Qu'est-ce que tu vas faire de ton temps après ton voyage à l'étranger ?

Harry haussa les épaules.

— La même chose que les autres qui sont mis à la retraite anticipée par la direction de temps en temps. Je vais monter une boîte de conseil et aider les entreprises de sécurité privée, ce genre de choses, je suppose. Diane ne voudra pas que je traîne dans ses pattes toute la journée.

— Et un petit conseil pour vous tous : Harry est l'un de nos officiers les plus compétents, alors profitez-en tant qu'il est là.

Kay lui fit un clin d'œil.

— Sinon, je suis sûre que ses honoraires de consultant post-retraite provoqueront une crise cardiaque au commandant divisionnaire Sharp.

Quelques rires fusèrent dans la salle des opérations, puis elle agita l'ordre du jour dans sa main pour redresser la page et porta son attention sur le premier point.

— Bien, passons à la suite. Tout d'abord, où est-ce que tu en es avec la collecte des images de vidéosurveillance et des caméras de sonnette des propriétés voisines, Debbie ?

L'agente s'avança, se décollant de l'une des hautes armoires métalliques sur le côté de la pièce.

— Nous avons les enregistrements de deux caméras de sonnette qui appartiennent aux propriétés privées qui bordent la ferme, chef, et le gérant de la station-service m'a envoyé un lien vers les leurs par email. J'ai chargé quelques jeunes agents de tout visionner. J'attends des nouvelles de l'agent immobilier au sujet d'éventuelles caméras dans le pub abandonné. Les enquêtes de voisinage ont commencé hier soir et devraient être terminées d'ici vendredi, une fois que nous aurons eu l'occasion de repasser chez tous ceux qui n'étaient pas chez eux lors de notre premier passage. Nous avons entré des mots-clés dans la base de données, donc si nous obtenons des correspondances d'informations, elles seront signalées pour que nous puissions faire un suivi.

— Merci, Debs. Kyle, où est-ce que tu en es dans tes recherches sur les antécédents de Justin Mallory ?

— Rien de suspect, chef, déclara la nouvelle recrue de son équipe d'enquêteurs. Il est allé à l'université de Brighton où il a obtenu une licence en gestion d'entreprise, puis il est retourné à la ferme et a travaillé avec son père pendant plusieurs années. Lui et Cassandra se sont rencontrés lors d'un bal d'agriculteurs à Tunbridge Wells il y a huit ans. Elle est issue d'une famille de fermiers du sud d'East Grinstead, et ils n'ont cessé de faire prospérer l'exploitation depuis que le père de Justin a pris sa retraite il y a deux ans. Cassandra gère un blog sur la vie à la ferme, qui inclut une boutique où les clients peuvent commander des produits dérivés, et ils partagent aussi des vidéos en ligne sur leur quotidien. Deux filles, nous savons déjà qu'elles sont actuellement chez leurs grands-parents, et les comptes financiers sur le site du registre du commerce semblent également sains. Je suis en train d'examiner ses employés pendant que Gavin s'occupe des intérimaires, et je devrais pouvoir vous en dire plus demain matin.

— Bon travail, merci Kyle. Quelles sont les dernières informations concernant Roland Hammerton ?

— J'ai parlé à Cassandra ce matin, dit-il avant de relater leur conversation. Elle semblait perplexe sur la façon dont il avait pu se blesser. Apparemment, il a beaucoup d'expérience avec le chariot télescopique et il a déjà effectué la même tâche de nombreuses fois par le passé. Elle m'a montré le registre des accidents, mais il est pauvre en informations. À moins que nous ne l'identifiions officiellement comme suspect, je ne pourrai pas accéder à son dossier médical ou savoir s'il en a parlé à son médecin.

— Ok, dans ce cas… Ian, tu peux travailler avec Kyle et creuser un peu plus le passé de Roland pour moi ? Ses amis, ses anciens collègues, les endroits qu'il fréquente, ce genre de choses. Je cherche tout ce qui pourrait démontrer qu'il a un tempérament violent, et voyez s'il y a des caméras de vidéosurveillance aux alentours de son cabinet médical, qui filmeraient les commerces voisins. J'aimerais savoir où il est allé depuis vendredi.

Elle attendit que les deux détectives terminent de prendre des notes.

— Et il va sans dire que dès que vous trouvez quelque chose, vous m'en informez.

— Oui, chef, répondirent-ils en chœur.

Kay vit Laura lever la main.

— Qu'est-ce qu'il y a ?

— Pour en revenir aux vérifications d'antécédents de Kyle sur Justin Mallory, chef, j'ai parlé à Gloria hier soir au sujet des visiteurs, et j'y reviendrai quand nous aborderons ce point de l'ordre du jour, dit Laura. Mais elle a mentionné que Joseph n'était pas très heureux que Justin reprenne la ferme, et elle a l'impression qu'il voulait le voir échouer.

— Vraiment ?

Kay arrêta d'écrire sur le tableau blanc et se retourna.

— Pourquoi ?

— D'après Gloria, Joseph a essayé de vendre la ferme il y a quatre ans pour un projet de développement immobilier. Apparemment, elle vaut des millions, mais Justin l'a persuadé de la conserver en raison de l'histoire familiale.

— Intéressant. Je me demande si—

Un téléphone fixe sonna sur le bureau à côté d'elle et Debbie l'interpella depuis un autre bureau, agitant un combiné en l'air.

— C'est Harriet sur la ligne deux, chef. Elle dit que c'est urgent.

CHAPITRE 15

Un silence s'abattit sur la salle des opérations tandis que Kay augmentait le volume du téléphone, avant de murmurer des remerciements à Gavin qui lui apporta une chaise.

Elle ne s'assit pas tout de suite et elle décapuchonna un nouveau marqueur avant de se poster une fois de plus à côté du tableau blanc.

La voix de la responsable de la police scientifique, nette et professionnelle, emplit la pièce à travers le haut-parleur.

— Bonjour, détective Hunter. J'ai pensé que toi et ton équipe apprécieriez un premier bilan plutôt que d'attendre mon rapport initial demain matin.

— Merci, Harriet, dit Kay, incapable de cacher le soulagement dans sa voix. Et s'il te plaît, transmets mes remerciements à ton équipe. Ils n'ont pas compté leurs heures sur cette affaire.

— De rien. On a encore du pain sur la planche, mais c'est apprécié. Tu es prête ?

Kay balaya du regard les agents rassemblés. Leurs visages étaient concentrés, les stylos en suspens au-dessus de leurs carnets, et Debbie s'était installée sur un siège voisin, son ordinateur portable ouvert, prête à noter le plus de détails possible de la conversation pour mettre à jour HOLMES2.

— Nous sommes prêts.

— Bon, alors vous cherchez trois suspects, commença Harriet. Au moins trois. Il y en avait peut-être plus, mais nous n'avons que trois séries d'empreintes de pas distinctes allant à la houblonnière depuis la route principale. Il y a une aire de stationnement à environ 800 mètres de notre scène de crime où nous avons trouvé des traces d'huile de moteur fraîche. J'inclurai tous les détails dans mon rapport, mais je suis d'avis que votre victime a été conduite jusqu'à cette aire, puis tirée hors du véhicule. Il y a des traces de frottement dans la terre et sur le bas-côté qui correspondent à un corps traîné, la pointe des chaussures tournée vers le sol. Les responsables ont coupé une clôture de barbelés qui sépare la ferme voisine de la route. Ce champ est plein de maïs qui attend d'être récolté plus tard dans le mois, ce qui aurait fourni une couverture parfaite. La culture est très endommagée sur le bord du champ jusqu'à l'angle le plus éloigné, où ils ont tout piétiné pour atteindre un chemin cavalier qui se trouve entre ce champ et la houblonnière des Mallory.

La spécialiste de la police scientifique s'interrompit pour laisser à l'équipe d'enquête le temps de suivre, et Kay regarda les nouvelles puces qu'elle avait ajoutées au tableau blanc en réprimant une angoisse montante.

Il y avait tant de questions sans réponse, tant de tâches à déléguer, et si peu d'agents disponibles.

— Après l'avoir traîné à travers le champ, ils ont coupé la clôture pour accéder au chemin. Ils ont coupé une autre clôture pour accéder aux houblons, poursuivit Harriet. À ce moment-là, il semble que votre victime se soit accrochée à la clôture de barbelés pendant qu'ils la faisaient passer. Nous avons trouvé des traces de sang, donc je vais envoyer les échantillons au laboratoire et leur demander de vous mettre en copie des résultats.

Kay remarqua la brusque inspiration de Laura et hocha la tête.

— Si ça ne correspond pas à l'ADN de notre victime, ça pourrait être notre première vraie piste dans cette affaire.

— Ne t'inquiète pas, je m'en doutais, alors j'ai demandé au labo de traiter ça en urgence, et je compte les appeler pour insister après notre conversation. Je suis aussi d'avis que, vu qu'il y avait au moins trois suspects, ils n'ont pas eu besoin d'utiliser la machine à récolter le maïs pour hisser le corps de la victime, continua Harriet. L'angle dans lequel il a été retrouvé suggère qu'ils ont pu le soulever pour le mettre en place, et deux personnes auraient pu le maintenir pendant qu'une troisième l'attachait aux treillages.

— Ça expliquerait pourquoi personne à la ferme n'a rien entendu cette nuit-là, dit Kay.

— Exactement. Nous avons aussi trouvé une empreinte de pneu près de l'aire de stationnement qui pourrait appartenir au véhicule utilisé pour l'amener là. Encore une fois, je te préviendrai dès que nous aurons les résultats. J'ai parlé à Lucas de l'arme utilisée pour éviscérer la victime. Elle avait un bord irrégulier, comme un vieux couteau, et par conséquent, nous sommes tous les deux d'avis qu'aucune des faux confisquées à la ferme n'a été utilisée. Celles-ci sont affûtées comme des rasoirs pour pouvoir couper facilement les lianes, et aucune ne portait de preuves matérielles comme du sang ou des fluides corporels.

— Ce sont d'excellentes informations, merci, dit Kay tandis que son feutre volait sur le tableau blanc. D'autres points importants pour nous ?

— Un dernier, répondit Harriet. Après cette lutte près de la clôture, quelqu'un a peut-être perdu un bouton. Il est en alliage de zinc, et c'est le genre avec une tige fixée à l'arrière par où passe le fil. Je t'enverrai une photo par email. Il y a un motif assez complexe gravé sur le devant, mais garde à l'esprit que comme il est en alliage de zinc, il ne rouille pas, donc il pourrait ne pas être lié à cette affaire. Le reste de mon rapport comprendra une carte de l'itinéraire emprunté par les meurtriers de la victime, et une liste complète de tous les échantillons que nous avons prélevés et que nous analysons.

Kay s'approcha du téléphone.

— Harriet, c'est formidable, merci beaucoup. S'il te plaît, appelle-moi si tu as d'autres pistes, peu importe l'heure. Tu as mon numéro de portable.

— Je te tiens au courant. Bonne chance.

Après avoir raccroché, Kay se tourna vers son équipe.

— Vos avis ?

— S'ils ont utilisé un véhicule, ils auraient pu venir de n'importe où jusqu'à cette aire de stationnement, dit Kyle d'un ton morose. Il y a beaucoup de villages dans le coin et des bâtiments abandonnés, et c'est facile d'y accéder depuis au moins six villes de taille raisonnable, y compris la nôtre.

— Sacré risque, approuva Barnes. Cela dit, je ne pense pas qu'il y ait beaucoup de circulation sur ce tronçon de route tard le soir. Harriet a dit qu'il y a des preuves que trois personnes ont traîné la victime jusqu'à la propriété des Mallory. Peut-être qu'une quatrième personne est restée avec le véhicule pour faire le guet.

— Ça se tiendrait, confirma Kay.

Elle arpenta la moquette devant le tableau blanc, le tissu usé par endroits là où elle et ses prédécesseurs l'avaient élimé. Elle s'arrêta et regarda la carte que Laura avait épinglée sur le panneau de liège.

— Mais d'où est-ce qu'ils venaient ? Est-ce qu'ils l'ont retenu en otage quelque part, ou est-ce qu'ils l'ont enlevé dans la rue ? Harry, du nouveau sur les disparitions récentes ?

— Rien qui corresponde à notre victime, chef, fut la réponse. Et j'ai étendu les paramètres de recherche au Sussex, et j'ai aussi demandé à la police de Londres de me prévenir en cas de nouveaux signalements.

— Ok, merci. Nadine, Sean, vous pourriez voir si vous trouvez des signalements du week-end concernant une conduite imprudente dans ce secteur ? Pour commencer, étendez la recherche sur un rayon de seize kilomètres, et si vous ne trouvez rien, augmentez-le par paliers de huit kilomètres. Tim, je veux que tu diriges des recherches dans les lieux avoisinants qui auraient pu servir à séquestrer quelqu'un sans alerter les voisins.

Entrepôts industriels, bâtiments abandonnés, ce genre de choses. Aaron, tu peux lui donner un coup de main ? Et Debs, il va falloir que tu affectes des agents à ces deux tâches avant de partir aujourd'hui. C'est désormais une priorité.

Un murmure collectif d'approbation accueillit ses paroles.

— Laura, tu nous parlais de Joseph Mallory avant l'appel de Harriet, et du fait qu'il ne s'entendrait pas vraiment avec son fils. Est-ce que tu peux aller le voir demain et en savoir plus sur cette vente potentielle d'il y a quatre ans ? J'aimerais que tu parles aussi à l'agent foncier qui s'en occupait, pour voir si tu peux découvrir qui étaient les acheteurs intéressés.

— Ce sera fait, chef, répondit Laura.

— Et concernant les visiteurs du domaine, il y a quelque chose de suspect ?

— On y travaille encore, chef. Je te préviens si on trouve quelque chose.

— Merci.

Kay vérifia l'heure sur son téléphone.

— Bien, la journée a été longue et j'ai besoin que vous soyez tous au meilleur de votre forme demain, alors on va conclure dans une minute. Je veux cependant vous donner un bref aperçu des résultats de l'autopsie avant que vous partiez. Les mêmes règles s'appliquent au rapport complet de Lucas qu'aux photos : si vous n'êtes pas autorisé à y accéder, vous ne pourrez pas le lire, étant donné une partie de son contenu, surtout si vous faites partie de l'équipe administrative de Debbie. Mais il faut que vous compreniez à quoi nous avons peut-être affaire.

Un silence se fit dans l'équipe tandis qu'elle rassemblait ses esprits.

— Bon nombre d'entre vous ont déjà travaillé avec moi pour savoir que je ne tire pas de conclusions hâtives, et que j'envisage tous les angles quand je gère une enquête de cette nature. Vous ne trouverez pas ça dans le rapport officiel, et ce que je vais vous dire ne doit pas sortir de cette pièce, c'est bien compris ?

— Oui, chef.

— Compris, chef.

— Bien.

Elle marqua une pause pour inspirer profondément, puis expira.

— Durant l'autopsie, Lucas a identifié des marques sur la peau de la victime, des blessures au couteau qui n'étaient pas aussi profondes que les autres, et qui ont été utilisées pour créer des motifs à certains endroits du corps de la victime. Selon lui, dans certaines cultures, la position de ces marques correspond aux *chakras* utilisés dans les méthodes de guérison alternatives : au sommet du crâne, entre les yeux, à la gorge, au cœur, au plexus solaire, dans la région pelvienne et aux pieds.

— Est-ce qu'il veut dire que c'était un meurtre rituel ? demanda Kyle d'une voix incrédule.

— C'est possible, oui, répondit Kay. Bon, c'est une première pour moi, comme je suis sûre que ça l'est pour beaucoup d'entre vous, mais je veux que vous gardiez l'esprit ouvert durant vos investigations. J'ai besoin de plus de preuves pour faire de cette hypothèse un axe d'enquête et y allouer des ressources, donc ce que je vous demande, c'est de garder ça à l'esprit quand vous parlerez aux gens. Ne leur parlez pas des marques, et n'en faites mention dans aucun email ou autre document qui quitte cette salle. Je ne veux pas que ça fuite dans la presse. Mais dites-moi si vous trouvez quelque chose qui pourrait corroborer ces conclusions. Ok ?

— Entendu, chef.

— Pas de problème, chef.

— Merci. C'est tout pour l'instant. Terminez les tâches que vous avez en cours avant de partir, et je vous vois demain à huit heures. Vous avez mon numéro si vous avez besoin de moi d'ici là.

Alors que ses agents se dépêchaient de retourner à leurs bureaux, elle croisa le regard de Gavin et lui fit signe d'approcher.

— Qu'est-ce qu'il y a, chef ?

— Tu peux me rendre un service ? commença-t-elle. Tu pourrais faire une recherche dans notre système pour tout autre meurtre à caractère rituel dans la région, disons sur une période de dix ans ? Passe aussi un coup de fil à Paul Solomon de Gravesend, dis-lui que pour l'instant, c'est confidentiel, mais que s'il a déjà vu quelque chose de semblable depuis qu'il est là-bas, je veux le savoir immédiatement.

— Tu penses que Lucas a raison ? demanda Gavin, l'air troublé.

— J'espère qu'il a tort, répondit-elle. Je crains déjà que la personne qui a fait ça ait déjà tué. Ce qui m'effraie, c'est qu'elle tuera probablement encore si on ne l'arrête pas.

CHAPITRE 16

Le lendemain matin, lorsque Laura passa devant la houblonnière des Mallory, le cordon de police qui fermait la barrière à cinq lisses séparant la cour de la route avait été retiré, et il n'y avait plus de fourgons de la police scientifique garés devant les bâtiments.

Elle ralentit et aperçut Cassandra Mallory qui revenait vers la maison depuis le bureau de l'exploitation, ainsi qu'un homme qui traversait la cour en provenance d'une des granges de stockage. Il se dirigeait d'un pas tranquille vers un 4x4 qui tractait un van à chevaux.

En longeant le mur en pierre de taille qui surplombait la houblonnière, Laura risqua un autre coup d'œil et vit un second tracteur au travail parmi les lianes, accompagné de la nacelle élévatrice. Un homme seul se tenait dans le panier, penché pour couper les cônes de houblon avant que l'homme en dessous ne les place dans la remorque derrière le tracteur, leurs mouvements méthodiques.

Puis le mur fit place à une haie et la vue sur le Weald disparut.

Laura se concentra sur la route. La bifurcation qu'elle cherchait se trouvait seulement quelques centaines de mètres plus loin, et elle ne tarda pas à repérer un panneau délavé indiquant la direction d'un minuscule hameau à environ cinq kilomètres de là. Elle prit à droite.

Ici, des hêtres et des mélèzes masquaient la lumière, créant une canopée luxuriante qui favorisait la pousse de fougères et de mousses sur le bord de la route. Les feuilles laissaient à peine deviner les teintes dorées qui suivraient la récolte et marqueraient le début des mois plus froids. Les bas-côtés avaient été laissés à l'état sauvage, où des orties épaisses et de l'herbe se disputaient l'espace. De profonds nids-de-poule parsemaient l'asphalte et elle estima que d'ici trois mois, la route deviendrait traîtresse à cause du verglas et de la neige.

La ruelle décrivait une courbe à droite avant de monter une légère côte qui bordait ce que Laura pensait être la limite éloignée de la ferme des Mallory. De temps à autre, elle apercevait des rangées de houblon à travers la haie, puis elle remarqua un panneau sur la droite pour les deux cottages appartenant aux Mallory.

Elle ralentit pour s'engager sur un chemin étroit où des mauvaises herbes poussaient au milieu de l'asphalte. Alors que le véhicule de service tanguait et cahotait sur la surface inégale, elle poussa un soupir de soulagement de l'utiliser aujourd'hui plutôt que sa propre voiture.

La suspension n'aurait peut-être pas survécu.

Le cottage de Joseph Mallory était le plus grand des deux qui l'accueillirent au virage suivant, avec un chemin de terre sur son côté gauche et un joli jardin avant plein de fleurs et d'arbustes à floraison tardive. Une clôture en bois le séparait de la route et de la propriété voisine, qui semblait vide. Aucune voiture n'était garée sur l'étendue de gravier devant celle-ci et Laura ne vit aucun mouvement derrière les fenêtres.

Plutôt que de risquer de se garer sur la route, elle s'arrêta sur le chemin de terre à côté de la maison de Joseph et sortit, son sac en bandoulière.

Il y avait une porte latérale abritée par un porche en bois qui donnait sur le chemin, et au moment où elle verrouillait la voiture, celle-ci s'ouvrit pour révéler un homme avoisinant les soixante-dix ans qui la dévisagea sous d'épais sourcils blancs et une tignasse assortie qui touchait le col de sa chemise.

— C'est un chemin privé, dit-il en gardant une main fermement sur la porte. Vous ne pouvez pas vous garer là.

Laura brandit sa carte de police en poussant un portillon en acier galvanisé et se dirigea vers lui.

— Enquêteuse Laura Hanway, police du Kent. Joseph Mallory, c'est bien ça ?

— C'est moi.

Elle hocha la tête, rangea sa carte et indiqua le chemin de terre d'un mouvement de menton.

— Vous attendez d'autres visiteurs aujourd'hui ?

— Non.

— Bien. Je ne devrais donc pas déranger en me garant là pendant que nous discutons, n'est-ce pas ?

Sa mâchoire se contracta un instant, puis il haussa légèrement les épaules et s'écarta.

— Je pensais que vous étiez journaliste ou quelque chose du genre.

Laura franchit le seuil et pénétra dans une cuisine aux couleurs vives avec un parquet stratifié imitation chêne. Il y avait une bouilloire sur la cuisinière, une pile d'assiettes dans un lave-vaisselle ouvert qui semblaient fraîchement lavées, et un chat tigré qui la foudroya du regard depuis son siège sur l'une des quatre chaises en pin autour d'une table carrée assortie.

— Vous avez eu beaucoup de journalistes qui vous ont importuné ? demanda-t-elle, debout au milieu de la pièce pendant que Joseph chassait le chat par la porte avant de la refermer.

— Pas encore, répondit-il en désignant la table. Mais ce n'est qu'une question de temps, n'est-ce pas ?

Elle n'avait pas de réponse à cela, et à la place, elle examina les chaises pour voir si l'une d'elles était exempte de poils de chat. Sa recherche se révéla infructueuse, alors elle en choisit une face à la porte et sortit son carnet de son sac.

— J'imagine que leur attention se portera sur la ferme principale, non ?

— Peut-être. Mais bon nombre d'entre eux savent où j'habite maintenant.

Il tira la chaise d'en face et s'assit.

— Je ne vous demande pas si vous voulez boire quelque chose. Ils font ça à la télé, et la réponse est toujours « non ».

Laura réprima un sourire.

— Ce n'est pas la peine. Je me demandais si je pouvais vous parler de l'époque où vous dirigiez l'exploitation.

— Pourquoi ?

— Parce que j'aimerais essayer de comprendre pourquoi un homme a été retrouvé assassiné dans l'un des champs—

— C'est une houblonnière.

— Pardon, oui, dans la houblonnière.

Imperturbable, Laura tourna une page et rapprocha sa chaise de la table.

— Alors, est-ce que vous pourriez me dire en quoi la ferme était différente quand c'était vous qui la dirigiez ?

Joseph s'adossa à sa chaise et tapota la table de ses doigts pendant un instant, puis il soupira.

— Pour commencer, nous n'avions pas de visiteurs. Pas avant un certain temps. Avant ça, on se contentait de cultiver. Les prix des récoltes étaient bons, pas seulement pour le houblon. Nous avions des subventions de l'UE pour nous aider dans les périodes difficiles, et il n'y avait pas les mêmes problèmes d'approvisionnement à l'époque.

— De qui est venue l'idée de commencer les visites guidées ?

— De Gloria.

La mention de ce nom provoqua un léger sourire sur ses lèvres.

— Elle a toujours été douée pour botter le cul des gens quand ils en ont besoin, et après la perte de toutes les subventions, j'ai dû faire des coupes budgétaires, moins de personnel à temps partiel pour aider aux semailles et à la récolte, par exemple. Mais je gérais ça d'une main de fer, comme toujours.

Laura le vit se raidir et, entendant la fierté dans sa voix, elle orienta son interrogatoire dans une autre direction.

— À votre avis, pourquoi est-ce que quelqu'un a été assassiné dans la houblonnière ? Avec toute votre expérience de gestion de cet endroit pendant des années, vous êtes-vous déjà senti menacé ou—

— Jamais, répondit-il avec véhémence. Je ne sais pas ce que Justin a fait pour mériter ça, mais ça ne serait jamais arrivé sous ma surveillance.

— Vous pensez que c'est un règlement de comptes ? demanda Laura.

— Forcément.

Joseph haussa les épaules.

— Pour quelle autre raison faire ça ici sinon ? Ça n'a aucun sens. Non, je pense qu'il s'est vraiment mis quelqu'un à dos.

— Comme qui ?

— Il vous a parlé de Shane Vincent ?

— Non, de qui s'agit-il ?

— Un des ouvriers. Shane travaillait avec moi depuis des années.

Le menton de Joseph se projeta en avant.

— Et Justin n'a même pas pensé à m'en parler avant de le virer.

— Est-ce qu'il vous consulte toujours sur ce qui se passe à la ferme ?

— Non, répondit Joseph en agitant un doigt dans sa direction. Et c'est bien là le problème. Il a beaucoup à apprendre, mais ça ne l'intéresse pas.

— Pourquoi est-ce qu'il a renvoyé Shane ?

— Aucune idée. Il a dit qu'il ne voulait pas causer de problèmes dans le coin ou quelque chose dans le genre.

— Et vous avez demandé à Shane ce qui s'était passé ?

— J'ai essayé. Je l'ai appelé le jour où je l'ai appris, mais il m'a dit d'aller me faire voir et il a raccroché. Puis je l'ai vu au supermarché à Staplehurst et j'ai essayé de lui parler. Il m'a ignoré, a poussé son chariot sur le côté et il est parti. Je n'ai pas réessayé depuis.

— Vous avez ses coordonnées ?

— Attendez.

Joseph se dirigea vers le plan de travail près de la plaque de cuisson et revint avec son téléphone portable. Il tira une paire de lunettes de lecture de la poche de sa chemise et il lui lut les informations.

— J'ai aussi son adresse ici, si vous la voulez.

— Merci.

— Ça m'intéresserait de savoir ce qu'il vous dira. J'aimerais tirer cette histoire au clair. Cette famille a une réputation à défendre et je ne peux pas laisser mon fils renvoyer des gens qui sont avec nous depuis des années quand bon lui semble. Ça ne se fait pas.

Laura finit d'écrire et le regarda par-dessus la table.

— Qu'auriez-vous dit à vos employés si vous aviez vendu la ferme ?

— Hein ?

— Vous aviez l'intention de vendre la ferme il y a quatre ans, n'est-ce pas ? Qu'auriez-vous dit à tout le monde si vous aviez trouvé un acheteur ?

Les yeux de Joseph se plissèrent et elle vit une lueur de colère avant qu'il ne laisse échapper un petit rire pincé.

— Mais je ne l'ai pas vendue, n'est-ce pas ?

— Pourquoi ?

— Parce que l'idée de Gloria pour les visites a porté

ses fruits. Elle a commencé à en faire la publicité sur les réseaux sociaux, sur les sites de voyage, la totale. On a dû employer deux personnes supplémentaires à temps partiel pour gérer l'affluence.

— Elle n'a pas mentionné le personnel supplémentaire. Je pensais que Justin et… Trevor s'occupaient des visites, dit Laura en parcourant ses notes. Quand font-ils appel au personnel supplémentaire ?

— Ils ne le font plus. J'engageais en sous-traitance une jeune du coin qui étudiait la viticulture à l'université et voulait en apprendre plus sur le commerce du houblon, et l'autre était une femme que Gloria connaissait et qui avait géré un pub.

Joseph prit un air renfrogné.

— Justin les a renvoyées quand il a repris l'exploitation.

Laura s'adossa à sa chaise.

— En vous écoutant, il me semble que vous étiez en train de redresser la situation de la ferme avec les visites et avec la contribution de Justin pour les nouvelles variétés de houblon. Pourquoi lui avez-vous cédé la ferme il y a deux ans ?

À sa grande surprise, l'homme repoussa sa chaise, la contourna et se pencha pour remonter la jambe de son pantalon.

Il tapota sa prothèse de jambe en titane.

— Parce que j'ai eu un accident et que ça a mal tourné avant que le chirurgien n'ait la présence d'esprit de me l'amputer. Il m'a fallu beaucoup de temps pour m'en remettre. À un moment, je l'admets, j'ai cru que j'allais y passer. Et c'est là que Justin, ce petit con, a suggéré que je lui transfère la ferme pour une somme dérisoire plutôt que de le soumettre à d'énormes droits de succession.

Il rabaissa la jambe de son pantalon et retourna d'un pas furieux vers sa chaise.

— Et, stupidement, j'ai accepté.

CHAPITRE 17

Barnes écarta un instant la ceinture de sécurité de son ventre, se tortilla sur son siège, puis desserra le frein à main alors que la file de voitures s'élançait.

La route vers le sud depuis le commissariat était congestionnée dans le meilleur des cas, mais un bus était tombé en panne sur l'un des ponts enjambant la Medway, et tout le réseau routier était paralysé depuis deux heures. D'après l'agent de la circulation qu'il avait vu en allant chercher la voiture de service, une dépanneuse avait été appelée, mais elle n'arriverait pas avant une heure, et d'ici là, ce serait la sortie des écoles.

— Quelle galère, dit Kyle à côté de lui.

— À qui le dis-tu…

— Qu'est-ce qu'elle a, ta ceinture ?

— Rien.

— Trop courte ?

— Espèce de petit—

— Ça doit être toute cette bonne bouffe en Italie le mois dernier, chef. Les pâtes, c'est le pire.

— Comme si je ne le savais pas, marmonna Barnes. Pia est déjà en train de nous programmer des séances supplémentaires à la salle de sport. Et ça veut dire qu'on va manger de la salade pendant des mois. En hiver. Qui fait ça ?

— Toi, apparemment.

Apercevant un espace dans la circulation entre un taxi et un bus, Barnes accéléra et se faufila devant eux pour atteindre les derniers feux. Il tapota des doigts sur le volant, puis démarra en trombe dès que les feux passèrent au vert, se détendant dans son siège alors qu'ils laissaient l'agglomération derrière eux.

Il jeta un coup d'œil à son collègue, qui faisait défiler l'écran de son téléphone.

— Tu as trouvé autre chose sur Roland Hammerton ?

— Rien qui puisse nous aider, répondit Kyle. Il n'a rien posté sur les réseaux sociaux depuis jeudi…

— Il est probablement prudent, vu les circonstances.

— C'est ce que je me suis dit. J'ai fait quelques recherches en ligne sur lui, mais à part une photo que j'ai trouvée dans un article sur la ferme, où il est juste à l'arrière-plan avec les autres employés de Justin, il n'y a rien de suspect.

— Et ses anciens boulots ?

— Surtout du travail manuel, conduite de chariot élévateur, ce genre de choses.

Kyle baissa son téléphone.

— Et il n'est pas dans notre système. Pas même pour une amende pour excès de vitesse.

— Ok, alors allons voir ce que le propriétaire de

l'épicerie du village a à dire sur lui. C'est là qu'il a acheté ses clopes vendredi, d'après lui.

Quinze minutes plus tard, Barnes gara la voiture derrière un SUV vert foncé devant une supérette qui était une entreprise privée plutôt qu'une des nombreuses franchises qui parsemaient les environs.

En sortant de la voiture, il balaya du regard une rue courbe bordée de bâtiments presque identiques, un mélange de commerces et de boutiques. Le rez-de-chaussée de chacun était d'une couleur pâle, entre des poutres sombres apparentes qui quadrillaient leurs façades. L'étage supérieur était en briques rouges, surmonté de tuiles en argile plus foncées et, çà et là, certains propriétaires avaient aménagé les combles, ajoutant des lucarnes pour la lumière.

L'épicerie du village arborait un oriel de chaque côté de sa porte grande ouverte et exposait une collection de livres d'occasion dans une caisse d'un côté, et des boîtes d'œufs empilées de l'autre. Un mélange aromatique de pain frais, de légumes et de lavande accueillit Barnes alors qu'il entrait le premier.

Il fut surpris de voir à quel point la boutique était bien achalandée. Trois allées d'étagères jouxtaient deux congélateurs coffres sur la droite, les étals à légumes et le pain disposés au bout de chacune, face à la porte. Au fond se trouvaient deux réfrigérateurs vitrés remplis de lait, de bière et de boissons gazeuses, à côté desquels une sélection de cartes de vœux et de papeterie garnissait le reste du mur du fond. Un long comptoir occupait le côté gauche de la boutique et un homme leva les yeux de son téléphone quand ils s'approchèrent.

— Ça a l'air sérieux, dit-il en guise de salutation.

Barnes brandit sa carte de police.

— Inspecteur Ian Barnes, et mon collègue, l'enquêteur Kyle Walker. Qu'est-ce qui nous a trahis ?

Il posa la question d'un ton bon enfant, réalisant que voir deux hommes en costume devait être un événement rare dans la boutique.

— Un coup de chance, dit l'homme. Comment puis-je vous aider ? Je ne crois pas que mon personnel ait signalé de vols ou quoi que ce soit.

— Eh bien, Monsieur… ?

— Knowles. Warner Knowles.

— Nous espérions que vous pourriez répondre à quelques questions sur l'un de vos clients, Roland Hammerton.

Warner haussa un sourcil.

— Roland ?

— Cet homme, dit Kyle en tournant l'écran de son téléphone.

— Oh. Lui.

Warner eut un rictus méprisant.

— Un de ces clients qui nous font beaucoup sourire… quand il s'en va.

— Il cause des problèmes ? demanda Barnes.

— Il essaie. Il est surtout grossier, en particulier avec ma femme et ma fille. Chaque fois qu'il vient, il y a toujours un problème. De petites choses, mais agaçantes tout de même.

— Est-ce qu'il a déjà été violent ?

— En colère, oui. Mais pas violent, pas avec moi.

Barnes jeta un coup d'œil par-dessus son épaule en

entendant des bruits de pas et il vit un homme d'une soixantaine d'années entrer dans la boutique.

Il jeta un coup d'œil aux deux détectives, fit un signe de tête à Warner, puis se dirigea droit sur un présentoir à journaux près de la porte, prenant son temps pour examiner les légumes au passage.

Se retournant vers le commerçant, Barnes baissa la voix.

— Est-ce qu'il est venu ici vendredi, disons entre quinze heures trente et seize heures trente ?

Warner prit un air songeur.

— Il est bien venu dans l'après-midi, mais je ne suis pas sûr de l'heure. Il a acheté des cigarettes et un pack de six bières, puis il est parti. Il a payé par carte. Je peux vérifier les images de la vidéosurveillance si vous voulez l'heure exacte.

Barnes regarda dans la direction indiquée par le commerçant et vit la LED rouge clignotante d'une caméra fixée sur un support au plafond, au-dessus d'une porte intérieure fermée qui portait la mention « privé ».

— Si ça ne vous dérange pas, ce serait parfait. Vous avez d'autres caméras ?

— Une dehors, orientée le long de la rue pour filmer l'entrée, et une autre à l'arrière qui couvre la sortie de secours. C'est la seule porte à l'arrière, elle sépare notre réserve et notre bureau de l'aire de livraison.

— En plus des enregistrements de vendredi, vous pourriez nous fournir une copie de toutes les images de dimanche jusqu'à mardi matin ?

— De quoi s'agit-il ? dit Warner, avant de lever une main. Bonjour, George. Comme d'habitude ?

— Oui, s'il vous plaît.

Le client se glissa à côté de Kyle, adressa un sourire méfiant aux détectives, puis tourna son attention vers le commerçant qui sortit une enveloppe kraft format A4 de sous le comptoir et la fit glisser vers George.

— Ça et le journal, c'est tout ? dit Warner.

— Oui.

L'homme sortit un billet de dix livres de son portefeuille et lui arracha presque la monnaie des mains.

— Merci. À demain.

Il sortit de la boutique en toute hâte, les joues en feu, et Warner eut un petit rire devant l'air perplexe de Barnes.

— Ne vous inquiétez pas, George est inoffensif.

— Qu'est-ce que c'était que ça ? demanda Kyle, déconcerté.

Le commerçant sourit.

— Certains clients sont de la vieille école, ils préfèrent les magazines à Internet. Et certains magazines ne peuvent pas être mis en rayon. Trop d'enfants entrent dans la boutique, pour commencer. Sans parler du vicaire et de sa femme.

Kyle rougit en comprenant.

— Oh.

Barnes gloussa devant l'embarras de son collègue, puis redevint sérieux.

— Vous pouvez nous donner ces enregistrements vidéo rapidement ?

En guise de réponse, Warner contourna le comptoir et se dirigea vers le rayon papeterie avant de revenir avec un mince emballage en carton qu'il brandit.

— Si vous achetez la carte mémoire, je vous copie tout

ça maintenant. Par contre, il va falloir que vous surveilliez la boutique pendant que je le fais. Je suis seul ici jusqu'à ce que Mandy revienne de chez sa mère.

— Marché conclu, répondit Barnes, puis il bouscula gentiment Kyle. Allez, vas-y, passe derrière le comptoir. Je pense que tu as plus de chances que moi de comprendre comment cette caisse fonctionne.

CHAPITRE 18

Kay sortit du café sur High Street à Maidstone et plissa les yeux sous le soleil éclatant avant de se diriger vers Barnes, qui attendait à l'ombre de l'auvent d'un magasin de chaussures. Elle lui tendit l'un des gobelets à emporter.

— Merci, chef.

Il leva son téléphone.

— Kyle a mis Sean Gastrell sur les enregistrements des caméras de sécurité de la boutique du village, pendant qu'il cherche l'agent qui s'occupe de la vente du pub fermé pour obtenir les coordonnées de l'ancien propriétaire. Warner Knowles a installé une caméra à l'extérieur du magasin pour surveiller la porte d'entrée, mais elle est aussi tournée vers la route en direction de la ferme. Avec un peu de chance, on en saura plus sur Roland Hammerton grâce à ces images que ce qu'on a pu glaner jusqu'à présent sur les réseaux sociaux, et peut-être qu'on le verra se rendre chez les Mallory dimanche soir. On ne sait jamais.

— Ça vaut le coup d'essayer. Honnêtement, n'importe quelle avancée en ce moment serait la bienvenue.

Ils suivirent la route qui décrivait une courbe pour revenir vers la rivière, puis ils utilisèrent le passage piéton pour s'engager sur un sentier étroit qui traversait le cimetière séculaire de l'église All Saints.

Tandis que Kay parcourait du regard les inscriptions effacées, elle se demanda comment diable ils allaient pouvoir identifier leur victime, et ce qu'elle pourrait bien dire à sa famille.

— Pas de nouvelles sur l'identité ? demanda Barnes.

Elle sourit, malgré ses sombres pensées. Son inspecteur avait un don étrange de lire dans ses pensées, et c'est ce qui faisait d'eux une si bonne équipe lorsque tout jouait contre eux.

— Pas encore. Lucas a appelé pendant que tu étais sorti. Il a envoyé des demandes pour les dossiers dentaires et pour une recherche ADN plus étendue. Une de ces sociétés de recherche généalogique pourrait trouver quelque chose pour nous aider, ou du moins nous mettre sur la bonne voie.

— J'espère.

Au bout du sentier, ils tournèrent à droite et suivirent une vieille route pavée pour calèches qui descendait vers la rivière, où un banc en bois avait été placé à côté du mur de pierre du palais de l'archevêque. C'était le milieu de la matinée et l'endroit était calme, sans aucun passant pour les interrompre et avec pour seule compagnie les canards qui nageaient à proximité.

Kay s'assit avec un soupir et sirota son café.

— Lucas m'a aussi envoyé par email une photo nette

de notre victime, donc on va la regarder et ensuite on ira chez les Mallory pour voir s'ils le reconnaissent maintenant. Il est clair que Cassandra ne l'a jamais vu.

— Dieu sait qu'on aurait bien besoin d'une avancée.

Barnes s'approcha de la rambarde qui séparait le sentier de la rivière au courant rapide, et se tourna vers elle.

— Ça fait, quoi, cinq jours que Lucas estime qu'il a été tué ?

— Et d'après Harriet, il y a au moins trois personnes en liberté qui savent quelque chose sur sa mort.

Barnes secoua la tête.

— Trois personnes qui savaient ce qu'elles faisaient, d'après ce qu'on sait. Je veux dire, elles ont dû repérer l'itinéraire à pied avant d'y emmener la victime, non ?

— Ça aurait été un sacré risque de débarquer comme ça en supposant qu'ils pourraient l'amener le long de ce chemin cavalier et dans la houblonnière, c'est certain.

Son collègue se figea, son gobelet de café à mi-chemin de sa bouche.

— Qu'est-ce qu'il y a ? demanda-t-elle.

— Des braconniers.

Il but une gorgée, puis se dirigea vers le banc et s'assit, le regard dans le vide fixé sur la rivière tandis qu'il parlait.

— Les braconniers coupent tout le temps les clôtures des fermiers pour y faire passer des carcasses de cerfs. Ils sauraient aussi comment éviscérer quelqu'un en se basant là-dessus, non ?

— Bon sang.

Kay se redressa et sortit son téléphone.

— Tu as raison. Attends, je vais appeler Mark Weston du département des crimes ruraux.

Barnes resta silencieux pendant qu'elle composait le numéro de portable de leur collègue, et elle jura entre ses dents en tombant sur sa messagerie vocale.

— Mark ? C'est l'inspectrice principale Kay Hunter à Maidstone. On a une enquête pour homicide qui pourrait avoir des liens ténus avec des braconniers locaux. Je me demandais si vous pouviez m'appeler s'il vous plaît quand vous aurez ce message. Merci.

Elle mit fin à l'appel, puis termina son café.

— Ok, Ian. Allons voir ce que Justin Mallory peut nous dire sur notre victime.

———

Lorsque Barnes entra dans la cour de la ferme vingt minutes plus tard, Daniel Ionescu revenait de la direction de la houblonnière, sa faux sur l'épaule, en marchant nonchalamment vers la plus grande des deux granges.

Le Roumain observa les deux détectives avec curiosité tandis qu'ils sortaient de la voiture, s'apprêta à lever la main pour les saluer, puis sembla se raviser et fronça les sourcils à la place.

— Vous êtes déjà de retour ? lança-t-il.

— J'en ai bien peur, répondit Kay.

Elle s'approcha de lui.

— Comment allez-vous, vous et Alexandru ?

Daniel abaissa sa faux, puis haussa les épaules.

— Moi, ça va. Alex… pas tellement. Je ne crois pas

qu'il dorme. On habite dans la même maison au village, et je l'entends pleurer la nuit.

— Est-ce qu'il a quelqu'un à qui parler, un médecin peut-être ?

— Il ne veut pas y aller.

L'homme esquissa un petit sourire.

— C'est un homme très fier.

— C'est l'impression que j'ai eue.

Kay balaya la cour du regard.

— Justin est dans le coin ?

— Lui et Trevor sont en réunion, répondit Daniel en désignant le bureau de la ferme. Je pense que c'est important. Ils avaient tous les deux l'air sérieux quand ils sont entrés.

Kay fronça les sourcils en balayant du regard les véhicules dans la cour.

— Je ne vois pas de visiteurs. Vous savez avec qui est la réunion ?

— C'est en ligne. Avec un client, je crois.

— Vous avez une idée du temps qu'ils vont prendre ?

— Non, désolé.

— Et Gloria ?

— Elle est partie il y a une demi-heure, elle avait rendez-vous chez le dentiste. Elle reviendra plus tard.

— Cassandra est dans le coin ?

— Quelque part.

Daniel pivota et leva une main pour se protéger du soleil.

— Mais je ne sais pas où.

Kay soupira, regarda Barnes, puis la voiture.

— Eh bien, ça n'a aucun sens de retourner à Maidstone

maintenant. Autant faire un tour en attendant que Justin soit libre.

— Je vais lui dire que vous êtes là si je le vois en premier, dit le Roumain, puis il continua sa route vers la grange en sifflotant.

— Tu veux jeter un autre coup d'œil à l'endroit où la victime a été retrouvée maintenant que l'équipe de Harriet a remballé et est partie ? suggéra Barnes.

— Bonne idée. Au moins, ça nous donnera une chance de voir l'itinéraire que ses tueurs ont emprunté pour faire l'aller-retour depuis le chemin cavalier. En fait, commençons par là.

Laissant leurs vestes dans la voiture, Kay et Barnes suivirent le sentier qui sortait de la cour de la ferme, passèrent le portail menant à la houblonnière, puis tournèrent à droite et suivirent une pente douce jusqu'à une haie de ronces qui masquait la majeure partie de la délimitation. Il y avait une brèche dans la haie où la clôture de barbelés était visible, et c'est là que Kay repéra quatre bouts de fil de fer hérissés qui s'enroulaient vers le haut.

Au-delà se trouvait un étroit sentier de terre qui séparait la houblonnière du champ voisin, le sol compact et desséché marqué çà et là d'empreintes de fers à cheval.

— Tu veux voir de plus près ? demanda Barnes.

Il tendit le bras et écarta soigneusement le fil de fer barbelé cassé.

— Tu devrais pouvoir te faufiler par là, à mon avis.

— Merci.

Kay se glissa au-delà du fil de fer, en faisant attention de ne pas l'accrocher à son chemisier ou à son pantalon, puis elle se tint au bord du chemin cavalier et regarda à droite, puis à gauche.

— C'est par là qu'on accède à l'aire de stationnement sur la route principale et je vois les empreintes de pas dont Harriet a parlé. Elles ne vont pas plus loin. Il n'y a que des traces de sabots après cette brèche dans la clôture.

Barnes jeta un œil par-dessus le reste de la clôture dans la direction où elle regardait.

— J'ai regardé sur la carte avant de venir. Si on va à droite, au lieu de suivre le chemin cavalier jusqu'à la route, on débouche près d'un manoir à environ trois kilomètres. Ils proposent des balades à cheval sur leur site Internet.

— Est-ce qu'il y a une chance qu'on obtienne leurs images de vidéosurveillance ?

— Sean a déjà vérifié. Il n'y avait aucune trace de notre victime ou de ses agresseurs aux alentours du manoir ce week-end, et les propriétaires ont signalé qu'ils n'avaient rien remarqué de suspect. La dernière leçon d'équitation en groupe qu'ils ont organisée remonte à mercredi dernier et ils ont confirmé que la sortie n'est passée nulle part près d'ici.

— Ok, donc on peut exclure que nos tueurs aient fait du repérage à la ferme de houblon par ce biais, dit Kay.

Elle scruta le chemin cavalier jusqu'à l'endroit où la clôture avait été découpée vers le champ de maïs.

— On va jeter un œil à l'aire de stationnement en repartant. Pour l'instant, allons revoir la houblonnière.

Barnes maintint le fil de fer barbelé écarté pendant qu'elle repassait de l'autre côté, puis il désigna la scène de crime d'un coup de menton.

— On prend le même chemin qu'eux ?

— Oui, ça nous aidera à nous faire une idée des problèmes qu'ils ont pu rencontrer pour faire ça. Regarde, on peut voir où l'équipe de Harriet a balisé l'itinéraire.

— On a eu une sacrée chance qu'il ne pleuve pas, chef, dit-il, les mains dans les poches en marchant à côté d'elle, le regard fixé au sol. On aurait pu perdre tellement de preuves.

— Mais ce n'était pas prévu, pourtant ? Je suis sûre qu'Adam a dit qu'il s'attendait à une averse dimanche soir, parce qu'il est allé vérifier la clôture du verger.

— Ça doit être dur d'avoir un partenaire qui est vétérinaire.

Barnes étouffa un rire.

— J'imagine qu'il est parano depuis la dernière fois ?

— Un peu, oui. Honnêtement, ce mouton est parfait pour tondre l'herbe, mais c'est un vrai roi de l'évasion.

Le bruit d'un tracteur en train de travailler dans l'un des champs en haut de la colline était porté par la brise, et quelque part, un bourdon vrombissait dans les herbes hautes qui garnissaient la base ligneuse de la culture.

Kay redevint sérieuse en atteignant la première rangée de lianes et elle promena son regard le long des treillages qui disparaissaient en remontant la pente.

Ici, les cônes de houblon étaient denses et abondants, le sol plus meuble en raison du drainage naturel de la terre riche, et elle recula d'un pas devant l'arôme âcre.

— C'est presque écœurant, dit-elle en tendant le cou pour regarder le haut de la liane avant de continuer. Et on a l'impression qu'elles nous envahissent, n'est-ce pas ?

— On pourrait vite devenir claustrophobe au milieu de tout ça, acquiesça Barnes. Pareil pour le champ de maïs là-bas. Tu as remarqué comme ça étouffe le son, aussi ?

Kay s'arrêta, puis hocha la tête.

— Ok, la direction du vent a peut-être changé, mais je n'entends plus aussi bien le tracteur, pas toi ?

— C'est vrai. Et encore une fois, j'imagine que ça explique pourquoi personne ne l'a entendu.

Barnes frissonna.

— Soit ça, soit son cri a été confondu avec un cri de renard.

— Ça fait froid dans le dos, n'est-ce pas ? Lucas n'a pas dit que la victime était bâillonnée, donc ses tueurs étaient assez sûrs d'eux pour ne pas s'en donner la peine.

Kay s'arrêta à un croisement des treillages.

— Par où, maintenant ?

— À gauche, je crois. Puis à droite ensuite.

— Ou tout droit ici, puis à gauche ?

— Ça revient au même, mais Harriet a trouvé des empreintes de bottes qui partaient vers la gauche.

— Ok. On pourra revenir par là. Je veux comprendre pourquoi ces tiges n'ont pas été coupées lundi, et pourquoi notre victime n'a été découverte que le lendemain. Vingt-quatre heures ne peuvent pas changer grand-chose, n'est-ce pas ?

— Je pense que si, dit Barnes en la suivant dans son sillage. J'ai regardé en streaming un de ces documentaires sur l'agriculture et ils se demandent sans arrêt si une récolte est prête à être moissonnée et s'ils vont réussir à devancer la pluie.

— J'imagine que c'est généralement accompagné

d'une musique dramatique pour accentuer la tension ? répondit Kay, des fossettes se creusant sur ses joues.

— Ta supposition est exacte.

Le bruit d'un autre moteur de tracteur leur parvint alors qu'ils approchaient de la lisière du rang de treillages. Il les dépassa, conduit par un homme d'une petite cinquantaine d'années avec une tignasse de cheveux couleur sable. Il leva la main pour les saluer, puis continua son chemin, le moteur s'arrêtant un peu plus loin dans la houblonnière.

— C'est Howard, le type qui travaillait avec Alexandru mardi, c'est ça ? demanda Kay.

— Oui, ne t'inquiète pas, son dossier est clean. Kyle a vérifié ses antécédents ainsi que ceux des autres employés. Rien à signaler.

— Bon sang, Ian. Ça fait presque quarante-huit heures qu'on est sur cette affaire et on n'a toujours pas de mobile. Est-ce que quelqu'un au QG a réussi à trouver autre chose sur Roland Hammerton ?

— Rien pour l'instant. L'équipe d'Andy à la police scientifique est toujours en train de creuser, mais le type n'est pas très actif sur les réseaux sociaux ni rien.

Les treillages formaient une légère courbe près du sommet de la pente et Kay continua d'avancer péniblement, ses pensées en ébullition. Quelque part, au moins trois personnes étaient coupables d'avoir torturé et assassiné un homme, et pourtant, ils n'avaient aucune idée de qui il était, ni de la raison pour laquelle il avait été tué. Ni pourquoi il avait été tué ici, dans cet endroit précis, alors que les Mallory ne semblaient avoir aucun ennemi à proprement parler, et une entreprise qui prospérait jusqu'à ce que—

— Chef ? Jette un œil à ça.

Elle se figea, puis regarda par-dessus son épaule vers Barnes, qui s'était arrêté au pied des tiges au bout du dernier treillage qu'ils venaient de passer. Son regard était fixé sur la souche ligneuse d'une plante qui avait jauni et s'était flétrie. Revenant sur ses pas jusqu'à lui, elle fronça les sourcils.

— Mortes ?

— Oui, regarde, toutes les plantes au bout de cette rangée sont comme ça. Et celles derrière aussi, mais c'est moins grave.

— Mais toutes les autres autour sont en bon état, regarde. Qu'est-ce que tu en penses ? Elles ont été attaquées par des insectes ou un truc du genre ?

— Il n'y a aucune marque de morsure, ni de taches comme on en verrait sur des feuilles de rosier.

Kay tourna son attention vers le sommet de la pente où ils se dirigeaient.

— Allons demander à ce Howard. Ce n'est peut-être rien, mais…

— Pour moi, on dirait qu'elles ont été empoisonnées, chef, dit Barnes. Mais je ne suis pas un expert en jardinage.

— N'empêche qu'elles n'ont pas l'air en bonne santé, n'est-ce pas ? Allons-y.

Elle se mit à gravir la colline d'un pas rapide et trouva le tracteur garé à quelques mètres sur la droite.

Howard était en train d'inspecter une rangée de tiges un peu plus loin, et elle lui fit signe de la main pour attirer son attention. Il semblait réticent à parler, mais il s'approcha d'un pas lent, le regard méfiant.

— Oui ?

Kay sortit sa carte de police.

— Inspectrice principale Kay Hunter, et mon collègue, l'inspecteur Ian Barnes. Je dirige l'enquête sur le meurtre de l'homme retrouvé ici mardi. Vous pouvez me confirmer votre nom, s'il vous plaît ?

— Howard Masters.

— Depuis combien de temps est-ce que vous travaillez ici ?

— Quelques années.

— Et qu'est-ce que vous faites exactement ?

— J'aide à gérer la récolte et je supervise la plantation.

Il se redressa un peu, fier.

— C'est grâce à moi si on s'en sort si bien avec les différentes variétés. Justin et son père les ont peut-être choisies, mais c'est moi qui les amène à ce stade.

— Excellent, alors vous allez peut-être pouvoir m'aider. Nous faisions juste un tour pour nous imprégner des lieux, et nous avons remarqué qu'il y a quelques rangées de tiges là-bas qui ont l'air d'avoir été empoisonnées à un moment donné. Que s'est-il passé ?

L'expression de Howard s'assombrit et il se détourna.

— Vous feriez mieux de demander ça au patron ou à Trevor, dit-il par-dessus son épaule. Je ne peux rien dire.

CHAPITRE 19

— Attends.

Kay s'arrêta au portail entre la houblonnière et la cour de la ferme et leva la main vers Barnes pour lui faire signe de venir près de leur voiture.

— Avant qu'on parle à Justin, je veux appeler Gavin sans qu'on nous entende.

Son collègue fronça les sourcils mais la suivit, puis lui tourna le dos pour observer les bâtiments pendant qu'elle appuyait sur la touche de numérotation rapide de son portable. Jetant un coup d'œil, elle ne vit personne approcher et, comme Barnes montait la garde, elle mit le haut-parleur pour qu'il puisse écouter.

— Oui, chef ? dit Gavin d'une voix pressée.

— Tout va bien ?

— Oui, juste beaucoup d'informations qui arrivent en ce moment. Rien d'inquiétant.

Elle sourit à cette réponse, reconnaissante de sa capacité à résister à la pression.

— Tu te souviens de ta théorie selon laquelle notre

victime a été abandonnée ici pour ruiner la réputation des Mallory ? On a peut-être une piste là-dessus. Tu peux faire le point avec Kyle pour savoir qui sont les plus proches concurrents de Justin, et si des menaces à peine voilées ont été proférées au cours de l'année passée ? Je pense à des prises de bec sur les réseaux sociaux, des interviews dans la presse spécialisée, ce genre de choses. Tu pourrais aussi demander à l'équipe d'enquête financière du quartier général de te donner un coup de main si tu en as besoin. Amanda Miller y est toujours, et ça l'intéressera si tu penses qu'il y a de la corruption ou de la coercition liée au crime organisé, si cette piste se confirme.

— Je suis déjà sur le coup, chef. J'ai pensé à la même chose après avoir parlé hier avec l'agence qui emploie Alexandru et les autres. Je ne voulais juste pas te déranger avec ça au cas où ce serait une perte de temps. Kyle a commencé les recherches, mais je n'avais pas pensé à demander à Amanda de nous aider. Merci.

— Pas de problème. Fais-moi signe dès que tu trouves quelque chose.

Kay mit fin à l'appel et mena Barnes vers l'extrémité du bloc d'écuries converties où se trouvait le bureau de la ferme. Elle entendait des voix derrière la porte fermée et frappa deux coups avec ses doigts avant d'entrer.

Justin Mallory et un autre homme se faisaient face près du bureau. Elle ne pouvait pas voir le visage de l'autre homme, mais celui de Justin affichait une mine misérable, et il leva vers elle des yeux mauvais lorsque Barnes la suivit à l'intérieur.

— Oui ? dit-il. Nous sommes plutôt occupés en ce

moment, comme vous pouvez le voir. Qu'est-ce que vous voulez ?

Kay haussa un sourcil en guise de réponse, puis désigna l'écran de l'ordinateur sur lequel un tableur était ouvert.

— J'en déduis que votre visioconférence est terminée ?

— Nous en discutons encore, dit Justin. Ça ne peut pas attendre ?

Kay l'ignora un instant et se tourna vers l'homme assis sur l'autre chaise.

— Je ne crois pas qu'on se soit déjà rencontrés. Je suis l'inspectrice principale Kay Hunter et je suis en charge de l'enquête sur le meurtre de l'homme retrouvé dans le champ. Et vous êtes… ?

L'homme répondit en grimaçant.

— Trevor Leavitt. Je suis le manager de l'exploitation.

— Excellent.

Kay leur adressa un large sourire à tous les deux.

— Alors j'ai les deux experts dont j'ai besoin. Que se passe-t-il avec le houblon sur les treillages, quelques rangées derrière l'endroit où la victime a été trouvée ? Ils sont tout jaunis et flétris.

Elle vit un regard furtif s'échanger entre les deux hommes, puis Justin fit un geste dédaigneux de la main.

— Nous examinons la situation. C'est juste un incident isolé, rien d'inquiétant, espérons-le.

— Vraiment ? On dirait que c'étaient des plants en parfaite santé pendant un certain temps. Ils sont aussi hauts que ceux d'à côté, après tout.

— Ils n'ont pas bien pris cette année. Ça arrive parfois, dit Trevor.

— On dirait qu'ils ont été empoisonnés, dit Kay en regardant la mâchoire de Justin se crisper.

— Comme je viens de le dire, nous examinons la situation.

Il se pencha en avant alors que l'écran de l'ordinateur devenait noir et il bougea sa souris jusqu'à ce que le tableur réapparaisse.

— Et, comme vous pouvez le voir, nous sommes toujours en réunion en ce moment, alors si c'est tout—

— En fait, le coupa Barnes en sortant de sa poche une seule page qu'il déplia avant de la lui tendre, maintenant que nous avons une image plus nette de la victime, nous nous demandions si vous pouviez y jeter un autre coup d'œil et voir si vous le reconnaissez.

Justin secoua la tête.

— Je ne l'ai jamais vu de ma vie.

— Vous en êtes sûr ? demanda Barnes. Regardez à nouveau.

— J'en suis sûr.

— Et vous ?

Barnes tendit la photographie à Trevor.

L'homme secoua la tête.

— Désolé, non.

— Quand nous vous avons parlé mardi, monsieur Mallory, je vous ai demandé si vous aviez des problèmes ici, dit Kay, observant Barnes replier la photographie et la fourrer dans sa poche avant de regarder le fermier pour jauger son expression. Est-ce que vous souhaitez modifier votre déposition ?

— Non. Il n'y a aucun problème avec la façon dont je gère cet endroit.

— Je n'ai pas dit le contraire, rétorqua Kay. Mais vous avez une demi-rangée de lianes pourries parmi la nouvelle variété dont vous faites la promotion, qui ont l'air d'avoir été empoisonnées, et ensuite, un homme a été torturé et tué à quelques mètres de là. Pourquoi avez-vous dit à vos employés de ne pas récolter ces rangées lundi ? Vous vous attendiez à le trouver ?

Le visage de Justin devint blême.

— Non. La récolte n'était pas prête, c'est pourquoi je leur ai dit de commencer par les autres rangées. Je vous l'ai déjà dit, je n'avais jamais vu cet homme de ma vie.

— Mais vous savez quelque chose, rétorqua Kay. N'est-ce pas ? Et vous aussi.

Elle reporta son attention sur Trevor, qui tentait de se donner un air nonchalant dans le fauteuil à côté d'elle, mais dont les ongles plantés dans les accoudoirs trahissaient la tension.

— Est-ce que l'un de vous est menacé ?

— Non, répondit sèchement Trevor. Nous sommes juste très occupés, comme M. Mallory vous l'a déjà expliqué.

Justin leva une main apaisante.

— Écoutez, détective Hunter. Cela ne me dérange pas de répondre à vos questions, mais j'ai une exploitation à faire tourner. Vous ne pouvez pas débarquer ici comme ça—

— Si, je le peux.

Kay le foudroya du regard.

— Et je le ferai, si j'estime que c'est nécessaire pour mon enquête. Surtout si je pense que d'autres vies pourraient être en danger.

Les sourcils du fermier se haussèrent jusqu'à ses cheveux.

— D'autres vies ? Qu'est-ce que vous voulez dire ?

— Il y a actuellement au moins trois personnes qui se promènent en liberté et qui savent quelque chose sur la mort de cet homme, dit Kay froidement. Trois personnes qui savaient comment accéder à votre houblon depuis la route principale en utilisant un sentier et le champ de maïs de votre voisin pour ne pas être repérées. Ces trois mêmes personnes ont réussi à crucifier leur victime au milieu de votre culture, puis à l'éviscérer sans être dérangées. Et si elles s'en sortent, qu'est-ce qui les empêchera de recommencer ?

Le visage de Justin passa du blanc au rouge brique.

— Vous pensez qu'ils vont revenir ?

— Je n'en sais rien. Et vous ?

Un coup sec frappé à la porte lui évita de répondre, et Cassandra fit irruption dans la pièce, à bout de souffle.

— Tu ne vas pas croire ce que ce sale menteur a fait… commença-t-elle, puis elle plaqua une main sur sa bouche en voyant Kay et Barnes. Oh, je suis vraiment désolée, je n'avais pas vu votre voiture dehors.

— Pas de problème, dit Kay d'une voix douce. De quel sale menteur est-ce que vous parliez ?

Le regard de Cassandra passa d'elle à Justin, puis de nouveau à elle, la bouche ouverte, sans qu'aucun son n'en sorte.

— Euh…

— Dis-leur, peu importe ce que c'est, dit Justin, la voix lasse. Autant que nous l'entendions tous, quelle que soit la nouvelle. Franchement, cette semaine…

En réponse, sa femme brandit une lettre et une enveloppe blanche déchirée.

— Ça. Ça vient d'un cabinet d'avocats de Maidstone. Ça vient d'arriver par livraison spéciale, et ils disent qu'on doit aussi s'attendre à recevoir un email de leur part ce matin.

— Que se passe-t-il ? demanda Kay.

Cassandra se tourna vers elle.

— Ce satané Roland Hammerton, voilà ce qui se passe. Il a tout simplement déposé une plainte pour dommages corporels pour ce stupide petit accident qu'il a eu vendredi. Il veut nous poursuivre pour des milliers d'euros de dédommagement.

CHAPITRE 20

Gavin fit glisser son pouce dans le filet de condensation qui perlait sur la canette de boisson énergisante glacée et il contempla le tableau blanc au fond de la pièce en faisant pivoter son fauteuil de bureau d'un côté à l'autre.

Il couinait à chaque tour vers la gauche, mais Gavin ne l'entendait pas.

La climatisation soufflait une petite tempête sur sa nuque et lui donnait la chair de poule sur les avant-bras, mais il ne sentait rien.

Au lieu de ça, son regard parcourait les notes entrecroisées qui couvraient la surface du tableau, sur lequel le soleil couchant jetait une douce lueur rosée, et il dévisagea la photographie de Roland Hammerton épinglée dans le coin supérieur droit, en face de celle de leur victime, la mâchoire serrée.

— Trois jours, murmura-t-il. Il nous a fait perdre trois foutus jours.

Une balle anti-stress en caoutchouc le frappa à l'arrière

de la tête, le tirant de ses pensées. Il se retourna et vit Laura qui le fusillait du regard.

— Quoi ?

— Soit tu trouves de l'huile pour cette saleté de chaise, soit tu arrêtes de gigoter, pour l'amour du ciel, dit-elle. Ça me rend dingue.

Il soupira, lui relança la balle, rapprocha sa chaise de son bureau et but une autre gorgée de sa boisson énergisante avant de la repousser pour saisir la souris de son ordinateur. Cliquant sur les dernières mises à jour de leur base de données, il ravala une déception quasi insurmontable et recommença à examiner les dépositions des témoins.

— Je pensais vraiment que c'était Roland, moi aussi, dit Laura. En lisant les notes de Ian après que Kay et lui l'ont interrogé, j'ai eu l'impression qu'il cachait quelque chose.

— C'était le cas, dit Gavin. Simplement pas la chose qu'on pensait qu'il cachait.

— Au moins, on a découvert où il était lundi.

Barnes s'approcha et posa son téléphone portable et ses clés de voiture sur son bureau avant de s'y adosser et de passer une main dans ses cheveux coupés court.

— Il avait rendez-vous avec un avocat.

— Ce cabinet a aussi la réputation de s'occuper d'affaires douteuses, j'ai entendu dire, déclara Laura. Ils sont spécialisés dans ces affaires « pas de gain, pas d'honoraires » qui mettent une éternité à passer au tribunal, coûtent une fortune au défendeur, et finissent par ne verser que mille ou deux mille livres à leurs victimes après avoir prélevé leurs frais.

Kyle termina un appel et lança à travers la pièce :

— Qu'est-ce que les Mallory vont faire ?

— Ils rencontrent leur avocat demain matin. D'après nos discussions avec Roland, nous pouvons leur fournir des preuves qu'il a conduit et qu'il semble se déplacer sans problème, dit Barnes.

Il haussa les épaules.

— Ça pourrait les aider à prouver que sa plainte est fallacieuse, mais on verra bien.

Gavin regarda par-dessus son épaule alors que la porte de la salle des opérations s'ouvrait avec une telle force qu'elle percuta le mur en plâtre derrière elle.

Kay se dirigea d'un pas décidé vers le tableau blanc, retirant sa veste en marchant, et la jeta avec son sac sur un bureau voisin avant de faire face à la salle, les mains sur les hanches.

— Bien, tout le monde. Briefing. Maintenant.

— La situation a vraiment tourné au vinaigre, murmura Gavin à Laura alors qu'ils se dépêchaient de s'approcher.

— C'est le moins qu'on puisse dire, répondit-elle, puis elle se tut sous le regard réprobateur de l'inspectrice principale.

Kay commença le briefing dès que le dernier agent en uniforme eut posé son derrière sur une chaise.

— Pour ceux d'entre vous qui ne l'ont pas encore appris, Roland Hammerton n'est plus une personne d'intérêt dans cette enquête. Il s'est avéré au cours de la dernière heure qu'il dépose une plainte pour préjudice corporel contre les Mallory pour un incident survenu à la ferme vendredi, qui n'a aucune incidence sur notre affaire. En bref, nous en sommes à trois jours d'une enquête pour meurtre et nous sommes de retour à la case départ. Nous n'avons ni mobile, ni suspects. Et à moins que l'un de vous n'ait accompli un petit miracle pendant que j'étais à la ferme ce matin, nous ne savons toujours pas qui est notre victime.

Les officiers et détectives assemblés restèrent silencieux, si bien que Gavin n'entendit qu'un murmure provenant des bouches de climatisation et un léger gargouillement de la machine à café.

— Ok, alors remettons les choses à plat et voyons où nous allons à partir de maintenant, poursuivit Kay.

Elle retira la photographie de Roland Hammerton du tableau, prit une photo des notes correspondantes avec son téléphone, puis les effaça du tableau blanc et déboucha un feutre.

— Ce que nous avons découvert pendant que nous étions à la ferme, c'est que quelqu'un a empoisonné une section des plants de houblon quelques rangées derrière l'endroit où la victime a été trouvée, et Justin et son chef d'exploitation sont incapables d'expliquer qui ou pourquoi. Gavin, Kyle, des nouvelles des concurrents ?

Gavin s'éclaircit la gorge et se leva avant de trouver un endroit où tout le monde pouvait le voir.

— Il y a deux autres houblonnières dans un rayon de près de dix kilomètres autour de l'entreprise des Mallory, mais elles sont établies de longue date et n'ont fait l'objet d'aucune plainte. J'ai pris la liberté de parler avec les propriétaires de chacune, et bien qu'il y ait une petite concurrence amicale entre eux, ils ont parlé en bien de ce que Justin a fait depuis qu'il a repris l'affaire de son père et l'un d'eux a ajouté qu'il avait souvent échangé du matériel avec les Mallory quand l'un d'eux se retrouvait en difficulté.

Il se tourna vers Kay.

— Nous n'avons rien trouvé qui suggère qu'une des autres houblonnières ait quoi que ce soit à voir avec notre enquête, chef, désolé. J'ai même étendu la recherche pour inclure leurs fournisseurs habituels, et il n'y a rien de suspect là non plus.

— Bon sang.

Kay soupira et reboucha son feutre.

Gavin se tourna en percevant un mouvement du coin de l'œil et vit la main de Laura levée.

— Chef, dit-elle, quand j'ai parlé à Joseph Mallory ce matin, il a mentionné que depuis qu'il a repris la ferme, Justin a renvoyé trois membres du personnel de longue date. Un des types semble l'avoir particulièrement mal pris, alors je me demande s'il ne pourrait pas y avoir une sorte de rancune là-dedans.

— Qu'est-ce que tu sais sur les membres du personnel jusqu'à présent ? demanda Kay.

Laura fit un signe du pouce par-dessus son épaule.

— Je viens de commencer à éplucher leurs réseaux sociaux de l'époque et à monter des profils pour chacun d'eux. Il y avait aussi deux femmes qui aidaient pour les visites de la houblonnière. Je te préviendrai dès que je trouverai quelque chose.

— Très bien, merci, dit Kay. S'il y a eu un problème, on peut se demander pourquoi ils ont attendu si longtemps pour se venger. Après tout, Joseph a vendu la ferme à Justin il y a quoi, deux ans ?

— La vengeance et la haine peuvent s'envenimer avec le temps, chef, dit Barnes. On a déjà vu ça.

— C'est vrai.

L'inspectrice principale se retourna vers Laura.

— Ok, vois avec Gavin pour poursuivre ces investigations. Gav, essaie de voir où ces personnes travaillent maintenant, et s'il y a quoi que ce soit dans leur passé qui pourrait indiquer des antécédents violents. Laura, je pense que toi et moi, nous devrions parler à Cassandra Mallory demain matin pour savoir ce qu'elle pense de son beau-père.

— Compris, chef. Je passerai te prendre juste avant huit heures.

Gavin vit Kay jeter un œil par la fenêtre un instant, ses épaules s'affaissant avant qu'elle ne secoue légèrement la tête et se reconcentre sur son équipe.

— Quelqu'un a-t-il quelque chose à ajouter pendant que nous sommes ici ?

Kyle leva la main.

— Chef, Sean et moi avons examiné les images de vidéosurveillance du magasin du village où Roland a acheté des cigarettes. Je sais qu'il n'est plus suspect, mais nous avons réalisé que la caméra extérieure fait face à la rue et à la direction de la ferme des Mallory. Nous avons visionné les images de dimanche soir à partir de dix-neuf heures, et je pense que nous avons peut-être trouvé le véhicule utilisé pour transporter la victime jusqu'à cette aire de repos. C'est une piste audacieuse, mais nous sommes presque sûrs que c'est le seul véhicule sur cet enregistrement qui pourrait contenir la victime et ses trois assassins.

— Vraiment ?

Les sourcils de Kay se haussèrent tandis que les autres officiers commençaient à chuchoter avec excitation.

— À quel point en êtes-vous sûrs ?

— Disons-le comme ça, chef, intervint Sean Gastrell, nous avons passé les plaques d'immatriculation dans le système juste avant ce briefing et cela a confirmé que le propriétaire de la camionnette qui apparaît sur la vidéo a signalé son vol dimanche matin, depuis une entreprise de plomberie près de Wrotham Heath. Il ne l'a découvert qu'en retournant au travail lundi.

— Je comptais y aller demain matin pour l'interroger, ajouta Kyle. Il est sur un chantier à Sittingbourne en ce moment et ne peut pas nous parler aujourd'hui.

Le stylo de Kay crissait déjà sur le tableau blanc.

— Bon travail, vous deux. Et Kyle, je suis d'accord : va parler au propriétaire demain matin, et lance un avis de recherche pour la camionnette maintenant. Est-ce que vous pouvez obtenir le numéro d'identification du véhicule à partir de l'immatriculation ? J'imagine que les plaques ont été retirées à présent.

— Sean en a fait la demande, nous attendons juste une réponse, dit Kyle. Et j'ai aussi alerté la brigade routière.

— Bien. Ok tout le monde, il se fait tard et je veux que vous soyez tous là frais et dispos demain matin pour vous reconcentrer sur le suivi des déclarations des voisins et des fournisseurs de la ferme des Mallory, dit Kay. Et Gavin, tu peux accélérer l'examen de la liste des visiteurs de la ferme de cet été ? Tiens-moi au courant immédiatement si tu trouves quelqu'un avec un casier judiciaire, quelle que soit l'accusation.

— Compris, chef.

— Bien, demain est un autre jour, dit l'inspectrice principale. Je sais que nous avons subi un revers avec Roland Hammerton comme suspect, mais nous avons encore beaucoup de pistes à exploiter, et nous devons à notre victime de trouver qui lui a fait ça. Nous n'allons pas le laisser tomber.

CHAPITRE 21

Kay était assise sous un pommier d'au moins quarante ans et contemplait le fond de Sauvignon blanc au fond de son verre.

Le ruisseau qui séparait le verger du jardin arrière coulait en glougloutant à quelques mètres d'elle, son débit affaibli par le manque de pluie des dernières semaines, mais suffisant pour empêcher l'eau de stagner.

Un mouton déambulait entre les pommiers qui l'entouraient. Sa démarche était un peu raide à cause de son âge, mais sa posture dégageait une certaine belligérance lorsqu'il leva la tête de l'herbe qu'il broutait et poussa un bêlement plaintif.

— Tu viens d'avoir ton dîner, Hovis. Continue de manger cette herbe si tu as encore faim.

Le mouton se détourna avec un air de dégoût et erra jusqu'à un hangar bas à colombages qui lui offrait à la fois de l'ombre et un abri, avant de renifler le sol et de trouver autre chose à examiner.

Un merle chanta depuis la haie derrière Kay, son

gazouillis sonore formant un interlude musical au bruissement des feuilles au-dessus d'elle, tandis qu'une légère brise traversait le petit verger et caressait l'herbe à ses pieds. Le soleil se couchait à présent, sa chaleur baignant ses orteils qu'elle remuait au-dessus des sandales qu'elle avait retirées dès qu'elle s'était assise dans la confortable chaise de jardin. Pourtant, ses épaules étaient tendues et son esprit tournait sans cesse.

Elle sursauta au son de son téléphone portable qui vibrait sur la table en fonte ouvragée à côté d'elle, et s'en empara vivement en voyant le nom sur l'écran.

— Chef ?

— J'ai entendu dire que tu avais une affaire délicate, aboya la voix familière du commandant divisionnaire Devon Sharp.

Kay reposa son verre de vin vide et frotta ses yeux fatigués.

— Le quartier général va me retirer de l'affaire ?

— Pourquoi est-ce qu'ils feraient ça ? répliqua Sharp. D'après ce que j'ai vu des détails dans le système, toi et ton équipe faites tout votre possible avec les informations dont vous disposez. Je suppose que la disparition de la victime n'a pas encore été signalée ?

— J'ai parlé à Harry Davis avant de quitter la salle des opérations, et il n'a encore rien reçu. Si la victime était célibataire et n'avait pas de famille proche dans la région, il faudra peut-être un peu plus de temps avant que ses amis ne réalisent que quelque chose ne va pas. Harry va suivre ça de près.

Elle se leva et commença à arpenter l'espace à côté de

la table et de la chaise tout en regardant Hovis aller et venir.

— Et Kyle et Sean ont eu l'idée de suivre la piste d'une camionnette volée qui a été repérée sur la vidéosurveillance dimanche dernier près de la houblonnière.

— C'est déjà ça, dit Sharp d'un ton rassurant. Quand est-ce que tu veux lancer un appel à témoins ?

Kay frissonna.

— Pas tout de suite. Je n'ai pas les effectifs pour gérer les appels de plaisantins en plus de toutes les pistes que nous suivons. Tu as vu combien d'échantillons Harriet a dû envoyer au laboratoire ? Mon budget pour cette affaire va être horrible, je te préviens.

— Tes budgets sont toujours horribles, mais tu obtiens des résultats, alors laisse-moi m'occuper de ça, dit le commandant divisionnaire.

— Merci, chef. Comment ça va, sinon ? Rebecca et toi partez bientôt en vacances, n'est-ce pas ?

— Plus que trois semaines, répondit-il. Et c'est toujours aussi chargé ici. J'ai deux enquêtes interservices qui occupent la plupart de mon temps, et les statistiques de recrutement de cette année ne sont pas aussi bonnes que la commissaire le voudrait, alors je fais aussi de la politique.

Kay sourit en entendant le dégoût dans la voix de son mentor.

— Ah eh bien, si jamais tu veux revenir à Maidstone, tu serais le bienvenu. Ton bureau est toujours là.

— Tu ne t'y es pas encore installée ? répondit Sharp. Ça fait combien de temps ?

— Pas si longtemps que ça.

Elle rit, puis redevint sérieuse.

— Je le pense, vraiment. Ce serait bien de te revoir.

— Écoute, laisse-moi partir et rentrer de vacances et nous organiserons quelque chose, même si ce n'est qu'une courte visite. Ça fait un moment que je n'ai pas vu toute l'équipe. Comment va Ian ?

— Il va bien, mais c'est surtout Gavin qui m'inquiète. Il a l'étoffe d'un inspecteur, mais je me heurte sans cesse à des résistances du quartier général à l'idée d'avoir deux inspecteurs dans mon équipe. Selon eux, il n'y a rien pour justifier cela.

— Qui a dit ça ? demanda Sharp. C'est ridicule.

— Je sais. C'était une réponse type de l'équipe du personnel. Non signée, bien sûr, et l'agente administrative qui l'a envoyée n'a pu fournir aucune réponse. On lui a juste demandé de me le dire.

— Mmm. Je vais me renseigner, voir ce que je peux faire. Je suis d'accord avec toi, ce serait une perte énorme pour Maidstone si Gavin allait voir ailleurs, et des affaires comme celle-ci prouvent que tu pourrais utiliser l'expérience que lui et Ian apportent.

— Toute aide serait la bienvenue, merci. Laura et Kyle font un excellent travail, mais Gavin vaut bien Barnes et il me manquerait s'il n'était pas là.

— Compris.

Il y eut du bruit en arrière-plan, puis Sharp revint.

— Je dois te laisser. Encore une réunion, et puis je m'en vais.

— Merci d'avoir appelé, Devon. Profite bien de tes vacances si je ne te parle pas d'ici là.

— Prends soin de toi, Kay.

Il mit fin à l'appel et elle resta un moment debout, à fixer l'écran tandis qu'un pincement de perte lui serrait le cœur. Elle aimait son travail, elle aimait les responsabilités qui l'accompagnaient, mais dans des moments comme ceux-ci, son ancien mentor et ami lui manquait, ainsi que ses observations pertinentes lors d'une enquête d'une telle ampleur.

— À quoi tu penses ?

Elle se retourna au son de la voix d'Adam et le vit traverser le petit pont qui enjambait le ruisseau, se dirigeant vers elle avec un verre et la bouteille de vin dans une main.

— Tu es rentré.

Il l'enlaça d'un bras et l'embrassa avant de brandir la bouteille.

— Je te ressers ? Je suis officiellement en congé jusqu'à samedi matin.

— Super. J'avais presque oublié à quoi tu ressemblais.

Adam eut un grand sourire.

— C'est toi qui dis ça, alors que tu es déjà partie au travail quand je rentre le matin. J'imagine que tu as une affaire difficile.

— Oui, j'en parlais justement avec Sharp.

Kay tendit son verre pendant qu'il la servait.

— Juste un fond, merci. J'ai déjà bu un peu et je veux partir tôt demain.

— Tu peux m'en parler ? demanda-t-il en s'asseyant en face d'elle et en retirant du bout du pied ses vieilles baskets de jardinage.

— Pour être honnête, il n'y a pas grand-chose à dire pour l'instant. On pensait avoir un suspect, mais il s'avère qu'il essaie juste de poursuivre ses employeurs pour un accident du travail et n'a rien à voir avec notre victime. Kyle a une piste qu'il va explorer demain matin, mais Laura et moi devons retourner à la ferme. Après ça…

Adam tendit la main et serra la sienne, sans rien dire.

Elle soupira.

— Bref, assez parlé de moi. Comment s'est passée ta semaine ?

— Mieux, maintenant que je suis là, dit-il avec un sourire. Scott est revenu ce matin. Lui et sa femme ont passé un excellent séjour à Tallinn et il m'a donné les coordonnées de la pension où ils ont logé, alors si ça te dit de faire une petite escapade en Estonie plus tard dans l'année…

— Oui, répondit Kay, avant d'ajouter avec un grand sourire : Une pause n'importe où me ferait du bien en ce moment. Il y avait beaucoup de travail sans lui ?

— Énormément, alors heureusement que Claire a pu le remplacer. Je lui ai d'ailleurs proposé de devenir membre du personnel à plein temps.

— Vraiment ?

— Le cabinet marche bien et on en arrive au point où Scott et moi sommes complets des jours à l'avance, parfois des semaines pour les opérations de routine, expliqua-t-il. Je pense que je suis prêt à faire cet investissement.

Kay trinqua avec lui.

— C'est une très bonne nouvelle. Félicitations.

— Merci.

Adam prit une gorgée de vin avant de continuer.

— Bien sûr, ça voudra aussi dire qu'on aura plus de temps ensemble entre tes services, et je pourrai peut-être accepter une ou deux conférences de plus l'année prochaine.

S'installant confortablement dans sa chaise, Kay regarda le verger alors que les rayons du soleil prenaient une teinte orangée au-dessus des toits voisins, puis elle jeta un œil à l'écran de son téléphone où trois nouvelles alertes email venaient d'apparaître.

Elle soupira.

— Si on prévoit de passer plus de temps ensemble, alors il me faut absolument deux inspecteurs. Je n'ai plus qu'à espérer que le quartier général soit d'accord.

CHAPITRE 22

Le lendemain matin, Kay se tenait au bout de son allée et leva la main en signe de salut tandis que la voiture de service de Laura apparaissait en haut du chemin et se dirigeait vers elle.

Il y avait une fraîcheur matinale, avec une nette baisse de température par rapport à la semaine et demie précédente, et un froid automnal dans l'air qui justifiait le port d'une veste pour la première fois depuis des jours. Il faisait aussi nettement plus sombre quand le réveil avait sonné, et alors qu'elle s'était déplacée à pas de loup dans la chambre après sa douche en essayant de ne pas déranger Adam qui dormait profondément, elle avait regardé le short qu'elle portait la veille au soir et s'était demandé si c'était la dernière fois qu'elle le verrait avant l'année suivante.

Laura baissa la vitre en s'arrêtant en douceur.

— Salut, chef. La circulation n'est pas trop mauvaise pour l'instant.

— Ça change.

Kay monta et jeta son sac à ses pieds après avoir récupéré son téléphone portable.

— Est-ce que Cassandra sait qu'on passe la voir ?

— Non, répondit Laura en lui jetant un regard en coin avant de reporter son attention sur la route. Ça te va ? Je me suis dit que comme ça, elle n'aurait pas le temps de discuter avec Justin avant notre arrivée, ni de se demander ce qu'on allait lui poser comme questions.

— Bonne idée.

Kay ajusta sa ceinture de sécurité et regarda l'étalement urbain de Maidstone laisser place à une verdure luxuriante, les haies et les arbres désormais bordés d'ors riches alors que l'été tirait à sa fin.

— J'aimerais que ce soit toi qui mènes cet interrogatoire. Tu as déjà parlé à Joseph, donc tu seras plus à même de juger de la nature de sa relation avec sa belle-fille.

— Je suis d'accord. Je veux en savoir plus sur l'ouvrier agricole que Justin a renvoyé, le type qui ne veut plus parler à aucun des deux maintenant, et je veux mentionner aussi les deux femmes qui organisaient les visites avec lui au cas où il y aurait quelque chose de louche de ce côté-là.

— C'est un bon début. Tu as les noms de ces personnes ?

— Joseph me les a donnés, oui. J'ai réussi à les localiser tous les trois, et Gavin va les appeler ce matin pour organiser des entretiens avec eux dès que possible. Avec un peu de chance, ce sera pour aujourd'hui.

— Super, merci.

Kay repéra devant elles l'embranchement vers le

village et la ferme, et elle vérifia ses emails pendant que Laura négociait l'étroit chemin sinueux.

Il n'y avait toujours pas de résultats d'analyse du laboratoire concernant les recherches de la police scientifique menées par Harriet, et elle détestait devoir demander à la spécialiste très occupée quand ils seraient reçus, mais sa conversation de la veille avec Sharp et la pensée de la famille de la victime qui ne savait rien de ce qui lui était arrivé la poussèrent à agir, et elle tapa donc un rapide SMS d'excuse à Harriet pour lui demander où en était la situation.

Elle finit de taper son message au moment où Laura entrait dans la cour de la ferme, et elle vit que le 4x4 de Justin était absent, ainsi que les deux tracteurs.

— On dirait que les affaires ont repris comme si de rien n'était.

— La voiture de Cassandra est là-bas, donc au moins elle est dans le coin ce matin, dit Laura.

Elle montra une deuxième voiture.

— Et Gloria est là de bonne heure.

— J'imagine qu'elle fait de son mieux pour sauver ce qui peut l'être des visites, commenta Kay. Bon, allons voir ce que Cassandra a à nous dire, ok ?

Laura se dirigea vers la ferme, sonna et fixa ses pieds en attendant que la porte s'ouvre. Kay ne dit rien, laissant à la jeune enquêteuse un moment de réflexion silencieuse pour toutes les questions de dernière minute qu'elle envisageait, et elle leva plutôt les yeux vers la fenêtre du dessus au frémissement d'un rideau.

Quelques instants plus tard, des bruits de pas sur le

carrelage du couloir leur parvinrent et la porte s'ouvrit à la volée.

— Désolée, je pensais que vous étiez un autre journaliste, dit Cassandra, le visage affligé tandis que son regard se portait vivement au-delà d'elles, vers le chemin. Entrez, avant que quelqu'un ne vous voie.

Kay jeta un coup d'œil par-dessus son épaule avant d'entrer, mais elle ne vit aucun véhicule suspect.

— Je ne vois personne.

— Trevor a passé un savon au dernier avant de le renvoyer d'où il venait.

Cassandra a fermé la porte.

— Il peut être assez… persuasif quand il le faut. Gloria n'arrête pas de nous dire de garder le portail fermé à clé, mais si on fait ça, c'est une galère pour les livraisons et pour les conducteurs de tracteurs quand ils sont tous sous pression pour rentrer la récolte.

Laura écouta Cassandra et ne dit rien pendant qu'elles la suivaient dans le salon.

La femme désigna les fauteuils près de l'âtre vide, puis elle s'affaira à ranger les magazines sur la table basse avant de s'asseoir sur le canapé en face des deux détectives.

— Je comprends que cela doit être très difficile pour vous, commença Laura. J'ai cependant quelques questions supplémentaires à vous poser. Cela vous dérangerait ?

Cassandra soupira en s'enfonçant dans les coussins.

— Je suppose que non. Enfin, bien sûr, un pauvre homme a été tué, et vous essayez de découvrir qui a fait ça. Qu'est-ce que vous voulez savoir ?

— J'aimerais en savoir plus sur Shane Vincent, l'ouvrier qui travaillait ici. Pourquoi est-ce qu'il est parti ?

— Shane Vincent ? Mais c'était il y a deux ans, juste après que Joseph a pris sa retraite. Qu'est-ce que ça a à voir avec—

— Si vous pouviez simplement répondre à la question, s'il vous plaît.

— Lui et Justin ont eu un désaccord. Pour être honnête, ça allait forcément arriver dès que Joseph prendrait sa retraite.

Elle sourit tristement.

— Et le fait qu'il vive toujours ici n'aide pas, même s'il est dans le cottage.

— Vous pourriez développer ? Quel était l'objet du désaccord ?

— Justin soupçonnait Shane de siphonner du carburant pour son propre compte, et il l'a confronté. Au début, il a nié, mais ensuite Trevor l'a vu boire au pub du coin avec quelqu'un de connu pour être impliqué dans des vols de matériel agricole dans des fermes, et Justin n'a pas eu le choix. Il a mis fin au contrat de Shane le lendemain, et c'est pour ça que depuis, tout notre matériel est gardé sous clé dans les hangars la nuit. Shane est le genre de personne à vouloir se venger.

— Et Joseph, qu'est-ce qu'il en a dit ?

— Il a piqué une crise, répondit Cassandra. Lui et Shane se connaissent depuis des années, il a trouvé qu'on exagérait. Justin n'a pas réussi à lui faire comprendre que si du carburant était siphonné, il était probable que nous ayons des pertes dans d'autres domaines également.

— Vous avez signalé Shane à notre brigade des crimes ruraux ?

— Comme je l'ai dit, ce n'était qu'un fort soupçon. Trop difficile à prouver, mais nous savions.

— Est-ce qu'il vous a causé des ennuis depuis que vous l'avez renvoyé ?

— Non. Justin a bien précisé que si c'était le cas, nous préviendrions la police.

Cassandra fit une grimace.

— Ça a quand même rendu les choses sacrément difficiles pendant un temps, surtout qu'il habite dans le coin. Notre réputation en a pris un coup au village, jusqu'à ce que d'autres personnes le cernent et que les choses se calment. Ce n'est que depuis cette dernière récolte que je suis assez tranquille pour laisser le portail ouvert en journée, et uniquement parce que nous avons installé des caméras de sécurité au début de l'année.

— Il y avait une raison particulière à cela ?

Cassandra haussa les épaules.

— C'est la triste réalité de l'agriculture, les vols sont bien trop courants. C'était logique d'investir là-dedans, et ça rassure les assureurs, même si leurs tarifs ne cessent d'augmenter de toute façon.

— Et les deux femmes qui organisaient les visites de la houblonnière avec Justin et Trevor ? Pourquoi avez-vous mis fin à leurs contrats ?

— Parce que nous avions moins de réservations que d'habitude pendant un certain temps. Nous ne pouvions pas nous permettre de les garder. Justin se concentrait sur la remise en état de parcelles que Joseph avait négligées trop longtemps, alors lui et Trevor ont choisi de gérer toutes les visites eux-mêmes. Mais je pense qu'à partir de l'année prochaine, nous aurons besoin d'aide supplémentaire, même si ce n'est qu'un ou deux jours par semaine.

Cassandra marqua une pause.

— Enfin, si notre entreprise est encore viable l'année prochaine, après ce qui s'est passé.

— Est-ce que Justin s'entend bien avec son père ? demanda Laura.

Kay vit l'autre femme se raidir avant de répondre.

— Il s'entend bien avec lui. Mais s'ils n'étaient pas de la même famille, je ne pense pas qu'il aurait beaucoup de contacts avec lui.

— Pourquoi ?

— Justin a dit dès le début qu'il voulait que la ferme revienne à ses racines, réduire notre dépendance aux grandes cultures et augmenter la production de houblon. C'est comme ça que son grand-père exploitait la terre. Joseph était différent, il travaillait contre le sol d'ici, pas avec. Il a déversé tellement d'engrais dans les deux champs à l'extrémité sud de la propriété qu'il a fallu jusqu'à maintenant pour les remettre en état de faire pousser du houblon aussi bien que celui que vous voyez juste derrière le portail. Et tout ça parce qu'il voulait produire des céréales qui ne sont tout simplement pas adaptées à la culture dans la région.

Laura fronça les sourcils.

— Joseph aurait sûrement voulu faire ce que son propre père faisait avant lui si la ferme était si prospère à l'époque.

— On pourrait le croire, n'est-ce pas ?

Cassandra secoua légèrement la tête.

— Mais Joseph doit toujours avoir raison et il a souvent des opinions contradictoires, ce qui n'aide pas. Il le niera, bien sûr. Mais quand il a découvert ce que le terrain pouvait valoir, il s'est complètement désintéressé de l'agriculture. Il a laissé l'exploitation péricliter juste pour prouver qu'il était temps de passer à autre chose. Dieu merci, Justin l'a persuadé du contraire.

— Joseph a-t-il déjà été violent envers quelqu'un ici, que ce soit par le passé ou maintenant ?

— Pas à ce que j'ai vu, non, et personne n'a jamais rien signalé de tel. Il peut être cruel dans ses paroles, mais je ne pense pas qu'il ait déjà été physiquement violent.

Laura jeta un regard à Kay, qui fit un léger signe de tête négatif et fouilla dans son sac.

— Merci pour votre temps, Cassandra, dit-elle. Une dernière chose : voici une photo de l'homme qui a été retrouvé dans votre champ. Elle a été prise après qu'on l'a nettoyé, avant l'autopsie en début de semaine. Est-ce que je peux vous la montrer, au cas où vous le reconnaîtriez ?

— Oui, d'accord.

La femme prit la photo que lui tendait Kay d'une main tremblante, elle scruta l'image, puis la rendit.

— Je ne l'ai jamais vu auparavant, mais comme vous pouvez le voir, je passe le plus clair de mon temps au bureau, ici dans la maison, où nous gérons l'aspect financier de la ferme. S'il rôdait dans la cour ou quelque chose du genre, je ne l'aurais pas vu. Justin savait qui c'était ?

— Malheureusement non, dit Kay en rangeant la photo et en se levant. Il reste un mystère pour le moment.

— Merci pour votre temps, madame Mallory, dit Laura. Nous allons trouver la sortie.

Debout dans la cour quelques instants plus tard, Kay regarda Howard manœuvrer une remorque chargée à travers le portail et diriger son tracteur vers le séchoir. Il fit un signe de tête en guise de salut en passant, puis son regard fut attiré par un mouvement à la fenêtre du bureau de réception de la ferme, dans le bloc d'écuries rénové en face.

— Allons dire un mot à Gloria pendant que nous sommes là, au cas où elle aurait entendu quelque chose de nouveau, dit-elle en se mettant déjà en marche. J'ai l'impression que c'est elle les yeux et les oreilles de cet endroit.

Laura sourit, remit les clés de la voiture dans son sac et se mit à sa hauteur.

— Tu n'as pas tort.

CHAPITRE 23

Après avoir quitté la salle des opérations et s'être frayé un chemin dans la circulation dense habituelle pour sortir de Maidstone et s'engager sur l'autoroute M20, Kyle s'installa pour le court trajet jusqu'à Wrotham Heath, calé derrière un semi-remorque immatriculé en Belgique, et il monta le son de la radio.

Tout en tapant des doigts au rythme d'un tube rock vieux de dix ans qui avait pris d'assaut les hit-parades à l'époque, il fredonna le refrain à mi-voix, puis s'arrêta lorsque son téléphone portable se mit à sonner depuis son support sur le tableau de bord. Il reconnut le numéro et appuya sur le bouton de prise d'appel du volant.

— Dis-moi que tu l'as trouvé, dit-il.

— Bonjour à toi aussi, répondit une voix de femme. Et oui, on l'a retrouvé.

Kyle frappa le volant du poing.

— Super boulot, Nadine.

— Ne me remercie pas, dit la jeune agente. Je viens de recevoir un appel de la police de la route, ils ont eu un signalement concernant un véhicule incendié qui correspond à notre description, dans un chemin à la sortie de Kemsing, connu pour être une décharge sauvage. Le temps que les pompiers arrivent, les flammes avaient déjà bien pris et ils se sont surtout inquiétés pour la végétation environnante à cause de la sécheresse ces derniers temps.

— Oh non, grogna Kyle.

Il leva le pied de l'accélérateur, son excitation initiale désormais en chute libre.

— Qu'est-ce qu'il reste de la camionnette ?

— Pas grand-chose, répondit Nadine d'une voix sombre. J'ai quand même appelé Harriet et elle envoie Patrick et deux autres agents de la police scientifique sur place pour jeter un œil. Oh, et les plaques d'immatriculation ont été retirées avant l'incendie, donc le véhicule n'a été identifiable que grâce au numéro de châssis. Au moins, tu vas pouvoir prévenir le propriétaire pour qu'il en informe son assurance.

— Oui, au moins ça.

— Désolée d'être porteuse de mauvaises nouvelles.

— Pas de problème, on savait que ce serait un coup de poker. On se voit à mon retour.

— Ok.

Kyle mit fin à l'appel, puis déboîta sur la gauche et prit la bretelle de sortie indiquant Wrotham. Il trouva l'entreprise de fournitures de plomberie de Rex Trimble au bout d'une route étroite, autrefois goudronnée, mais qui présentait désormais une surface craquelée, semblable à une crème brûlée.

Il grimaça lorsque les suspensions de la voiture heurtèrent un autre nid-de-poule profond, faisant tanguer le véhicule d'un côté à l'autre avant qu'il ne reparte de l'avant avec une secousse.

La route était une impasse qui s'élargissait pour accueillir trois bâtiments industriels délabrés et un quatrième qui avait été renforcé par des volets en acier sur son unique fenêtre et son entrée de type entrepôt. Les portes de l'entrepôt étaient ouvertes et deux camionnettes bleu pâle étaient garées devant, la carrosserie de chacune arborant le nom de l'entreprise. À côté se trouvait une camionnette plus petite avec l'insigne d'un spécialiste local en caméras de sécurité.

Le spécialiste en question était en haut d'une échelle, en train de fixer une nouvelle caméra au-dessus de la fenêtre aux volets fermés. Il baissa les yeux lorsque Kyle sortit de sa voiture.

— Vous êtes de la police ?

— Est-ce que Rex est là ?

— Dans le bureau, au fond de l'entrepôt.

— Merci.

Kyle ignora le regard curieux de l'homme qui le suivit à l'intérieur et cligna des yeux pour s'habituer à la pénombre.

Il y avait un éclairage au néon au plafond, mais sa luminosité insuffisante projetait des ombres dans les coins et faisait tournoyer des grains de poussière dans l'air. L'espace lui-même était rempli d'étagères emboîtables en acier inoxydable qui s'étendaient en longues rangées entre la porte et le fond du bâtiment, ressemblant à l'un de ces grands magasins de bricolage à la périphérie de Maidstone, et tout aussi bien organisé.

En passant devant des tuyaux en PVC, des siphons de

toilettes, des robinets étincelants, des réservoirs en céramique et des lavabos, il se demanda pourquoi Rex Trimble n'avait songé que maintenant à installer des caméras de sécurité, après s'être fait voler sa camionnette.

Il suivit le son de voix fortes et trouva le propriétaire de l'entreprise de plomberie dans une pièce cubique au fond de l'entrepôt, en train de parler à un second homme qui portait un polo avec le nom de l'entreprise brodé sur la poche de poitrine gauche.

Trimble tournait le dos à Kyle, mais l'autre homme leva la main pour le faire taire à la vue du détective, et Trimble jeta un coup d'œil par-dessus son épaule.

— Je peux vous aider ?

— Enquêteur Kyle Walker, police du Kent. Je pourrais vous parler un instant, monsieur Trimble ?

— Bien sûr. Wayne, je te laisse t'en occuper, mais comme je t'ai dit : assure-toi qu'on ne paie pas pour ceux qui étaient cassés cette fois-ci, d'accord ?

— Pas de problème, Rex. Je m'en occupe.

L'homme au polo adressa un bref signe de tête à Kyle en passant, puis disparut dans l'entrepôt.

— Un problème ? demanda Kyle.

— Un de nos fournisseurs a changé de société de livraison la semaine dernière, et ils sont nuls, répondit Rex en passant une main dans ses cheveux châtain clair clairsemés, parsemés de reflets argentés sur les côtés.

Il fit signe à Kyle de s'approcher d'un bureau qui disparaissait rapidement sous les bons de livraison et les factures, puis il attira une chaise en métal et en plastique du coin de la pièce, la lui désignant avant de s'enfoncer dans une chaise identique devant un écran d'ordinateur.

— Et Wayne n'a pas vérifié la livraison de la semaine dernière avant que le livreur ne soit parti, alors maintenant, ça va être difficile de prouver que la marchandise était endommagée à l'arrivée, et non pas depuis qu'elle est ici, dans l'entrepôt.

— Je vais essayer de ne pas vous prendre trop de votre temps, alors.

— Non, non, ça va.

Trimble fit un geste apaisant de la main dans les airs.

— Asseyez-vous. Je vous remercie d'être venu jusqu'ici. J'imagine que c'est au sujet de ma camionnette. Vous avez attrapé les salopards qui l'ont volée ?

— Désolé d'être porteur de mauvaises nouvelles, mais j'étais en route quand j'ai reçu un appel m'informant que la camionnette avait été retrouvée abandonnée et calcinée.

— Merde.

Rex soupira et secoua la tête, puis il fronça les sourcils.

— Vous avez dit que vous étiez en route lorsque vous avez appris ça. Pourquoi êtes-vous ici, alors ?

Kyle attrapa son carnet.

— J'ai quelques questions concernant une autre enquête en cours dans laquelle nous pensons que votre camionnette pourrait être impliquée.

— Ah bon ? Comme quoi ?

— Tout d'abord, quand est-ce que vous avez découvert la disparition de la camionnette ?

— Lundi matin, en arrivant ici. Ma flotte compte huit véhicules. Vous en avez vu deux dehors, les cinq autres sont actuellement en livraison. Les chauffeurs les ramènent chez eux et d'habitude, je fais pareil, mais on refait notre allée en ce moment et il n'y a de la place que pour la voiture de ma femme dans la rue, alors j'ai laissé ma camionnette ici et elle est venue me chercher quand j'ai fini, samedi après-midi.

— J'ai vu la caméra qu'on est en train d'installer dehors. Je suppose que vous n'en avez pas d'autres ?

— Seulement ici, à l'intérieur, répondit Trimble en désignant l'entrepôt du doigt. C'est là que se trouve tout l'argent, après tout. D'habitude, en tout cas. Évidemment, après ça, je prends plus de précautions. Les assureurs me prennent la tête avec la franchise, et maintenant que quelqu'un sait que cet endroit existe, je suis une cible, n'est-ce pas ?

Kyle ne le corrigea pas. Il ne savait que trop bien, depuis l'époque où il portait l'uniforme, que les cambriolages à répétition sur les propriétés étaient courants, surtout celles qui étaient isolées ou difficiles d'accès.

— Ils ont pris autre chose ?

— Juste la camionnette, mais ça a mis notre planning de livraison sous pression cette semaine, et je n'ai aucune idée de quand les assureurs vont me dire de la remplacer.

Trimble fit la moue.

— Au moins, on l'a retrouvée, je suppose. Ils traiteront peut-être la demande plus vite, maintenant.

— À quelle heure êtes-vous parti d'ici, samedi ?

— Un peu avant quatre heures. On propose des livraisons jusqu'à midi, puis en général je passe une heure ou deux à m'occuper de la paperasse, des commandes de dernière minute pour le lundi matin, ce genre de choses. J'ai téléphoné à Julie à trois heures pour lui dire que j'étais prêt et pour lui demander si elle pouvait venir me chercher.

Elle était à la salle de sport, celle de Sevenoaks, donc j'imagine qu'il était environ quatre heures moins dix quand elle est arrivée.

— Est-ce que vous avez vu quelqu'un agir de façon suspecte, à traîner par ici ou près de l'entrée de la route principale ?

Trimble secoua la tête.

— Il n'y a personne d'autre ici, ces locaux là-bas sont vides depuis presque un an maintenant. Je suppose que c'est une partie du problème. S'il y avait plus de passage, ça aurait peut-être découragé les salopards qui ont volé ma camionnette. Et je n'ai repéré personne au bout du chemin. Pour être honnête, j'étais trop occupé à regarder mes messages sur mon téléphone pendant que Julie conduisait, et on était un peu pressés parce qu'elle avait acheté des billets pour voir un groupe au château de Leeds ce soir-là.

Kyle hocha la tête en complétant ses notes.

— J'ai vu les affiches du concert. C'était bien ?

— Ouais, génial.

Le visage de Trimble s'assombrit.

— C'est juste dommage que ça ait été gâché par la découverte du vol de la camionnette en revenant ici lundi.

Plongeant la main dans sa poche, Kyle en sortit une image fixe de la vidéosurveillance de la boutique du village, que Sean avait figée pour capturer le passage de la camionnette.

— Est-ce que vous pouvez confirmer que c'est votre camionnette, monsieur Trimble ?

L'homme se pencha en avant et prit la photographie, le front plissé.

— Ouais, c'est bien elle. Où est-ce que vous avez eu ça ?

— Dans une supérette de village à quelques kilomètres de la houblonnière de Mallory. Vous connaissez ?

— Je bois de la bière, je ne me préoccupe pas de savoir d'où elle vient, répondit Trimble en lui rendant la photographie. Qu'est-ce qu'elle faisait là-bas ?

— C'est l'objet de notre enquête en ce moment, répondit Kyle. Mais vous êtes certain que c'est votre camionnette ?

— Oui, c'est bien la mienne.

Kyle regarda les classeurs et les étagères couverts de poussière qui ployaient sous le poids des manuels d'équipement qui les garnissaient, puis il se tourna de nouveau vers Trimble.

— Vous avez déjà eu d'autres problèmes ici par le passé ?

— Non, jamais. C'est pour ça que ça a été un choc, pour être honnête.

L'homme se pencha en arrière dans sa chaise, le visage las.

— Nous avons eu de la chance jusqu'à présent, je suppose. Et peut-être que j'ai été coupable de naïveté en pensant que cet endroit était suffisamment à l'écart pour être en sécurité. Je veux dire, les volets étaient déjà là quand j'ai loué le bâtiment il y a dix ans, mais devoir installer des caméras maintenant... Je vais être paranoïaque pendant un bon moment encore, c'est certain.

— Est-ce que vous vous souvenez d'avoir vu quelqu'un, au cours du dernier mois environ, qui aurait pu faire du repérage, ou traîner près des autres locaux par ici ?

— Non, rien de tout ça.

Trimble fronça les sourcils.

— Et d'habitude, on n'envoie pas un détective pour un véhicule volé, n'est-ce pas ? Qu'est-ce qui se passe ?

— Si seulement je le savais, répondit Kyle, puis il repoussa sa chaise. Merci pour votre temps, monsieur Trimble. Nous vous recontacterons si nous avons d'autres questions.

— Pas de problème. Faites-moi une faveur, d'accord ? Dites à vos services de se dépêcher et d'envoyer la paperasse à mes assureurs.

Trimble fit un geste de la main vers les documents éparpillés sur le bureau.

— J'ai besoin d'une nouvelle camionnette et de m'occuper de ces commandes avant que mes clients n'aillent voir ailleurs.

CHAPITRE 24

La porte du bureau de la ferme s'ouvrit avant que Kay et Laura aient eu le temps de frapper, et Gloria Barkham se tenait sur le seuil, l'air curieux.

— Des nouvelles ?

— Pas encore, madame Barkham, répondit Kay.

Elle sortit sa carte.

— Je suis l'inspectrice principale Kay Hunter. Vous avez déjà parlé à ma collègue, l'enquêteuse Hanway. Je me demandais si je pouvais vous poser quelques questions supplémentaires ?

— Bien sûr.

Gloria les fit entrer.

Kay regarda la vitrine qui présentait la ferme des Mallory au fil des ans, l'attention portée aux détails dans la reconstitution de pub anglais au fond de la pièce, et les tireuses à bière étincelantes le long du bar, et elle réprima un soupir en pensant aux répercussions pour toutes les personnes impliquées si elle ne découvrait pas qui avait assassiné leur victime.

Les Mallory s'en étaient bien sortis, travaillant de longues heures à la merci aussi bien de la météo que de la bureaucratie, et ils étaient maintenant menacés de faillite à moins qu'elle et son équipe ne fassent bientôt une percée.

Et puis il y avait la famille de la victime, qui ignorait pour le moment que leur fils, mari, ou peut-être père, reposait maintenant à l'hôpital de Darent Valley.

Kay secoua légèrement la tête en entendant la toux polie de Gloria qui, après avoir adressé un bref sourire à Laura, s'installa derrière son bureau et posa une main sur une série de brochures étalées devant elle.

— J'étais justement en train de relire notre nouvelle campagne marketing pour la récolte de l'année prochaine. Justin tient à ce qu'elle soit prête pour le festival du houblon afin de présenter ce que nous faisons ici à quelques-unes des petites brasseries en vogue.

Kay parcourut du regard les prospectus brillants dont les photographies montraient le paysage bucolique et luxuriant autour de la ferme des Mallory.

— Je sais que vous avez déjà parlé à la détective Hanway, mais nous avons maintenant une photo de l'homme qui a été retrouvé mort ici, et je me demandais si vous pourriez y jeter un œil, au cas où vous le reconnaîtriez ?

Gloria pâlit.

— Je ne sais pas… Est-ce que ça va me donner des cauchemars ? Je ne dors déjà pas bien en ce moment.

— Elle a été prise avant l'autopsie, mais il n'y a ni sang ni quoi que ce soit, précisa Kay. On dirait qu'il dort.

Gloria avait toujours l'air hésitante, alors Laura se pencha en avant.

— Gloria, il faut qu'on essaie de savoir qui c'est. Il a une famille quelque part, des amis qui doivent se demander où il est.

La femme ferma les yeux, puis hocha la tête avant de regarder Kay.

— D'accord, montrez-la-moi.

— Merci.

Elle lui tendit la photo, puis observa le front de Gloria se plisser.

— Qu'est-ce qu'il y a ?

— Il est venu ici. Cet été.

Le cœur de Kay rata un battement.

— Vous en êtes certaine ?

— Je crois bien. Son visage me dit quelque chose. Attendez.

Gloria laissa tomber la photo sur les brochures, puis se précipita vers un classeur en métal vert foncé dans un coin et elle commença à fouiller dans les dossiers suspendus.

Elle claqua le tiroir du haut, puis s'attaqua au suivant, marmonnant pour elle-même avant de saisir un dossier près du fond et de le rapporter.

— Ce sont les déclarations de santé et sécurité que nous faisons remplir à chaque visiteur pour nos assurances, en cas de blessure. En gros, ils déclarent qu'ils comprennent qu'il s'agit d'une ferme en activité, et qu'ils doivent respecter nos instructions à tout moment, ne pas faire de bêtises, etc.

Elle désigna le coin bar derrière elles.

— C'est aussi pour ça que nous faisons très attention à la quantité d'alcool que nous servons ici, même si la plupart des touristes arrivent en minibus avec un chauffeur.

Kay avança sa chaise et regarda Gloria trier les documents.

— Et ces documents, au milieu des déclarations, qu'est-ce que c'est ?

— La liste des visiteurs pour chaque visite, répondit-elle en tenant une liasse de pages agrafées. Une fois que chaque groupe a signé sa déclaration de santé et sécurité, je les rassemble et j'ajoute la liste finale de notre système de réservation par-dessus pour tout avoir au même endroit. C'est simplement plus efficace si jamais je dois revenir sur quelque chose, comme des objets perdus, des autorisations pour utiliser des photos des clients pour des images marketing, ce genre de choses.

— Je ne suppose pas que je pourrais vous convaincre de venir travailler pour nous, n'est-ce pas ? dit Kay avec un léger sourire. Ma responsable des scellés vous adorerait.

— Oh, eh bien. Je fais juste de mon mieux.

Les joues de Gloria rougirent, puis ses sourcils se haussèrent et elle retira une liasse de pages du dossier.

— Voilà. Je me souviens de celui-ci parce qu'il était avec des amis, et Trevor a dû leur demander deux fois de modérer leur langage. Je crois qu'ils avaient bu quelques verres avant d'arriver et ils étaient un peu bruyants. Il a dit qu'ils mettaient les autres visiteurs mal à l'aise.

— Vous avez un nom ?

Kay résista à l'envie de tendre la main pour arracher les pages des mains de la femme.

— Attendez.

Gloria feuilleta les pages jusqu'à ce qu'elle trouve celle qu'elle cherchait.

— Et voilà. Je me souviens de lui, parce qu'il était plus gentil que les autres. Il est venu s'excuser auprès de Trevor et de moi juste avant leur départ. Je crois que le comportement des autres le mettait mal à l'aise. Il s'appelle Dean. Dean Spencer.

Kay lui prit les pages des mains et examina la signature qui ornait la dernière ligne de la déclaration de santé et de sécurité. Elle sourit, reconnaissant l'inclinaison maladroite d'un gaucher, exactement comme Adam lorsqu'il signait un document officiel.

— Vous n'auriez pas son adresse, par hasard ?

— Non, pas la sienne, car il n'a eu qu'à signer la déclaration de santé et de sécurité, dit Gloria. Mais j'ai les coordonnées de quelqu'un d'autre. C'est son ami qui a réservé la visite.

Elle se pencha, désigna la première page du doigt et attendit que Kay y revienne.

— C'est lui.

Pour la première fois depuis mardi, Kay sentit une montée d'adrénaline à l'idée qu'elle tenait enfin l'avancée que son équipe et elle avaient si désespérément cherchée.

— Je peux en avoir une copie ?

— Bien sûr. Donnez-moi une minute.

Kay regarda Gloria se diriger vers une petite imprimante-photocopieuse. Le moteur de la machine se mit en marche dans un vrombissement tandis que Laura mettait ses notes à jour.

— On a eu de la chance, dit la jeune détective. Son nom n'était pas sur la liste qu'elle m'a donnée mercredi.

— On a vraiment eu de la chance, répondit Kay.

Maintenant, il faut juste que notre chance dure encore un peu, le temps qu'on découvre qui l'a tué.

CHAPITRE 25

Gavin sortit de la voiture de service et examina du regard la rangée de maisons mitoyennes le long d'une rue délabrée aux abords de Staplehurst.

Les maisons étaient de conception similaire, avec des toits en ardoise, deux fenêtres à l'étage, et au rez-de-chaussée, une porte d'entrée et la fenêtre du salon. Devant chaque maison se trouvait un jardinet que la plupart des résidents avaient transformé en une étendue de gravier ou de béton. Celui de Shane Vincent était bien entretenu, comme la propriété voisine, avec des plantes en pot dans des bacs en terre cuite qui parsemaient la zone gravillonnée.

Gavin détourna son attention de la maison pour la porter sur son téléphone portable et il relut le SMS de Kay, reçu quelques instants plus tôt. La conversation de cette dernière avec Cassandra modifiait sa stratégie d'interrogatoire, mais il avait toujours des questions à poser à l'homme que Justin Mallory avait renvoyé deux ans auparavant.

Il verrouilla la voiture et, animé d'une détermination nouvelle, traversa la rue pour se diriger vers le numéro quatorze.

De petites dalles de béton carrées formaient un chemin entre le trottoir et le seuil de la porte d'entrée, et Gavin contourna une petite crotte de chat avant de sonner.

Une femme ouvrit après quelques instants et leva les yeux vers lui, ses cheveux blond cendré relevés en chignon haut et les joues rouges. Elle utilisa le revers de sa manche de chemise en jean pour écarter sa frange de ses yeux et soupira.

— Peu importe ce que vous vendez, ça ne nous intéresse pas. Vous ne savez pas lire ?

Gavin jeta un coup d'œil à l'autocollant au-dessus de la boîte aux lettres qui promettait de nombreux maux à tout visiteur indésirable, puis il tendit sa carte de police.

— Enquêteur Gavin Piper, police du Kent. Shane est là ?

La femme fronça les sourcils.

— C'est à quel sujet ?

— Est-ce qu'il est là ?

Elle haussa les épaules, puis s'écarta pour le laisser passer.

— Il est dans le jardin. Vous pouvez passer par la cuisine pour y accéder. Ça vous évitera de marcher jusqu'au bout de la rue et de prendre la ruelle.

— Merci.

Il s'essuya les pieds sur le paillasson en fibre de coco, attendit qu'elle referme la porte avec un bruit sourd et retentissant, puis il la suivit dans un court couloir jusqu'à une minuscule cuisine prolongée à l'arrière par une véranda.

— Et vous êtes… ?

La femme s'arrêta et regarda par-dessus son épaule.

— Je suis Louise, sa femme. La porte qui mène au jardin est ouverte. Vous le trouverez soit dans la cabane, soit quelque part au fond.

Sur ce, elle quitta la cuisine et il entendit une autre porte claquer au bout du couloir. Reportant son attention sur le jardin, il aperçut un mouvement près d'une tonnelle en bois.

Un homme d'une quarantaine d'années avancée tournait le dos à la véranda et était occupé à tailler une vigne chétive qui couvrait le treillage, ses cheveux bruns attachés en queue de cheval pendant qu'il travaillait. Il portait un t-shirt bleu clair maculé de terre et de taches d'herbe par-dessus un jean délavé, tandis qu'une paire de chaussures de marche robustes mais usées protégeait ses pieds.

Gavin s'éclaircit la gorge en approchant.

— Monsieur Vincent ?

L'homme sursauta et se retourna, une main agrippant des vrilles de petites branches tandis qu'il tenait dans l'autre un sécateur à l'aspect redoutable.

— Qui diable êtes-vous ? Qui vous a laissé entrer ?

— C'est votre femme qui m'a ouvert, répondit Gavin, puis il brandit sa carte de police et se présenta une nouvelle fois.

Les yeux de l'homme se plissèrent.

— Qu'est-ce que vous voulez ?

— J'aimerais vous poser quelques questions sur la

houblonnière des Mallory, en particulier sur votre relation avec Joseph et Justin Mallory.

— Il n'y a *pas* de relation.

— Il y a un endroit où nous pouvons parler ?

— Je n'ai rien à dire à leur sujet.

— Je suis en plein milieu d'une enquête pour meurtre, monsieur Vincent, et je n'ai pas de temps à perdre avec ce genre de discours.

Gavin le foudroya du regard.

— On peut parler ici, ou au poste, ce qui signifie que je devrai appeler une voiture de patrouille et attendre qu'on vous y escorte devant vos voisins. C'est vous qui choisissez.

— Ça va, ça va. Pas la peine de vous énerver.

Vincent se dirigea d'un pas raide vers un tas grandissant de branches, de feuilles et d'autres détritus, puis il traversa vers une table de pique-nique en bois près de la tonnelle et y posa le sécateur. Il croisa les bras et s'appuya contre la table.

— Qu'est-ce que vous voulez savoir ?

— Pourquoi Justin Mallory a-t-il mis fin à votre contrat à la ferme ?

— On ne voyait pas les chose de la même manière et il a pensé qu'il valait mieux que je parte.

— Qu'est-ce que vous ne voyiez pas de la même manière ?

— Il m'a accusé de voler du carburant.

Vincent ricana.

— Vous le faisiez ?

— Non, bien sûr que non.

. . .

L'homme avança le menton.

— Je lui ai dit où il pouvait se le carrer, son boulot.

— C'était avant ou après qu'il vous mette à la porte ?

— Qu'est-ce que ça peut faire ?

— Répondez simplement à la question, Shane. Mon offre d'une pièce légèrement inconfortable au poste est toujours d'actualité.

Vincent ricana.

— Il ne m'a pas cru, peu importe ce que je disais. Il voulait juste se débarrasser de moi parce qu'il essayait de faire des économies.

— Pourquoi ? L'exploitation se portait bien quand il a repris la succession de son père, n'est-ce pas ?

Vincent croisa les bras.

— C'était le cas, et c'est pour ça que je lui ai demandé une augmentation. Je n'en avais pas eu depuis plus d'un an, et je me suis dit qu'une fois que son idée de cultiver des variétés moins connues prendrait son envol, il se remplirait les poches. Mais il a dit qu'il n'en avait pas les moyens, et que si je lui redemandais dans quelques mois, il pourrait peut-être y réfléchir. Puis, environ une semaine plus tard, on m'a accusé de voler du carburant. J'ai cherché sur Internet. Ça s'appelle un licenciement déguisé, alors je n'avais aucune chance. Justin m'a donné une semaine de salaire et m'a dit d'aller me faire voir.

— J'ai entendu dire que vous aviez ignoré Joseph quelques semaines après avoir quitté la ferme, quand il vous a vu au supermarché. Pourquoi faire ça si vous et lui étiez si proches quand vous travailliez pour lui ?

— J'étais gêné. À cause de ce satané Justin Mallory, tout le monde dans le coin pensait que je les avais volés. Je n'ai pas pu trouver de travail pendant plusieurs mois. Je ne voulais plus rien avoir à faire avec aucun d'entre eux.

Gavin fronça les sourcils.

— Ça me semble extrême que Justin vous ait renvoyé juste parce que vous avez demandé une augmentation. Vous êtes sûr qu'il ne s'agissait que de ça ?

— Oui.

— Où étiez-vous dimanche ?

— Quoi ?

— Dimanche. Où étiez-vous entre seize heures et sept heures le lendemain matin ?

Les yeux de Vincent se plissèrent.

— Pourquoi vous voulez savoir ?

— Où étiez-vous ?

— J'ai rendu visite à mon père dans sa maison de retraite à Sittingbourne jusqu'à environ dix-sept heures dimanche, puis je suis passé chez ma sœur et son mari sur le chemin du retour pour un barbecue. J'avais un jour de congé lundi, alors je suis resté dormir et j'ai bu quelques bières avec eux.

— Il va me falloir leurs coordonnées.

Il ignora le soupir qui précéda la réponse de Vincent, nota l'adresse de la sœur, puis releva les yeux de son carnet.

— Où est-ce que vous travaillez maintenant ?

— Je suis à mon compte, pour un arboriculteur-élagueur basé près d'Aylesbury. Ça fait un peu de route certains jours, mais ça paie bien.

Vincent jeta un regard de côté vers un bruit provenant de la véranda et Gavin se tourna pour voir Louise debout à la porte.

— Quoi ?

— Je sors. Je ne serai pas de retour avant plusieurs heures.

— Peu importe.

Il se tourna de nouveau vers Gavin.

— Et avant que vous ne posiez la question, nous sommes en instance de divorce.

— Ça ne me regarde pas, monsieur Vincent, répondit Gavin en rangeant son carnet. Je vais trouver la sortie.

<h1 style="text-align:center">CHAPITRE 26</h1>

Laura posa les yeux sur le cottage pittoresque blanchi à la chaux, niché entre un grand saule et un pommier noueux, et elle réprima un soupir.

Quinze minutes plus tôt, Lucas Anderson avait confirmé que le corps dans sa morgue était celui de Dean Spencer, la photographie du jeune homme correspondant à celles de ses profils sur les réseaux sociaux. Une identification formelle serait nécessaire, mais pour l'instant, Laura et Kay pouvaient prévenir la famille de Dean avant qu'elle n'apprenne son meurtre brutal par les médias.

Une haie de troènes bien taillée séparait la maison du chemin, et un grand jardin à l'avant s'enorgueillissait d'une pelouse aux bandes rectilignes qu'elle aurait normalement associées à un club de tennis, bordée par divers arbustes et jeunes arbres. La douce odeur de l'herbe fraîchement coupée emplissait l'air et elle pouvait entendre le vrombissement de la tondeuse quelque part derrière la propriété.

Le cottage avait un vieux toit de chaume d'où dépassait une cheminée en brique à une extrémité. Une antenne parabolique fixée d'un côté de celle-ci était l'unique concession à la modernité ; sans cela, elle aurait eu l'impression d'avoir remonté le temps. Il y avait même un lampadaire en fonte de style victorien à côté d'un étang, à gauche de l'allée de gravier. Elle s'approcha de la porte d'entrée, qui comportait deux panneaux verticaux en verre dépoli incrustés dans le chêne massif.

Les pas de Kay crissèrent derrière elle, leur rythme ralentissant à mesure qu'elles approchaient.

— Je déteste être celle qui doit leur annoncer, murmura Laura par-dessus son épaule. Ça me fend le cœur à chaque fois.

— Moi aussi, mais il faut bien qu'ils sachent. Imagine quelle serait l'alternative… Il y a plein d'autres gens qui ont des proches sur notre liste de personnes disparues et qui n'ont aucune idée de ce qui leur est arrivé.

L'inspectrice principale sonna, puis rajusta sa veste et redressa les épaules.

— C'est parti.

La porte s'ouvrit, et une femme d'environ soixante-cinq ans jeta un coup d'œil au-dehors, l'air perplexe.

— Oui ?

— Margaret Spencer ? Je suis l'inspectrice principale Kay Hunter, et voici l'enquêteuse Laura Hanway. Est-ce que votre mari est là ?

— De quoi s'agit-il ?

— Nous pouvons entrer ? Je vous expliquerai ensuite.

Laura entendit le bruit de la tondeuse s'arrêter, et

quelques instants plus tard, une voix d'homme gronda à travers la maison.

— Mags ? Il y a quelqu'un à la porte ?

— C'est la police, cria la femme. Ils veulent nous parler.

Elle les fit entrer et Laura se retrouva dans une pièce de réception peinte en jaune pâle, ce qui accentuait les poutres apparentes qui sillonnaient les murs. Une série d'aquarelles était suspendue à des crochets sur le mur du fond, et une paire de fauteuils à l'allure confortable avait été placée près de la fenêtre. Margaret passa rapidement devant et les conduisit dans une cuisine à l'arrière de la propriété où un homme aux cheveux argentés coupés court se tenait en équilibre contre le cadre de la porte de derrière, en train de retirer du bout du pied une vieille paire de baskets.

Il leva les yeux à leur entrée et Laura vit la confusion dans son regard.

— Qu'est-ce qui se passe ? demanda-t-il.

Kay balaya la pièce du regard et désigna une table ronde en noyer avec quatre chaises à côté d'une étagère chargée de livres de cuisine et d'une cuisinière Aga.

— Et si nous nous asseyions ?

Laura vit le couple échanger un regard inquiet, mais ils firent ce que l'inspectrice principale suggérait et prirent chacun place à côté de l'étagère.

— Margaret, Rowan, je suis vraiment désolée mais je vais d'abord devoir vous poser quelques questions, dit Kay.

Elle tira une chaise et s'assit en face d'eux, tandis que

Laura restait debout, s'efforçant de ne pas laisser le chagrin imminent lui serrer le cœur.

— D'accord, dit la femme. Mais appelez-moi Maggie. Tout le monde m'appelle comme ça.

— Merci. Est-ce que vous pourriez me dire, s'il vous plaît, quand vous avez parlé pour la dernière fois avec Dean, votre fils ?

— Pourquoi ? Qu'est-ce qui s'est passé ?

Les yeux de Rowan s'écarquillèrent tandis que la main de Maggie jaillit pour s'agripper à la sienne.

— Que se passe-t-il ?

— Pourriez-vous me dire quand vous lui avez parlé pour la dernière fois ? répéta Kay. C'est vraiment important.

— Vendredi soir, juste avant qu'il entre en réunion, dit Maggie, le visage blême. Il vient déjeuner ici dimanche prochain.

Laura vit une lueur de douleur dans les yeux de Kay, puis l'inspectrice principale prit une profonde inspiration et joignit ses mains sur la table.

— Je suis sincèrement désolée de devoir vous annoncer cela, Maggie et Rowan, mais nous avons des raisons de croire que Dean est la victime dans une enquête pour homicide que je dirige—

— Non… se lamenta Maggie, et elle se tourna vers Rowan, le visage bouleversé.

Un gémissement secoua son corps, tandis que des larmes striaient les joues de son mari.

Laura se mordit la lèvre et regarda ses pieds tandis que le chagrin du couple emplissait la cuisine. Elle cligna des yeux et regarda par la fenêtre la lumière du soleil qui baignait l'herbe verdoyante, où un papillon orange et noir voletait parmi des arbustes à fleurs violettes, puis elle se retourna au son d'un grand reniflement.

— Nous allons avoir besoin que vous procédiez à une identification formelle, dit doucement Kay, mais nous avons pu confirmer grâce à des photos sur les réseaux sociaux que la victime est bien Dean, et nous faisons tout notre possible pour retrouver la ou les personnes responsables.

— Comment… Comment est-ce que c'est arrivé ? demanda Rowan.

— C'est l'objet de mon enquête, répondit Kay. Et je vous donne ma parole que je vais découvrir qui a fait ça.

L'homme hocha la tête et serra sa femme plus fort contre lui.

— Où est-ce qu'il a été retrouvé ?

— Dans une ferme, dans un champ, dit Kay. Je pourrai vous donner plus de détails en temps voulu, mais puis-je vous poser quelques questions supplémentaires ? J'aimerais en apprendre davantage sur Dean et savoir ce qu'il a pu faire ces dernières semaines.

Maggie se redressa et passa ses doigts sur ses yeux avant de regarder Kay.

— Demandez tout ce dont vous avez besoin. N'importe quoi.

— Merci. Où travaillait Dean ?

— Chez lui, répondit Rowan. Il travaillait à distance comme graphiste indépendant depuis la fin de ses études. Il a des clients dans le monde entier.

— C'est pour ça qu'il était assez tard quand nous nous sommes parlé vendredi, ajouta Maggie. Il avait un rendez-vous avec un client à Vancouver, et ils ont environ huit heures de décalage avec nous.

— Je peux vous demander de quoi vous avez parlé ?

— Oh…

De nouvelles larmes coulèrent sur le visage de Maggie.

— Il voulait nous demander si nous étions libres dimanche prochain pour qu'il puisse venir déjeuner. Ça fait une éternité qu'on ne l'a pas vu et il n'est pas doué pour donner des nouvelles ; il est tellement pris par son travail, et je suppose qu'il a ses propres amis à voir pendant son temps libre.

— Mais il ne peut pas… ne pouvait pas résister à un des rôtis du dimanche de Maggie, dit Rowan en enlaçant la main de sa femme pour la serrer. Jamais.

— Comment est-ce que vous l'avez trouvé au téléphone ? demanda Kay.

— Occupé, répondit Maggie. Je pense que son esprit était déjà à son rendez-vous canadien. Il a dit qu'il espérait sortir boire un verre avec des amis samedi ; je crois qu'il y avait un match de foot à la télé qu'ils allaient regarder en ville dans un des pubs qu'ils aiment bien.

— Je ne suppose pas qu'il vous ait dit de quel pub il s'agissait, si ?

— Non, désolée.

Elle s'effondra alors, s'appuyant contre Rowan tandis que son corps était secoué de sanglots.

Laura déglutit, essayant de séparer ses émotions du besoin professionnel d'obtenir des réponses, et elle se demanda comment Kay parvenait à avoir l'air si stoïque tandis qu'elle laissait un moment au couple. Quand elle reprit la parole, sa voix était apaisante.

— Maggie, Rowan, puis-je me permettre de vous demander une photo récente de Dean ? dit-elle. Et est-ce que vous pourriez me donner son adresse ? J'aimerais voir où il vivait.

Rowan hocha la tête.

— Attendez ici. Je reviens tout de suite.

— Merci. Maggie, je peux vous apporter quelque chose ?

Kay plongea la main dans son sac et tendit un paquet de mouchoirs à l'autre femme.

— Vous voulez que je vous prépare une tasse de thé sucré ?

— Non, merci.

Maggie tira un mouchoir du paquet et se moucha.

— Oh mon Dieu. Pourquoi nous ? Pourquoi Dean ?

— Je vais le découvrir, je vous le promets, dit Kay.

Laura jeta un coup d'œil par-dessus son épaule au retour de Rowan, son téléphone portable et un jeu de clés à la main.

— Vous voulez que je vous envoie des photos ? demanda-t-il à Kay en s'asseyant de nouveau à côté de sa femme.

— Ce serait parfait, merci.

Kay énonça son numéro de portable, puis confirma la bonne réception des images.

— À quoi servent les clés ?

Rowan les lui tendit et récita une adresse.

— L'appartement de Dean à Maidstone.

— Je vous les rendrai dès que nous aurons fini d'y

jeter un œil, dit Kay, et merci de me les avoir confiées. Y a-t-il quelque chose dans l'appartement que vous aimeriez que je vous rapporte ?

— Son ours en peluche, dit Maggie, la voix tremblante. Il est dans le salon, sur une étagère à côté de photos d'un voyage en sac à dos qu'il a fait il y a quelques années. Il l'a depuis qu'il est bébé.

— Je m'en occuperai personnellement, dit Kay, puis elle fit glisser une carte de visite sur la table. Je vais m'arranger pour qu'un de nos agents de liaison familiale passe plus tard dans la journée. Il vous tiendra au courant de l'avancement de l'enquête et sera votre principal interlocuteur, mais si vous voulez me parler de quoi que ce soit, mon numéro direct est sur cette carte. Vous pouvez m'appeler à tout moment.

— Merci, dit Rowan.

— Y a-t-il quelqu'un que nous pouvons appeler pour qu'il vienne passer du temps avec vous ?

— Ma sœur, dit-il. Elle habite à proximité, et elle et Dean sont… étaient… très proches.

Kay nota le numéro, puis repoussa sa chaise.

— Encore une fois, je suis sincèrement désolée pour votre perte. Merci de m'avoir donné les clés de Dean. Je vous les ramènerai dès que possible.

— Prenez tout le temps qu'il vous faudra, dit Maggie, puis elle regarda Laura, puis Kay. Assurez-vous simplement d'attraper le monstre qui a tué mon bébé.

CHAPITRE 27

Le temps que Kay s'assoie à son bureau et commence à parcourir ses emails, le soleil n'était plus qu'un disque bas sur l'horizon, qui projetait des teintes dorées et ocre sur des volutes de nuages qui laissaient présager la pluie.

L'odeur de grains de café brûlés emplissait la salle des opérations, mêlée au parfum du déodorant fraîchement appliqué de quelqu'un et à la canette de boisson énergisante que Gavin venait d'ouvrir au bureau en face du sien.

Après avoir annoncé une nouvelle aussi terrible aux parents de Dean Spencer, Laura et elle étaient revenues dans une salle des opérations animée d'un regain de détermination. Chacun de ses agents se concentrait désormais sur la raison pour laquelle le jeune homme avait été la cible d'une torture aussi brutale, et comment son chemin avait croisé celui de ses meurtriers.

Kay appuya son menton dans sa main et fit défiler les différents rapports de la base de données HOLMES2, parcourant du regard les résultats des enquêtes de voisinage et les demandes d'images de vidéosurveillance, mais à ce jour, personne n'avait vu un homme correspondant à la description de Dean près de la houblonnière pendant le week-end. Elle leva les yeux lorsque son téléphone de bureau se mit à sonner, et le décrocha avant qu'il ne bascule sur la messagerie vocale.

— Hunter.

— Kay, c'est Harriet. Je suis sur le point de valider le rapport de Patrick sur la camionnette incendiée trouvée près de Kemsing, mais je voulais te prévenir : rien ne permet de conclure qu'elle se trouvait sur l'aire de repos près de chez les Mallory.

— Merde.

Kay se frotta les yeux, fatiguée.

— Je suppose que rien ne peut nous mettre sur la piste de celui qui l'a volée ?

— Quiconque a fait ça a utilisé un accélérant, comme de l'essence, pour en asperger l'intérieur avant d'y mettre le feu, et c'est là le problème : l'incendie qui a suivi a complètement détruit les pneus. Il ne restait que les ceintures d'acier qui soutiennent la bande de roulement extérieure et les jantes. Le caoutchouc a entièrement brûlé ou est resté collé à la chaussée où elle se trouvait. Nous ne pouvons absolument pas dire si elle a servi à transporter Dean ou ses assassins. Cependant, nous avons trouvé un couteau à lame dentelée sous le siège passager. Il a été gravement endommagé par le feu, je suis donc incapable d'y trouver des échantillons de traces pour des analyses ADN.

— Donc, tout ce que j'ai maintenant, ce sont des images de vidéosurveillance qui montrent la camionnette se dirigeant vers la houblonnière, dit Kay. Et ça ne tiendra pas la route devant un tribunal.

— J'en ai bien peur, confirma Harriet. Écoute, je dois y aller, mais je t'envoie ça par email avant de partir pour que tu puisses le partager avec votre équipe. Dis-moi si tu as d'autres questions.

— Merci, Harriet.

Après avoir raccroché, Kay actualisa son écran jusqu'à ce que le rapport apparaisse, puis le signala à Debbie pour qu'elle l'ajoute à la base de données.

— Bon sang, murmura-t-elle, puis elle repoussa sa chaise et fit signe aux quatre détectives qui la regardaient avec intérêt. Parlons un peu des tâches pour demain.

Elle se dirigea vers le tableau blanc, interpellant Debbie au passage, et attendit que les cinq membres de l'équipe se hâtent de la rejoindre.

— Je ne veux pas distraire les autres de leur travail, expliqua-t-elle, et étant donné que ces tâches ne vous concernent que vous, ça devrait être rapide. Tout d'abord, le rapport sur la camionnette est arrivé et malheureusement, elle est en si mauvais état après l'incendie que Harriet et Patrick sont incapables de la relier aux traces de pneus trouvées près de la ferme. Le couteau qu'ils ont aussi trouvé est lui aussi très endommagé, donc nous revoilà à la case départ. Laura, est-ce que toi et Kyle pouvez continuer à enquêter sur les amis de Dean sur les réseaux sociaux et dresser une liste de personnes que nous pourrons commencer à interroger demain matin ? Étant donné que c'est le week-end, avec un peu de chance, nous devrions pouvoir parler à la plupart d'entre eux avant lundi et enfin faire avancer cette enquête.

— Pas de problème.

Laura se tourna vers Kyle.

— Si je m'occupe des comptes sur les réseaux sociaux, tu veux bien te pencher sur son entreprise de graphisme et voir s'il y a quelque chose à trouver de ce côté-là ?

— Ça me va, répondit le plus récent membre de l'équipe d'enquête. Je vais demander à Aaron de parler avec les parents de Dean pour savoir s'il faisait appel à un comptable ou à un avocat attitré pour son entreprise. Je suppose qu'Aaron sera l'agent de liaison familiale sur cette affaire ?

— C'est exact, confirma Kay. Il est en route pour aller les voir, alors laisse-lui quelques heures avec Maggie et Rowan avant de l'appeler.

— Entendu.

— Pendant qu'ils font ça, je vais faire une demande auprès de son opérateur de téléphonie mobile pour obtenir ses relevés d'appels, dit Barnes en regardant sa montre. Si je le fais dans la prochaine demi-heure, je devrais pouvoir joindre quelqu'un avant qu'il ne parte pour le week-end.

— Mieux vaut le faire maintenant, dit Kay. Je t'informerai s'il y a autre chose.

— Je m'en occupe.

Elle regarda son collègue se dépêcher de retourner à son bureau, puis jeta un coup d'œil à Debbie.

— Est-ce qu'il y a quelque chose que j'ai omis et que tu voudrais que nous fassions d'un point de vue administratif ? Je ne reviendrai peut-être pas ici après être allée à l'appartement, et je serai sur le terrain tôt demain matin dès que Laura et Kyle nous diront qui nous devons interroger.

— Juste quelques approbations d'heures supplémentaires que j'ai laissées dans ta bannette, dit l'agente en uniforme.

Elle baissa la voix.

— Et j'ai organisé une carte et une cagnotte pour le départ à la retraite de Harry. La fête est samedi soir prochain, n'oublie pas de le noter dans ton agenda. Je te traquerai personnellement si tu oublies.

Kay sourit et leva les mains en signe de reddition.

— Dieu m'en garde… et merci, Debs.

— Tu as besoin que je fasse quelque chose, chef ? demanda Gavin.

— Oui, j'aimerais que tu viennes avec moi à l'appartement de Dean. J'y vais dans une vingtaine de minutes. Je ne m'attends pas à avoir de problèmes, mais au cas où…

— Pas de problème, chef, dit Gavin. Mieux vaut prévenir que guérir, surtout vu la nature de cette affaire.

— Exactement. Bon, merci à tous. Vous avez mon numéro si vous avez besoin de moi ce soir, mais sinon, on se revoit ici demain à huit heures et on se partagera les interrogatoires des amis de Dean.

Elle rattrapa Barnes alors qu'il retournait à son bureau.

— Ian, je peux te parler ?

— Bien sûr.

Il fit une pause près de la photocopieuse et haussa un sourcil.

— Qu'est-ce qu'il y a ?

— Tu pourrais appeler Lucas et lui demander de contacter Aaron pour organiser une identification formelle ? Le plus tôt sera le mieux. Je veux dire, nous avons confirmé l'identité de Dean avec les publications sur ses réseaux sociaux, mais il faudra quand même le faire. S'il ne peut pas accompagner les Spencer, tu pourrais y aller ?

— Pas de problème, chef.

Son regard se chargea d'inquiétude.

— Comment ça s'est passé cet après-midi ?

Elle soupira.

— Assez horrible, comme toujours.

— Tu as fait ton truc habituel et tu leur as promis que tu attraperais le meurtrier de Dean ?

— Ouais.

— Kay, un jour, on aura une affaire qu'on ne pourra pas résoudre, tu le sais, n'est-ce pas ? dit-il, le front plissé. C'est la loi des probabilités.

— Je sais, Ian.

Kay lui tapota le bras et se tourna vers son bureau avant de lancer par-dessus son épaule :

— Mais je le pense quand je le dis. On va les trouver, ces salauds.

CHAPITRE 28

Kay vit la voiture sportive de Gavin tourner dans le parking public et retira son sac à main du siège passager avant de sortir de la voiture de service et d'attendre qu'il se gare sur une place libre à côté de la sienne.

L'immeuble d'appartements en briques où avait vécu Dean Spencer se trouvait au bout d'une courte ruelle partant du parking. Les fenêtres arrière de six des appartements donnaient sur le parking. Une demi-douzaine de ces fenêtres étaient dépolies et la plupart avaient également des stores enroulés en haut, ce qui laissa supposer à Kay qu'il s'agissait de salles de bain. Les autres fenêtres avaient les stores baissés et, sur certains rebords, elle pouvait voir des plantes en pot ou des cristaux suspendus aux loquets qui attrapaient les derniers rayons du soleil de l'après-midi.

Un petit parc se trouvait de l'autre côté des voitures, avec un sentier qui serpentait le long de la rivière et déversait piétons et cyclistes près du centre-ville de Maidstone.

Kay sortit un jeu de clés de son sac au moment où Gavin sortait de sa voiture.

— À quelle heure est-ce que tu retrouves Leanne ?

— Pas avant sept heures, et seulement si elle ne rentre pas avant, dit-il. Et je n'ai réservé le restaurant que pour huit heures, donc on a tout notre temps si besoin.

— Merci.

Elle se mit à sa hauteur et se dirigea vers la ruelle.

— Au moins, tu es du bon côté de la ville pour rentrer chez toi.

— C'est vrai.

Il lui lança un regard en coin.

— Tu t'attends à des ennuis ?

— J'espère que non. Mais je voulais te demander ce que tu pensais des Mallory sans influencer le jugement des autres. Tu as dit que Shane Vincent estime qu'il s'agit d'un licenciement déguisé, c'est ça ?

— Oui. Il a complètement nié l'histoire du vol de carburant et estime qu'ils ont inventé ça pour pouvoir se débarrasser de lui sans qu'il puisse monter un dossier pour licenciement abusif contre eux.

— Et maintenant, on a Roland Hammerton qui tente un coup avec une histoire de préjudice corporel pour faire quelque chose de similaire.

Kay s'arrêta devant la porte commune de l'immeuble.

Il y avait des sonnettes numérotées pour chacun des douze appartements, mais aucune pour un concierge. En fouillant dans les clés que Rowan Spencer lui avait données, elle en trouva une qui correspondait à la porte d'entrée et l'ouvrit pour Gavin.

— Appartement numéro quatre, dit-elle en le suivant

dans les escaliers. Alors, ma question c'est : est-ce que tu penses que les Mallory méritent une enquête plus approfondie ? Tu as eu l'occasion de parler aux deux femmes qui travaillaient là-bas ?

— C'est sur ma liste pour demain, chef, répondit-il par-dessus son épaule. Je prévois d'y aller avec Laura une fois qu'elle aura fini d'interroger les amis de Dean avec Kyle.

— Très bonne idée, merci.

— Tu penses que les Mallory trament quelque chose, et que quiconque s'approche trop près de la vérité se retrouve au chômage, ou…

— Je ne sais pas. Peut-être. Je veux dire, Hammerton ne correspond pas à ce schéma, mais il y a quelque chose qui cloche, non ?

Elle le rattrapa et baissa la voix.

— Et pour l'instant, on n'a aucune idée de la raison pour laquelle Dean Spencer a été tué sur leur propriété.

Gavin s'arrêta sur le palier du deuxième et lui ouvrit la porte coupe-feu menant aux deux appartements suivants.

— J'y penserai demain, chef, mais oui, je suis d'accord, il y a quelque chose qui ne tourne pas rond là-bas. Je vais garder ça pour moi pour le moment, et je te verrai au bureau ou je t'appellerai pour te tenir au courant, si tu veux.

— Merci.

Elle lui fit un clin d'œil.

— Je savais que je pouvais compter sur toi. Tu as besoin de gants avant qu'on s'y mette ?

— J'en ai là.

Il plongea la main dans la poche de sa veste et en sortit une paire de gants en nitrile.

— Bien.

Kay sortit une paire des siens de son sac, puis trouva la clé du numéro quatre et déverrouilla la porte.

Elle s'ouvrait sur un court couloir avec un VTT en piteux état appuyé contre le mur et un tas désordonné de diverses baskets et de chaussures de ville derrière la porte. Le couloir avait trois portes, une pour une salle de bain, une pour une chambre principale et l'autre pour une petite chambre d'amis cubique que Dean avait transformée en bureau. En les dépassant, Kay se retrouva dans un salon et une cuisine ouverte, avec la fenêtre de la cuisine donnant sur le parking et la rivière, comme elle l'avait soupçonné.

— Ok, tu veux t'occuper de la chambre principale et de la salle de bain ? Je vais commencer ici, dit-elle. On fera le bureau en dernier.

— Ça me va. Crie si tu trouves quelque chose.

Gavin s'éloigna tandis qu'elle posait son sac sur le comptoir de la cuisine, puis elle se dirigea vers une bibliothèque à côté d'une grande télévision dans le coin.

Elle trouva l'ours en peluche que Maggie Spencer tenait à récupérer et le posa à côté de son sac avant de se tourner vers les photographies qui comblaient les espaces entre divers livres sur l'art, l'architecture et la gestion d'entreprise.

Reconnaissant un ou deux visages vus sur les réseaux sociaux de Dean, elle parcourut les autres du regard, puis porta son attention sur les deux tiroirs encastrés à la base de la bibliothèque.

Le premier révéla de vieux jeux de société, dont les

boîtes en carton étaient effilochées par l'âge et l'usure. Elle les passa en revue jusqu'à ce qu'elle trouve une pochette ignifugée pour documents et la sortit.

En l'ouvrant, elle découvrit qu'elle contenait un testament, l'acte de naissance de Dean et son diplôme, ainsi qu'une liste de mots de passe pour divers sites bancaires et boursiers. En feuilletant le document juridique, elle haussa un sourcil à la lecture des détails, nota les noms et adresses des bénéficiaires dans son carnet, puis se redressa et posa le portefeuille à côté de l'ours en peluche.

— Du nouveau, chef ? lança Gavin.

— Un testament, mais rien de suspect ici. Et toi ?

— J'ai fini dans la chambre. Je vais m'occuper de la salle de bain.

— Ok, merci.

Kay se dirigea vers le centre de la pièce et examina le canapé. Trois coussins y étaient éparpillés, tous ornés de divers motifs de voyage, mais il ne semblait pas que quelqu'un s'y soit assis récemment. Après s'être dirigée vers le coin cuisine, elle ouvrit le réfrigérateur, puis recula devant l'odeur de lait tourné. Il y avait un bol de pommes de terre rôties froides et séchées sur une étagère et une demi-douzaine de canettes de bière blonde dans le bac à légumes. Le compartiment congélateur contenait des lasagnes, un bac à glaçons et rien d'autre.

Elle claqua la porte et vérifia ensuite le four et le micro-ondes, puis elle passa aux placards.

Rien.

— J'ai fini ici, dit-elle en passant devant la salle de bain. Je vais commencer le bureau.

— Je suis à toi dans une seconde.

Gavin se détourna d'une armoire à pharmacie au-dessus du lavabo.

— Il n'y a pas grand-chose ici, juste des trucs pour les maux de tête et l'indigestion, et des préservatifs.

— Ok. Rien dans la chasse d'eau ?

— Propre comme un sou neuf, chef.

— Merci.

Le bureau de Dean était bien rangé, organisé et conçu pour qu'il puisse travailler le plus efficacement possible. Kay sifflota en voyant les œuvres d'art accrochées aux murs, remarquant sa signature dans chaque coin, puis elle repéra l'imprimante 3D dans le coin et certaines des dernières créations de l'artiste exposées sur une étagère à côté.

— Il avait du talent, ça c'est sûr, dit-elle à l'arrivée de Gavin. Et il était occupé, si j'en crois ce dossier plein de factures là-bas.

Son collègue s'approcha du bureau et parcourut les documents dans un bac à deux niveaux.

— Il a des contrats du monde entier. Des grands noms d'entreprises aussi.

— J'ai trouvé son testament dans l'autre pièce. Il a légué beaucoup d'argent à des amis et à des œuvres de charité.

— Quel âge avait-il ?

— Vingt-six ans.

— Bon sang, j'ai quelques années de plus que lui et je n'ai même pas de testament.

Gavin reposa les documents dans le bac et se tourna vers elle.

— Tu penses qu'il avait peur pour sa vie ?

Kay secoua la tête.

— Je ne pense pas. Enfin, pas quand il a fait son testament, il date d'il y a deux ans, et il y a aussi des mots de passe d'investissement avec. Je pense que Dean a peut-être travaillé dur, investi judicieusement, et qu'il s'en sortait bien.

— Peut-être que ça n'a pas plu à quelqu'un, alors.

— Peut-être.

Elle balaya de nouveau la pièce du regard, puis s'approcha de la fenêtre et regarda la rue en contrebas. Un vieil homme promenait un terrier débraillé un peu plus loin, mais à part ça, c'était calme, les sorties d'école et l'heure de pointe des trajets quotidiens étant passées.

— Qu'est-ce qu'on rate, bon sang, Gav ? Pourquoi diable Dean a-t-il été tué ? Je ne vois rien ici qui suggère qu'il trempait dans quoi que ce soit de louche, et toi ?

— Non, chef, acquiesça Gavin. Mais d'un autre côté, je ne vois rien qui suggère qu'il passait beaucoup de temps ici, en fait, et toi ?

— Je suis d'accord.

Elle se tourna pour lui faire face.

— Alors où allait-il quand il n'était pas là ?

CHAPITRE 29

Kyle finit de faire défiler le profil de Dean sur les réseaux sociaux tandis que Laura immobilisait la voiture devant une rangée de maisons de ville de trois pièces dans le centre de Maidstone. Elle regarda à travers la vitre le mur en tôle ondulée d'un grand entrepôt industriel qui dominait les huit propriétés de l'impasse.

— Mince alors, dit-il. Ils ont vraiment optimisé l'espace, pas vrai ?

— Et ils les ont vendues à prix d'or, dit Laura. Je me souviens de leur mise en vente. À l'époque, il m'aurait fallu un salaire de commandant divisionnaire rien que pour espérer en visiter une. Dieu seul sait ce qu'elles valent maintenant.

— Il n'y a même pas de place pour se garer. On est sur une place réservée aux livraisons, au fait.

— Je sais.

Laura ouvrit la console centrale, puis en sortit un morceau de papier usé sur lequel était griffonné un seul mot. Elle le brandit avec un grand sourire avant de le poser sur le tableau de bord.

— Je parie qu'ils nous ficheront la paix quand ils sauront que nous sommes de la police.

— Ou qu'ils crèveront les pneus, dit Kyle en ouvrant sa portière. Allez, viens.

Il ouvrit la marche jusqu'au numéro sept, une maison nichée dans le coin le plus éloigné de l'entrée de l'impasse, dans l'ombre de l'entrepôt. De la mousse vert foncé remplissait les fissures de l'allée en béton qui menait à la porte d'entrée et s'accrochait sous les gouttières et les tuyaux de descente en PVC blanc. Il pouvait voir une lumière allumée dans le salon, derrière des stores à lamelles opaques.

— J'imagine qu'elles ne voient même pas le soleil, dit-il à voix basse.

— Ouais, le site industriel a été construit l'année après leur vente, répondit Laura. Alors au final, je suis contente de ne pas en avoir acheté une.

Elle se tut et attendit pendant qu'il cherchait une sonnette, en vain, puis il frappa du poing contre le panneau vitré de la porte.

Un homme d'une petite trentaine ouvrit, les cheveux bruns en bataille. Il cligna des yeux, puis les écarquilla à la vue de la carte de police de Kyle.

— La police ?

— Vous êtes bien Dominic Bridger ?

— Euh, oui.

— On peut entrer ?

— Euh, pourquoi ?

— On a quelques questions à vous poser au sujet de

votre ami, Dean Spencer, expliqua Kyle. Quand est-ce que vous l'avez vu pour la dernière fois ?

— Euh, la semaine dernière. Je crois. Oui. Samedi, il y a une semaine.

— Vous lui avez parlé depuis ?

— Je lui ai envoyé un texto vendredi dernier, parce qu'on devait aller boire une bière et regarder le foot.

— Et cette semaine ?

Dominic regarda Laura, puis reporta son attention sur Kyle, un pli soucieux sur son front.

— Qu'est-ce qui se passe ?

— Si on pouvait entrer, s'il vous plaît, et on vous expliquera ensuite.

L'homme soupira, puis se détourna.

— Entrez, alors. Mais ne me jugez pas, hein. Je n'ai pas encore eu le temps de faire le ménage. Normalement, je fais ça le dimanche.

Kyle lança un regard d'avertissement à Laura, puis il franchit le seuil avant elle, son regard balayant de gauche à droite le couloir étroit qui menait à une cuisine à l'arrière du bâtiment et à une porte qui donnait sur un salon sur la droite. Il jeta un coup d'œil par-dessus son épaule.

— C'est bon.

Elle lui fit un léger signe de tête, ferma la porte derrière elle et le suivit.

Quand Kyle entra dans le salon, sa première impression fut qu'une tornade était passée par là. Des boîtes de pizza vides et des seaux de poulet frit se trouvaient à une extrémité d'un canapé deux places et recouvraient la moitié de la table basse, sur laquelle huit canettes de bière vides étaient écrasées.

Un grand écran de télévision occupait la majeure partie du mur en face de la fenêtre, et un jeu de tir à la première personne était figé dans le temps. Le décor était celui d'un cauchemar postapocalyptique, tandis qu'un score dans le coin supérieur gauche suggérait que l'homme était un joueur chevronné.

Il vit le logo en bas de l'écran et fronça les sourcils.

— C'est le nouveau—

— Ouais.

Dominic sourit en se penchant par-dessus le canapé pour ouvrir la fenêtre et laisser entrer un filet de brise.

— Je l'ai eu hier. Excusez l'odeur. J'ai passé toute la nuit à jouer.

Kyle vit Laura se détourner et se couvrir le nez un instant, jusqu'à ce que de l'air frais commence à circuler, puis il se concentra sur l'ami de Dean.

— Vous avez dit avoir vu Dean vendredi dernier, Dominic, commença-t-il. Il avait l'air d'aller bien quand vous vous êtes vus ?

L'homme se laissa tomber dans un fauteuil de gamer ergonomique et le fit tourner nonchalamment d'un côté à l'autre.

— Ouais, j'imagine. On s'est juste retrouvés au pub du coin et on a bu quelques pintes pendant le match.

— De quoi est-ce que vous avez parlé ?

— Je sais pas. Des trucs habituels.

Dominic fronça les sourcils et arrêta le fauteuil pour poser ses pieds sur le parquet stratifié imitation bois et fixer les deux détectives.

— Écoutez, qu'est-ce qui se passe ? Dean va bien ?

— Nous sommes désolés de devoir vous annoncer ça, dit Laura, mais Dean a été retrouvé mort mardi matin.

— Mort ? laissa échapper Dominic, les yeux écarquillés. Comment ? Il n'a bu que trois ou quatre pintes vendredi… il allait parfaitement bien quand nous avons quitté le pub. Qu'est-ce qui s'est passé ?

— C'est ce que nous essayons de découvrir, répondit Kyle.

Il s'approcha du canapé, repoussa quelques boîtes de plats à emporter et proposa le siège à Laura avant de se percher sur l'accoudoir à côté d'elle.

— Et nous espérons que vous pourrez nous aider.

Dominic ouvrit et referma la bouche, puis déglutit.

— Comment est-ce qu'il est mort ?

— Nous ne pouvons pas communiquer ces informations pour le moment, dit Laura. Étiez-vous au courant de problèmes que Dean aurait pu avoir ?

— Comme quoi ?

— Est-ce que quelque chose le tracassait ?

— Il ne m'a rien dit, non.

Dominic déglutit, puis appuya ses coudes sur ses genoux et ferma les yeux.

— J'ai la nausée.

— Vous voulez que je vous apporte un verre d'eau ?

— Oui, s'il vous plaît. Il y a un filtre dans la porte du frigo.

Kyle attendit que Laura se rende à la cuisine, puis se tourna vers l'ami de Dean.

— Est-ce qu'il y avait quelque chose qui le tracassait quand vous vous êtes vus vendredi ?

— Non.

Dominic cligna des yeux, puis se cala dans son fauteuil et regarda par la fenêtre, les yeux dans le vide un instant.

— Je n'arrive pas à y croire.

Laura revint avec l'eau et tendit le verre à l'homme, qui en but une gorgée hésitante avant de poser le verre à côté d'un amas de canettes de bière et de soda usagées, près du clavier de son ordinateur.

— Depuis combien de temps est-ce que vous connaissiez Dean ?

— Quelques années. On s'est rencontrés à l'université. Il faisait déjà du design en freelance à l'époque, et ça a décollé pour lui après nos études.

— Le corps de Dean a été découvert dans une houblonnière que vous aviez visitée avec lui et Liam Peyton plus tôt cet été. Vous avez une idée de la raison pour laquelle il s'y serait trouvé ?

Dominic fronça les sourcils, puis secoua la tête.

— Non, pas du tout. Dean avait organisé cette virée à la dernière minute. On devait aller à un festival de musique à Orpington, mais il a été annulé quelques semaines avant et on s'est retrouvés le bec dans l'eau. C'était bien marrant, en fait. Quand il l'a suggéré au début, je trouvais ça un peu naze.

— On a entendu dire que ça avait dégénéré, dit Laura.

— Ouais, c'est vrai. C'était de ma faute, d'ailleurs. Au moins, Dean a eu le bon sens de s'excuser. Pourquoi, vous pensez que quelqu'un de là-bas l'a tué ?

— L'enquête est toujours en cours et nous ne pouvons rien dire pour le moment.

— Où étiez-vous dimanche soir entre vingt-deux heures et quatre heures du matin ? demanda Kyle.

— Ici. En train de jouer.

— Quelqu'un peut le confirmer ?

— Non, j'étais seul. Parfois, je me connecte pour défier d'autres joueurs, mais le dimanche, j'aime bien me détendre. Je reçois souvent des appels de clients tôt le lundi matin, surtout s'ils sont en Australie ou en Asie.

— Qu'est-ce que vous faites dans la vie ? demanda Laura.

En guise de réponse, Dominic pointa l'ordinateur du pouce.

— Je gère quelques sites web de vente sans stock, des services d'agence pour les réservations de restaurants, ce genre de choses.

— Les affaires marchent bien ? demanda Kyle.

— Ouais, en fait, ce n'est pas si mal.

L'homme réussit à esquisser un sourire.

— Au moins, ça me laisse le temps de faire ce que j'aime.

— Les jeux vidéo ?

— Ça, et voyager quand je veux.

Il frissonna.

— Je ne sais pas si je pourrais travailler dans un bureau, pas avec tous ces gens, la politique interne et tout ça. J'ai fait quelques missions en freelance pendant que je montais mon entreprise, et c'était une horreur.

Kyle lui tendit l'une de ses cartes de visite.

— Encore une fois, nous sommes désolés pour votre perte. Appelez-moi si vous pensez à quoi que ce soit qui pourrait nous aider. Même le plus petit détail peut être utile.

— Bien sûr.

Il prit la carte, puis les accompagna jusqu'à la porte d'entrée. Il les interpella alors qu'ils se dirigeaient vers la voiture.

— Détective Walker ?

Kyle s'arrêta, puis se retourna.

— Oui ?

— Je ne plaisantais pas. Achetez ce jeu, dit Dominic, le visage sérieux. Attendez de voir ce qu'ils ont fait avec le niveau trois.

CHAPITRE 30

— Alors, qu'est-ce qu'on sait sur Liam Peyton jusqu'à présent ? demanda Kay en attrapant sa veste sur la banquette arrière de la voiture de service et en emboîtant le pas à Barnes.

La maison vers laquelle ils se dirigeaient était une maison mitoyenne en briques avec un grand jardin à l'avant et une allée pavée sur le côté droit. Faisant partie d'une trentaine de maisons qui bordaient une avenue sinueuse dans la banlieue est de Maidstone, elle était en retrait de la route, et divers arbustes formaient un écran pour offrir aux résidents un peu d'intimité vis-à-vis de leurs voisins et des véhicules qui passaient.

Barnes s'était garé quelques maisons plus loin, derrière la camionnette d'un entrepreneur, et il mit les clés de la voiture dans sa poche avant de parler.

— Il habite chez ses parents, et d'après ses réseaux sociaux, c'est une situation temporaire en attendant que l'achat de sa maison se finalise, dit-il en passant son portable en mode silencieux. On n'a pas pu déduire de nos recherches où se trouvera cette maison, mais j'ai l'impression qu'il quitte la région. Certaines de ses autres publications le montrent en randonnée dans la région des lacs, alors il se dirige peut-être par là-bas.

— D'autres centres d'intérêt ?

— Les jeux vidéo, l'alcool, les concerts, la routine, quoi, répondit Barnes. Comme la plupart des jeunes dans la vingtaine.

— Et ta jeune, comment va-t-elle ?

— Emma va bien, répondit-il, une chaleur l'envahissant à la pensée de sa fille unique. Elle vient passer le week-end avec nous à la fin du mois, ce qui veut dire que je ne pourrai pas en placer une. Elle et Pia s'entendent très bien.

— C'est bien.

Barnes se pencha pour ouvrir le portail qui barrait l'allée des Peyton et il examina les trois voitures garées en file indienne, repérant la berline argentée de Liam derrière un SUV plus ancien.

— Au moins, il est là. Espérons juste qu'il soit levé.

Sa collègue eut un petit rire, puis sonna à la porte, son expression passant de l'amusement à la neutralité quand la porte s'ouvrit.

Une femme approchant la soixantaine jeta un coup d'œil dehors.

— Est-ce que Charlotte va bien ?

— Votre fille va très bien, la rassura Kay, parfaitement à son aise. Désolée de vous déranger. Je suis l'inspectrice principale Kay Hunter, et voici mon collègue, l'inspecteur Ian Barnes. Nous espérions pouvoir parler à Liam.

La femme porta la main à sa poitrine.

— Oh, Dieu merci. J'ai imaginé le pire. De quoi est-ce qu'il s'agit ?

— Juste quelques questions de routine concernant une affaire sur laquelle nous enquêtons.

— Il y a un problème ?

— Comme je l'ai dit, ce sont juste quelques questions de routine concernant une affaire sur laquelle nous travaillons.

— Oh. Très bien, alors. Entrez, je vais aller le chercher.

Barnes suivit la mère de Peyton et Kay dans un vaste salon où deux grands canapés trois places étaient disposés en L face à une télévision. Des photos de famille imprimées sur toile tapissaient les murs, montrant Liam et sa sœur à différents âges, les plus mignonnes étant celles où ils étaient tout-petits.

Il s'approcha pour regarder de plus près une photo d'eux deux à leur remise de diplôme, et il haussa un sourcil.

— Des jumeaux.

— Elle est mon aînée de deux minutes, dit une voix derrière lui.

Il se retourna pour voir Liam debout dans l'embrasure de la porte, le visage pensif.

— Et je parie qu'elle ne manque pas une occasion de vous le rappeler, en plus.

— Vous n'avez pas tort.

Liam passa une main dans ses cheveux mi-longs, méchés par le soleil, puis il retira un élastique de son poignet et les attacha en une queue de cheval basse. Il portait un t-shirt bleu froissé avec un logo de sport familier par-dessus un jean noir, et il semblait tout juste réveillé.

— Maman m'a dit que vous vouliez me parler. C'est à quel sujet ?

— Dean Spencer, répondit Barnes. Vous voulez bien vous asseoir ?

— Ça ne me dit rien qui vaille, dit Liam en s'asseyant sur le canapé le plus proche et en levant les yeux, le regard agrandi. Qu'est-ce qui se passe ?

— Je suis désolée.

Kay s'approcha, la voix empreinte de douleur.

— Mais nous devons vous informer que Dean a été agressé et tué il y a six jours. Nous avons prévenu ses parents, et nous essayons de découvrir qui lui a fait ça.

— Putain de merde.

Liam s'adossa au canapé et couvrit son visage de ses mains un instant.

— Merde.

— Vous voulez que j'aille chercher votre mère ? demanda Barnes.

— Non, ça va.

Le jeune homme laissa retomber ses mains sur ses genoux, le visage malheureux.

— Charlotte voyage au Vietnam en ce moment, et Maman s'inquiète à mort pour elle, même si elle envoie un message un jour sur deux pour nous raconter ce qu'elle fait. Une nouvelle comme celle-ci ne ferait qu'empirer les choses pour elle.

— Dites-le-nous si vous changez d'avis.

— Qu'est-ce qui s'est passé ?

— C'est ce que nous essayons de reconstituer en ce

moment, répondit Barnes. Quand est-ce que vous avez vu Dean pour la dernière fois ?

— Mercredi, la semaine dernière. On joue au foot à cinq dans ce club à Tovil. Je ne supporte pas d'aller à la salle de sport, et Dean est… était… plutôt bon, donc c'était juste notre petit rituel.

Il s'interrompit, son regard se portant sur les photographies au mur.

— Je me demandais où il était cette semaine.

— Vous ne l'avez pas appelé ?

— J'ai essayé, mais je suis tombé directement sur sa messagerie vocale, donc j'ai supposé qu'il était trop occupé par le travail et que je le verrais demain au pub. On avait prévu de regarder un match ensemble à la télé. Merde.

— Vous avez visité une houblonnière avec lui et Dominic Bridger cet été, dit Barnes. Il y a eu des problèmes ?

Liam fronça les sourcils.

— La houblonnière ? Pourquoi est-ce que c'est important ?

— C'est là qu'il a été retrouvé. Nous essayons de comprendre pourquoi. On nous a dit que les choses avaient un peu dérapé pendant la visite de l'exploitation.

— C'est à cause de ce satané Dominic, voilà ce qui s'est passé.

Liam secoua la tête, un sourire triste sur son visage.

— Dean lui avait dit de ne pas boire de shots au pub où le minivan est venu nous chercher avant la visite, mais il n'a rien voulu savoir. Dom est juste une grande gueule, c'est tout, mais de toute évidence, ce n'est pas bien passé.

Dean s'est excusé auprès du type qui guidait la visite, cela dit, et auprès de la femme qui s'occupait de la paperasse au début. Vous pensez que quelqu'un de là-bas l'a tué ?

— Nous avons plusieurs pistes à l'heure actuelle.

— Liam, c'est une question de procédure que nous devons vous poser, dit Kay. Où étiez-vous dimanche après-midi jusqu'à quatre heures le lendemain matin ?

— J'étais ici, à me détendre et à rattraper des films que j'avais téléchargés, répondit-il. Je suis sorti vers sept heures pour aller au supermarché acheter des bières parce qu'on n'en avait plus, mais à part ça, c'est tout.

— Quelqu'un peut-il se porter garant pour vous à ce moment-là ? demanda Barnes.

Liam fronça les sourcils.

— Pourquoi est-ce que... ah. Oui, Maman était là. À un moment, elle était en appel vidéo avec Charlotte, et puis elle a reçu des amis le soir pour dîner et boire un verre. C'est leur petite habitude depuis qu'ils ont tous pris leur retraite anticipée, une sorte de révolte contre l'époque où ils devaient travailler tard la nuit.

— Que faisait votre mère avant ?

— Elle était infirmière, spécialisée en réadaptation cardiaque, répondit Liam avec une pointe de fierté dans la voix. Elle adorait ça.

— Et votre père ?

— Il est conseiller financier. Il travaille encore. Et il travaillera probablement toujours, même si ce n'est que quelques heures par semaine.

Barnes regarda Kay, haussa un sourcil et la vit secouer légèrement la tête en réponse. Il se retourna vers Liam et lui tendit une carte.

— Encore une fois, nous sommes désolés d'être les porteurs d'une si terrible nouvelle. Si quoi que ce soit vous revient, n'importe quoi, appelez-moi à ce numéro. Mon portable est dessus aussi.

— Ok.

Liam prit la carte et la tourna entre ses doigts.

— Vous savez comment Dean est mort ?

— Oui, répondit Barnes, puis il soupira. Mais nous ne partagerons pas les détails. Ce ne serait pas juste pour vous.

Le regard de Liam tomba sur la carte.

— J'espère que vous allez trouver celui qui l'a tué.

— Oh, nous allons le trouver, dit Kay en se dirigeant vers la porte. Croyez-moi sur parole, nous allons le trouver.

CHAPITRE 31

Gavin vérifia sa montre, puis reporta son attention sur le pub de style victorien tardif qui se nichait entre une boutique caritative florissante et un magasin d'articles ménagers à l'abandon.

Ce quartier de la ville était évité des touristes, oublié des habitants du coin et fréquenté par beaucoup de ceux qui préféraient garder leurs distances avec le centre plus cossu, à moins d'y être contraints.

Le pub manquait à la fois de caractère et de charme. Une bâche d'un bleu vif recouvrait une extrémité du toit en ardoise, un échafaudage s'agrippait au flanc du bâtiment et un panneau délavé annonçait qu'il était en cours de réparation. La peinture s'écaillait sur les rebords des fenêtres, jadis blancs et désormais d'un gris sale, et les vitres étaient maculées. L'une d'elles présentait une fissure dans le coin inférieur, qui semblait avoir été causée par un jet de pierre.

Debout à l'ombre de l'auvent d'une boucherie de l'autre côté de la rue, la puanteur de la viande crue et une note de fond de détergent et d'eau de Javel agressaient les sens de Gavin pendant qu'il patientait.

Il était presque midi et il comptait parler à Kathryn Garnet avant que le service du déjeuner ne commence pour de bon. Les portes du pub restèrent résolument closes jusqu'à deux minutes avant l'heure, puis il aperçut du mouvement et la porte principale pivota vers l'intérieur.

Quelques instants plus tard, une femme approchant la cinquantaine tira un chevalet publicitaire à l'extérieur et l'enchaîna à un lampadaire. Gavin plissa les yeux face au soleil de midi et vit qu'il annonçait un assortiment de sandwichs et de toasts pour le déjeuner, le feutre-craie ayant laissé des traînées par endroits, là où le panneau avait été déplacé de multiples fois.

Il attendit qu'un bus à impériale passe, puis il traversa la rue au pas de course et poussa la porte intérieure du pub.

L'intérieur était sombre et il s'arrêta sur le seuil pour observer le décor défraîchi. Le parquet avait l'air assez propre, mais lorsqu'il se dirigea vers le bar, il sentit ses chaussures coller à la surface et grimaça, se souvenant de certaines boîtes de nuit qu'il fréquentait à la fin de son adolescence et au début de sa vingtaine.

Le bar sentait le renfermé de bière blonde et brune, et la légère touche de produits de nettoyage au citron ne parvenait pas à masquer l'odeur, tandis que la poussière s'accrochait aux tireuses à bière. Quelque part dans le bâtiment, il entendait le fracas de casseroles et de poêles et supposa que la cuisine se trouvait derrière le mur du fond du bar. Une porte battante en bois avec un hublot se trouvait sur la gauche, et les lumières étaient allumées, alors il attendit en surveillant qui allait en sortir.

La femme qui avait traîné le chevalet publicitaire dehors poussa la porte environ une minute plus tard, les mains chargées de couverts enveloppés dans des serviettes en papier rouges, en fredonnant à voix basse. Elle sursauta visiblement lorsqu'elle se tourna vers le bar.

— Oh mon Dieu, vous m'avez fait une de ces peurs, dit-elle avant de rire doucement et de placer les couverts dans un plateau en plastique sur le comptoir. Je n'ai pas entendu la porte d'entrée s'ouvrir.

— Désolé, dit Gavin en lui présentant sa carte de police. Vous êtes Kathryn Garnet ?

— C'est bien moi, mais je ne suis pas au courant que quelqu'un ait signalé un problème à la police.

Elle fronça les sourcils.

— Reg me l'aurait dit si quelque chose avait mal tourné. Il s'inquiète toujours pour notre sécurité, ce brave homme.

— Ça ne concerne pas cet endroit, dit Gavin. Je me demandais si je pouvais vous parler de Justin et Cassandra Mallory.

Le regard de Kathryn se porta sur la porte d'entrée, puis revint vers lui.

— Euh, je ne sais pas… Des clients pourraient arriver d'un moment à l'autre.

Gavin balaya le bar du regard, observant l'éclairage tamisé et les murs nus, les chaises usées à côté des tables qui portaient des éraflures et des rayures comme des cicatrices de guerre, puis il se retourna vers Kathryn.

— On dirait que ça ne va pas se bousculer pour l'instant. Et ça ne prendra qu'un instant.

Ses épaules s'affaissèrent.

— Très bien. Qu'est-ce que vous voulez savoir ?

— Pourquoi est-ce que vous êtes partie ? J'ai entendu dire que vous étiez guide touristique là-bas jusqu'à il y a deux ans.

— Je ne voulais pas partir. Joseph était peut-être un vieux con grincheux parfois, mais on s'en sortait bien et j'aimais faire visiter les lieux aux gens. J'adore tout ce qui touche à l'histoire locale, alors quand Gloria m'a dit qu'ils cherchaient quelqu'un, j'ai tout de suite postulé.

— Vous connaissez Gloria depuis longtemps ?

— On était à l'école ensemble, mais on s'est perdues de vue pendant quelques années jusqu'à ce qu'elle me repère comme amie en commun sur les réseaux sociaux et m'envoie une demande. On essaie de se voir au moins une fois par mois pour prendre un café ces temps-ci. De quoi s'agit-il, au juste ?

— Gloria ne vous a rien dit ?

Kathryn esquissa un sourire contrit.

— C'est peut-être une bonne amie, mais elle est aussi loyale, alors non, elle ne m'a rien dit.

Jetant un coup d'œil par-dessus son épaule et voyant que le pub restait vide, Gavin baissa tout de même la voix pour que quiconque travaillait dans la cuisine ne l'entende pas.

— Le corps d'un jeune homme a été retrouvé dans la houblonnière des Mallory. Nous essayons de découvrir pourquoi.

— Mon Dieu.

Kathryn porta la main à sa bouche.

— C'est horrible. Vous savez qui c'est ?

— Sa famille a été prévenue, oui. Je dois vous

demander, où étiez-vous dimanche entre dix-huit heures et quatre heures du matin le lendemain ?

— Ici, répondit Kathryn sans hésiter. J'étais de dernier service, j'ai fermé les portes à vingt-deux heures et il m'a probablement fallu une heure pour tout ranger ensuite. Puis je suis allée me coucher. Sam s'occupe de la cuisine et nous avons l'appartement à l'étage. L'un des avantages du poste.

Gavin perçut la pointe de sarcasme dans sa voix et il se demanda dans quel état se trouvait l'appartement, à en juger par la salle du bar.

— Pourquoi Justin Mallory vous a-t-il licenciée ?

Elle haussa les épaules.

— J'ai eu l'impression qu'il voulait faire les choses différemment et, pour ce faire, il voulait écarter toute personne associée à la méthode de son père.

— Mais Gloria est restée.

— Gloria est indispensable. Ils ne pourraient pas gérer l'endroit sans elle. D'ailleurs, les visites étaient son idée, et c'est elle qui s'occupe de toute l'organisation et des assurances. Je ne pense pas que Justin ou Cass auraient le temps.

— Qu'est-ce que ça vous a fait d'être licenciée comme ça ?

— J'étais dégoûtée, reconnut Kathryn. Comme je l'ai dit, j'adorais ce travail. Évidemment, il y avait plus de monde pendant les mois d'été, mais en hiver, nous étions tout de même occupés à aider Gloria avec les autres petites choses liées au marketing et nous organisions toujours des réceptions privées, surtout à Noël.

— Une dernière question pour l'instant, dit Gavin. Est-ce que vous avez parlé aux Mallory depuis votre départ ?

— Aucune raison de le faire. Ils se sont débarrassés de moi avec seulement une semaine de préavis et ne m'ont même pas accordé de temps libre pendant cette période pour chercher un nouvel emploi. Pour ma part, bon débarras.

CHAPITRE 32

Laura vit la voiture de Gavin passer sous la barrière de sécurité du parking du poste de police et elle sortit de l'ombre du bâtiment au moment où il contournait les autres véhicules pour s'arrêter à sa hauteur.

— Tu tombes bien, dit-elle en montant et en bouclant sa ceinture. Kyle et moi ne sommes rentrés qu'il y a cinq minutes.

— Alors, ça a donné quoi ?

Son collègue s'inséra dans la circulation sur Palace Avenue et tambourina des doigts sur le volant pendant qu'un bus devant eux déversait un flot de passagers sur le trottoir en bas de Gabriels Hill.

— Kyle s'en est bien sorti ?

— Il s'en sort très bien, aucun problème de ce côté-là.

Laura tourna les aérateurs du tableau de bord vers elle et agita le col de son chemisier jusqu'à ce que l'air frais atteigne son cou.

— Mais Dominic Bridger n'a pas pu nous éclairer sur

l'identité de celui qui voulait tuer Dean. J'espère que Kay et Ian ont eu plus de chance avec Liam. Et toi ?

Elle écouta Gavin lui raconter sa conversation avec Kathryn Garnet, puis soupira.

— Ça doit avoir un rapport avec les Mallory, non ? Je veux dire, le corps de Dean est resté là pendant, quoi, un jour et demi avant que quelqu'un ne le remarque, et puis il y a ces lianes empoisonnées que Kay a trouvées.

— Sauf qu'on ne trouve pas de mobile. Même Kathryn semblait assez stoïque à propos du fait que Justin l'avait renvoyée quand il a repris l'exploitation.

— Et Joseph ? tenta-t-elle. Il avait l'air amer.

— Ouais, mais il n'a pas soulevé Dean tout seul pour le hisser dans ces lianes, n'est-ce pas ? Et pourquoi empoisonner les plantes ?

Gavin secoua la tête.

— Il ne dirige peut-être plus l'exploitation, mais si l'entreprise fait faillite, il se retrouvera aussi sur le carreau parce que les cottages seront vendus avec, non ?

Laura soupira.

— C'est vrai. Merde. On n'avance pas, hein ?

— On dirait bien, aujourd'hui.

Gavin passa une vitesse et accéléra en quittant les rues de la ville.

Agrippée à la poignée au-dessus de la portière passager, Laura essayait de ne pas enfoncer ses pieds dans le plancher à chaque virage, et de plutôt faire confiance à l'instinct de conduite naturel de son collègue. Elle échoua et laissa échapper un hoquet quand il lança la voiture à pleine vitesse dans un virage serré à droite.

— Gav, ce n'est pas un circuit de course, tu sais.

— Je sais, mais c'est l'une des meilleures routes du comté.

Il lui adressa un large sourire avant de relâcher l'accélérateur et d'adopter un rythme plus tranquille.

— C'est mieux comme ça ?

— Merci.

— On se croirait dans Miss Daisy et son chauffeur.

— Très drôle.

Elle relâcha ses doigts de la poignée et fouilla dans son sac pour en sortir son carnet.

— Ok, alors Mia Gates est celle qui a étudié la viticulture pendant qu'elle travaillait à temps partiel pour Joseph Mallory. Je l'ai retrouvée dans un vignoble local et le site web dit qu'elle est responsable du marketing aujourd'hui. Ils ont remporté pas mal de prix, et c'est une entreprise familiale depuis plus de vingt ans. J'ai vérifié les informations sur la société en ligne et tout semble en ordre. Mia ne travaille pas aujourd'hui, c'est pour ça que nous allons la voir chez elle.

— Vu que tu as fait les vérifications d'usage, pourquoi est-ce que tu ne mènerais pas cet entretien avec Mia ? Elle réagira peut-être mieux si c'est toi qui poses les questions, de toute façon.

— C'est vrai, d'accord.

Laura leva les yeux de ses notes alors que la voiture ralentissait et elle vit le panneau indiquant Bethersden.

— La route pour aller chez elle est la deuxième à droite, un peu plus loin.

Gavin se gara devant une maison jumelée moderne avec un toit en ardoise et un étage supérieur en tuiles rouges, assorti à ceux des autres propriétés du lotissement en bordure du village.

La partie inférieure de la maison était recouverte d'un crépi crème pâle et quatre grands demi-tonneaux contenant des arbustes à feuilles persistantes d'un vert éclatant étaient disposés sous la fenêtre du salon.

Une zone de gravier bien entretenue jouxtait une allée avec un parking pour deux voitures et, alors qu'ils s'immobilisaient, Laura aperçut une femme d'une vingtaine d'années sur le pas de la porte, en train d'attendre.

— Merci d'être à l'heure, dit Mia Gates alors qu'ils s'approchaient. Je dois emmener mon chien chez le vétérinaire à quinze heures.

— J'espère qu'il va bien, dit Laura après les présentations.

— Hugo va bien, merci.

Mia s'écarta et les fit entrer dans la cuisine où un terrier West Highland blanc était roulé en boule dans un panier, avec une collerette de protection en plastique fixée à son collier et un bandage autour d'une de ses pattes arrière.

— Il s'est accroché à du fil de fer barbelé lors d'une promenade il y a quelques semaines et il a fallu lui faire des points de suture. Dieu merci, on les lui enlève aujourd'hui, parce qu'il me rend folle avec cette collerette.

Gavin se pencha et tendit la main au chien, qui la renifla avec curiosité, puis remua la queue.

— Il a l'air d'aller bien.

— Ouais, heureusement, vu qu'il vient de me coûter six cents livres, dit Mia. Heureusement que je l'aime. Bon, euh… vous voulez vous asseoir par ici ? Désolée pour le désordre.

Elle se dirigea vers une table en chêne cabossée entourée de quatre chaises qui occupait un coin de la cuisine et elle poussa sur le côté quelques magazines sur le vin et un agenda format A4.

Après s'être assise à côté de Gavin, Laura attendit que Mia soit installée, puis elle désigna les magazines du doigt.

— J'ai repéré le vignoble où vous travaillez dans un reportage en ligne, c'est vous qui vous êtes occupée de tout ça ?

— Oui.

Mia souffla sur sa frange pour la dégager de ses yeux.

— Mais c'est un travail de tous les instants d'essayer d'obtenir ce genre de publicité. Il y a tellement de vignobles au Royaume-Uni maintenant, surtout ici dans le sud-est. La concurrence est rude.

— Et qu'en est-il de la concurrence avec d'autres cultivateurs, comme les producteurs de houblon ?

— Ce n'est pas du tout la même activité, répondit Mia en fronçant les sourcils. Et vous êtes de toute évidence ici pour parler des Mallory, alors qu'est-ce que vous voulez savoir ?

— Nous aimerions en savoir plus sur votre relation avec eux, en particulier avec Justin, dit Laura. Et j'aimerais comprendre pourquoi il vous a renvoyée quand il a repris l'exploitation de Joseph.

— Parce qu'il en avait le pouvoir.

Mia haussa les épaules.

— De toute façon, je n'étais là que le temps de finir mes études, mais le travail me plaisait.

— La nouvelle vous a surprise à l'époque ?

— Je suppose que oui.

L'autre femme parut pensive un instant, son regard dérivant vers les magazines.

— Je veux dire, nous avions des visites de réservées pour le reste de l'année et je pensais que Kathryn et moi faisions du bon travail pour représenter l'exploitation. J'adorais le contraste avec le fait de parler de vin toute la journée pour mon master, et je m'entendais bien avec tous les autres là-bas.

— Et Joseph ?

Mia esquissa un petit sourire.

— Il était correct. Il avait ses humeurs, mais j'imagine qu'il était soumis à beaucoup de stress en gérant l'endroit, surtout que l'exploitation perdait de l'argent jusqu'à ce que Gloria suggère les visites.

— Vous saviez qu'il prévoyait de vendre les terres à un promoteur immobilier ?

Les sourcils de l'autre femme se haussèrent brusquement.

— Non, vraiment ?

Laura garda le silence, observant l'effet de ses paroles.

Finalement, Mia soupira.

— Eh bien, j'imagine qu'après l'accident, il a dû sentir qu'il ne pouvait pas faire face.

— Mais pourquoi vendre, au lieu de transférer le titre de propriété à Justin ?

— Je ne pense pas que Justin et lui voyaient les choses de la même manière sur la façon dont l'exploitation devait être gérée, admit Mia. Et il avait un côté rancunier de temps en temps.

— Quand est-ce que vous avez vu les Mallory pour la dernière fois ?

— Je n'ai pas vu Justin ou Cassandra depuis mon départ il y a deux ans, mais je suis tombée sur Joseph il y a quelques mois. Je faisais le plein à la station-service sur l'A20 entre Ashford et Charing, et il était à la caisse pour payer quand je suis entrée. Il m'a demandé ce que je devenais, et c'est à peu près tout.

— Vous lui avez parlé depuis ?

— Non, pourquoi est-ce que je l'aurais fait ?

— Une dernière question, dit Laura. Où étiez-vous dimanche soir ?

Mia fronça les sourcils et se cala dans son fauteuil en dévisageant les deux détectives.

— De quoi s'agit-il ?

— Vous pourriez simplement répondre à la question, s'il vous plaît ?

— Je jouais au squash au club local. Je me suis blessée au poignet cet été, donc je commence tout juste à rejouer. On était quatre à échanger quelques balles.

— Il va nous falloir leurs coordonnées, s'il vous plaît.

— Ok, attendez un instant.

Mia se dirigea vers le comptoir et revint avec son téléphone portable. Après avoir énoncé les coordonnées de ses trois partenaires de squash, elle le glissa sur le côté.

— Les Mallory vont bien ?

— Pourquoi est-ce que vous demandez ça ?

— C'est juste qu'avec toutes ces questions, je me demande s'il est arrivé quelque chose de grave.

Laura eut un sourire crispé, puis se leva et fit signe à Gavin que l'interrogatoire était terminé.

— Je crains que nous ne puissions faire de commentaire. Nous allons trouver la sortie.

Une fois dehors, Gavin attendit qu'ils approchent de la voiture avant de parler.

— J'ai l'impression que Mia n'est pas notre suspecte.

— Je suis d'accord, dit Laura avec un soupir. Et elle était juste chez les Mallory pour acquérir une expérience différente. Ça a manifestement porté ses fruits, vu le succès qu'elle a au vignoble.

— Attends.

Gavin fixait son téléphone portable.

— J'ai trois appels manqués de Kay.

Laura sortit son propre téléphone de son sac pendant qu'il appelait la salle des opérations, et elle découvrit qu'elle aussi avait reçu une série d'appels manqués et de messages vocaux pendant qu'ils parlaient à Mia. Puis elle entendit la voix de Gavin se teinter d'inquiétude et elle attendit, le cœur battant. Quand il termina l'appel, sa mâchoire était crispée.

— Qu'est-ce qui ne va pas ?

— Jonathan Aspley du *Kentish Times* a réussi à savoir pour les blessures de notre victime, cracha-t-il. L'histoire a éclaté et Kay est passée en mode gestion de crise pour essayer de protéger les parents de Dean. Il faut qu'on retourne au poste, et vite.

CHAPITRE 33

Kay faisait les cent pas sur la moquette à côté du tableau blanc, la mâchoire crispée, tout en envoyant un nouveau SMS au commandant divisionnaire Devon Sharp et en se demandant lequel des membres de l'équipe d'enquête l'avait trahie.

La salle des opérations était silencieuse, avec seulement une équipe réduite après le départ des agents de service, et ceux qui restaient se tenaient à bonne distance pendant qu'elle donnait des ordres et assurait la liaison avec le quartier général. Debbie s'aventura jusqu'à elle avec une tasse de café fumante qu'elle accepta avec gratitude, et elle lui lança un regard rassurant.

— On a connu pire, chef, dit-elle à voix basse pour que les autres agents n'entendent pas. Et la fuite ne vient peut-être pas de l'équipe. On a dû sous-traiter beaucoup d'analyses de laboratoire à des prestataires pour cette affaire, et n'importe lequel d'entre eux aurait pu dire quelque chose qu'il n'aurait pas dû.

— Hm. On verra bien.

Kay posa la tasse sur un bureau à côté du tableau blanc et contempla les notes qui en couvraient la surface.

— Pour l'instant, je veux contenir ça avant que ça ne devienne une affaire nationale. L'actualité a été plutôt calme ce week-end et j'aimerais m'assurer que ce n'est pas nous qui allons y mettre fin. Debbie, tu pourrais mettre à jour le planning pour demain au cas où on aurait besoin de plus de monde pour répondre au téléphone ? Si je n'arrive pas à calmer le jeu, on va être assaillis d'appels de journalistes et je ne veux pas qu'ils saturent les lignes au cas où quelqu'un essaierait de nous joindre avec des informations urgentes.

— Je m'en occupe, chef.

— Et merci pour le café.

— De rien.

Kay se tourna vers son inspecteur.

— Ian, tu peux jeter un œil aux listes de tâches pour demain et voir qui est disponible si on doit envoyer une patrouille à la ferme des Mallory pour éloigner les journalistes ? La route est étroite par là et je ne veux pas qu'ils provoquent un accident.

— Ok. Et les parents de Dean ?

— Je vais appeler Aaron tout de suite. J'ai une idée.

Elle composa le numéro de portable de l'agent en uniforme et il répondit à la deuxième sonnerie.

— Tu es au courant ?

— Harry m'a prévenu il y a un quart d'heure, chef. Qu'est-ce que tu attends de moi ?

Une partie de la tension quitta les épaules de Kay en

entendant la voix calme d'Aaron et elle réalisa que Debbie avait raison : aucun membre de son équipe ne la laisserait tomber en contactant la presse. Ils se souciaient trop de la famille impliquée.

— Est-ce que des journalistes se sont déjà montrés là-bas ?

— Aspley était là il y a une heure.

— Que s'est-il passé ?

— Il a eu l'air surpris quand j'ai ouvert la porte à la place de Maggie ou de Rowan, puis il a demandé s'il pouvait leur parler. Je lui ai dit que ce n'était pas possible, et que toutes les demandes des médias étaient gérées par le QG. Il a dit qu'il savait que Dean avait été torturé avant d'être tué, et que nous n'avions aucun suspect.

— Tu lui as demandé qui était sa source ?

— Il a refusé de répondre à cette question, chef.

— Est-ce que les Spencer ont entendu quelque chose de tout ça ?

— Non, je lui ai parlé sur le seuil. Il n'y a pas eu d'autres tentatives pour leur parler, personne d'autre ne s'est présenté et je filtre tous les appels qui arrivent sur leurs téléphones au cas où, à leur demande.

— Merci, Aaron, c'est parfait. Mais je ne pense pas que ça va durer. Tu peux leur demander s'ils ont des amis ou un parent chez qui ils pourraient aller en attendant qu'on arrange ça ?

— Un instant.

Elle entendit des voix étouffées en arrière-plan, et quelques minutes plus tard, Aaron revint au téléphone.

— Chef, Maggie dit qu'ils peuvent aller chez son frère.

Il habite près d'Ashford, donc assez proche pour que je reste comme agent de liaison, et assez loin d'ici pour mettre de la distance entre eux et Aspley.

— Ok.

Kay observa les teintes du coucher de soleil qui jetaient une lueur sur la ville au-delà des fenêtres.

— Je ne veux prendre aucun risque qu'ils soient suivis par des journalistes, Aaron. Il faut qu'ils partent ce soir. Tu peux t'en occuper ?

— Pas de problème. Oh, attends… Maggie voudrait te dire un mot.

— Détective Hunter ?

La mère de Dean semblait anxieuse.

— Je suis là. Je suis vraiment désolée pour cette intrusion. Ce journaliste n'aurait jamais dû essayer de vous approcher de la sorte.

— Ce n'est pas votre faute. Aaron vient de nous expliquer que vous voulez que nous allions chez mon frère ce soir.

— C'est probablement ce qu'il y a de mieux à faire.

— Je comprends, c'est juste que… j'ai oublié de vous demander l'autre jour. Il y a des photos dans l'appartement de Dean que je détesterais perdre. Je me demandais si vous pourriez aller les chercher pour moi ?

Kay vérifia sa montre.

— Je m'en occupe, Maggie. Je ne pourrai pas y aller ce soir, mais je les récupérerai demain. Vous pourriez demander à Aaron de m'envoyer par SMS les détails de celles que vous voulez ?

— Je le ferai, merci. Je vous le repasse.

— Ok, chef. J'y vais, dit Aaron. Je vais voir avec un ou deux collègues de la circulation s'ils passent par ici ce soir et leur demander de nous aider à emmener Maggie et Rowan à Ashford au cas où quelqu'un surveillerait la maison. Je pense que prendre leur voiture ou un taxi serait trop risqué.

— Je suis d'accord, et merci. Envoie-moi cette liste de photos et on fait le point demain matin.

Alors que Kay raccrochait, elle vit un autre nom familier s'afficher sur l'écran pendant que le téléphone se mettait à vibrer.

— Chef ?

— C'est ce foutu labo, aboya Sharp en guise de salutation. Une de leurs contractuelles indépendantes.

— Génial, vraiment génial. Il y a eu un pot-de-vin ?

— Non, elle a juste eu la langue bien pendue après quelques verres de vin en trop avec ses copines hier soir. Une chose est sûre, elle ne travaillera plus jamais dans le coin. Harriet est furieuse.

— Je parie qu'elle l'est.

— En attendant, Kay, je dois te prévenir… la commissaire commence à demander pourquoi nous n'avons encore personne en garde à vue. Attends-toi à une demande d'examen la semaine prochaine si ton équipe ne fait pas une percée rapidement.

— Merde.

Kay se retourna au bruit de la porte de la salle des opérations qui s'ouvrait et elle vit entrer Gavin et Laura. Puis elle aperçut Kyle, debout à côté de son bureau, un téléphone dans chaque main, en train de coordonner le laboratoire et le conseiller juridique de l'équipe pour rédiger un communiqué de presse commun.

— On fait de notre mieux, chef.

— Je sais, répondit Sharp d'un ton qui n'était pas dénué de bienveillance. Mais cette fois, ça pourrait ne pas suffire.

CHAPITRE 34

La ruelle était sombre, éclairée seulement par un lampadaire occasionnel dans un virage de la route étroite qui serpentait à travers les vieilles rues de Bearsted, loin du pub sur la place du village.

Kay enfouit son menton dans le col de sa polaire en suivant Adam et sa dernière patiente, une femelle labrador marron nommée Poppy qui se remettait d'une opération de la hanche. Leur rythme était lent mais régulier, et elle savourait le calme qui n'était rompu que de temps à autre par une voiture qui passait. Elle promena son regard sur les maisons devant lesquelles ils passaient, certaines laissant entrevoir des fentes de lumière à travers les rideaux tirés, où elle pouvait apercevoir des éclats de couleur lorsque des écrans de télévision illuminaient les pièces.

Il ne faisait pas encore assez froid pour voir son souffle devant son visage, mais une fraîcheur flottait dans l'air, promettant un temps plus froid à venir, et une ou deux des plus grandes maisons laissaient échapper de la fumée de bois de leurs cheminées dans le ciel nocturne, l'arôme sucré rappelant à Kay les week-ends passés chez ses grands-parents quand elle était enfant.

— Tu es bien silencieuse, là-derrière, lança Adam par-dessus son épaule. Tu vas bien ?

— Pas vraiment, admit-elle. Je suppose que je suis encore sous le choc de la fuite. C'est rare que ça arrive, mais quand c'est le cas… J'aimerais tellement que ces gens pensent aux familles qu'ils touchent au lieu de juste chercher un moyen de s'en prendre à nous. C'est terriblement égoïste, et les heures que nous avons perdues à gérer cette crise au lieu de chercher ses assassins…

La ruelle s'élargit alors qu'elle tournait vers la route principale et elle se déplaça pour marcher à côté de lui, puis elle soupira.

— Assez parlé de moi. Comment va Poppy ?

— Très bien, en fait.

Adam baissa les yeux vers la chienne, qui s'arrêta pour renifler une haie de troènes.

— Pas mal pour son âge.

— Comment vont ses propriétaires ?

— Ils sont plus calmes depuis que Poppy est sortie de la salle de réveil et qu'elle est en voie de guérison. Un membre du personnel de leur résidence pour personnes âgées les a aidés à mettre en place une liaison vidéo avec son chenil pour qu'ils puissent la voir après son opération, et je leur enverrai un SMS après notre promenade avec une petite vidéo que je viens de prendre pour leur montrer à quel point elle marche bien maintenant.

Il sourit alors que Poppy décidait de laisser la haie tranquille et s'aventurait devant, sa laisse se tendant tandis que sa truffe se levait en l'air.

— Vu son âge, je suis vraiment content et je peux déjà dire que ça lui a donné un second souffle.

— Dieu merci, les assurances ont accepté de payer, dit Kay. Combien de temps est-ce qu'elle va rester avec nous ?

— Une semaine environ, je pense. Ses propriétaires ont déjà assez de soucis avec leurs problèmes de santé en ce moment, donc sa convalescence est une chose de moins dont ils ont à se préoccuper. Je vais quand même aller les voir avec elle demain, dit Adam. Rien de tel que des caresses et des câlins pour les garder en bonne santé tous les trois.

Kay tendit la main et serra la sienne.

— Et c'est pour ça que je t'aime tant.

Il baissa les yeux vers elle et sourit.

— Et moi qui pensais que c'était pour mes talents de chef des lasagnes.

— Ça aussi.

Elle grogna lorsque son téléphone portable sonna et Poppy se retourna vers elle avec un regard de reproche. Voyant le nom sur l'écran, elle laissa Adam avancer un peu avant de répondre.

— Harriet.

— Tout d'abord, laisse-moi te dire que je ne pourrai jamais assez m'excuser, Kay. Je travaille avec ce laboratoire depuis des années, et je n'ai jamais eu une fuite pareille. Jonathan Aspley devrait avoir plus de discernement, lui aussi. Je pensais qu'il avait plus d'intégrité que ça.

— Moi aussi, et ce n'est pas de ta faute, Harriet. Merci quand même. Malheureusement, avec la façon dont les choses sont sous-traitées à des tiers de nos jours, nous ne pouvons pas contrôler ce que les gens font des informations que nous leur donnons, même si nous avons des stratégies en place pour les exigences de la chaîne de possession en ce qui concerne les preuves.

— Quand même…

Harriet s'interrompit et soupira.

— J'ai bien peur d'avoir d'autres mauvaises nouvelles pour toi. J'ai pensé que tu préférerais l'apprendre de moi maintenant plutôt que de le lire dans un email en arrivant au travail demain.

Kay se figea sur place et regarda Adam et Poppy se diriger vers le carrefour et l'attendre au coin de la rue.

— Qu'est-ce qu'il y a ?

— L'échantillon de sang que nous avons prélevé sur la clôture de barbelés entre le champ de maïs et les plantations de houblon des Mallory ne correspond pas à celui de Dean.

— Alors c'est peut-être celui d'un de ses assassins.

— Peut-être, mais nous l'avons passé dans le système et rien ne ressort.

— Donc, celui qui l'a tué n'a jamais été arrêté auparavant.

— Exactement. Comme je l'ai dit, désolée d'être la porteuse de mauvaises nouvelles, mais au moins, c'est une chose de plus que tu peux rayer de ta liste.

— Merci d'avoir pris le temps de téléphoner. Tu rentres chez toi, maintenant ?

— Dès que je t'aurai envoyé ça. Je t'appellerai lundi si j'ai d'autres nouvelles à te communiquer.

— Merci. Bonne soirée.

Après avoir mis fin à l'appel, Kay se dépêcha de rattraper Adam et la chienne, se mettant à leur niveau alors qu'ils rebroussaient chemin vers Bearsted.

— Mauvaise nouvelle ? demanda Adam en cherchant à nouveau sa main.

— Une nouvelle frustrante, répondit Kay, le regard baissé vers le sol pendant qu'elle marchait. Et maintenant, je suis vraiment au bord du gouffre avec cette enquête.

CHAPITRE 35

Gavin fixait le plafond en plâtre tandis qu'une pâle lueur commençait à filtrer par une fente du rideau de la chambre, à l'approche du matin.

Une brise légère entrait par la fenêtre ouverte et il entendit le gazouillis d'un merle, bientôt suivi par un chant en réponse plus loin dans la rue. Au bout de la route, il pouvait entendre le ronronnement occasionnel du moteur d'une camionnette de livraison matinale en train de se diriger vers le centre-ville, mais c'était tout.

Il soupira, puis tendit la main vers la table de chevet et tapota l'écran de son téléphone pour lire l'heure.

— Merde.

Il lui restait encore quatre heures avant de devoir se rendre à la salle des opérations et il savait que le sommeil lui ferait du bien, mais l'inquiétude rongeait ses pensées et perturbait ses rêves.

Aucune enquête dirigée par Kay n'avait jamais fait l'objet d'un examen, et il savait que c'était parce qu'elle et son équipe soudée de détectives travaillaient sans relâche pour s'assurer de ne rien manquer.

Sauf que cette fois, ils étaient passés à côté de quelque chose.

Gavin se tourna vers la place vide à côté de lui dans le lit et sourit. Leanne rentrerait bientôt de son service au sein de l'unité de recherche et de sauvetage des pompiers du Kent et, vu sa charge de travail, il savait qu'elle n'avait probablement pas beaucoup mangé de la nuit. C'était à cause de leurs horaires qu'ils ne se voyaient parfois pas pendant plusieurs jours, alors il rejeta le drap et se dirigea vers la douche, désireux de passer un peu de temps avec elle avant qu'elle ne succombe au sommeil.

Il l'entendit insérer la clé dans la porte d'entrée alors qu'il se séchait les cheveux avec une serviette et il se dirigea nonchalamment en haut des escaliers.

— Bonjour, mon amour. Tout va bien ?

— Pff. La nuit a été calme, Dieu merci, mais qu'est-ce que ça rend le service long, s'écria Leanne, puis elle apparut en bas de l'escalier et lui sourit. Eh bien, salut toi.

— Je pensais nous faire un petit-déjeuner anglais avant de partir. Tu as faim ?

— Je meurs de faim.

— Donne-moi cinq minutes.

— Je prépare le café.

L'odeur des grains fraîchement torréfiés accueillit Gavin lorsqu'il entra dans la cuisine quelques minutes plus tard. Leanne sortait une boîte d'œufs, du bacon et des saucisses du réfrigérateur.

— Viens t'asseoir, dit-il en les lui prenant des mains. Tu as été debout toute la nuit.

Elle l'embrassa, puis s'affaissa sur l'une des chaises d'une petite table dressée pour deux.

— Et toi, tu es levé tôt.

— Je n'arrivais pas à dormir, expliqua-t-il en commençant à faire frire les saucisses. Quelqu'un a fait fuiter notre enquête dans la presse, nous n'avons aucun suspect, et le quartier général menace de nous envoyer un autre inspecteur principal pour nous superviser.

— Merde, je suis désolée d'entendre ça.

Gavin s'affaira à préparer le repas pendant que sa petite amie consultait ses réseaux sociaux, puis il apporta deux assiettes bien remplies à la table et sourit.

— Sers-toi.

Leanne prit une gorgée de café, puis se jeta sur les saucisses.

— C'était une excellente idée, merci. Alors, qu'est-ce que tu vas faire maintenant ?

— Qu'est-ce que tu veux dire ?

— Tu n'as pas dormi et tu as cet air déterminé dans les yeux que je connais bien. À quoi tu penses ?

Il gloussa en trempant un morceau de bacon dans un jaune d'œuf crevé.

— Je me disais que nous avions probablement deux, peut-être trois jours avant que la commissaire ne puisse affecter un inspecteur principal à l'audit de l'enquête. Elle ne fera rien aujourd'hui, donc j'ai une longueur d'avance.

— Et rien à perdre.

— Exactement.

Il agita une bouchée de saucisse au bout de sa fourchette tout en parlant.

— Alors je vais tout reprendre depuis le début. En

commençant par la ferme où notre victime a été retrouvée, puis en avançant à partir de là.

— Combien de dépositions est-ce que tu vas devoir relire ? demanda Leanne, les yeux écarquillés.

Gavin sourit.

— Je ne vais pas lire les dépositions. Je vais parler aux gens.

———

Trevor Leavitt habitait la dernière maison d'une rangée de cottages en briques grises à cinq kilomètres de la ferme, et il fronça les sourcils en ouvrant sa porte d'entrée et en voyant Gavin sur le seuil.

— Qu'est-ce que vous voulez ? gronda le manager de la ferme. Il est cinq heures et demie du matin, un dimanche, bon sang. Il doit bien y avoir des règles contre ça.

— Il y en a, mais nous enquêtons sur un meurtre.

Gavin brandit sa carte de police.

— Je ne crois pas que nous nous soyons présentés.

— Je suis attendu chez les Mallory dans une heure.

— Je m'en suis douté, c'est pour ça que je suis ici de bonne heure. Je serai bref. Vous avez parlé à mon inspectrice principale, Kay Hunter, la semaine dernière.

— Ouais, et j'ai déjà fait ma déposition à un de vos flics aussi. Une jeune en uniforme. Blonde.

Trevor grimaça.

— Alors, qu'est-ce que vous voulez maintenant ?

— Je peux entrer ?

— Je prends mon petit-déjeuner.

— Vous pouvez parler en mangeant, non ?

— Faites chier.

Trevor se détourna et s'engagea dans le couloir, disparaissant de la vue.

— Fermez la porte derrière vous pour ne pas faire entrer les mouches. Ils ont épandu du fumier dans le champ d'en face hier.

Gavin entra et, après avoir refermé la porte, il passa devant une rangée de manteaux et de vestes accrochés à une patère, au-dessus d'un tas de chaussures et de bottes de travail en désordre. Il suivit Trevor dans une cuisine sombre qui donnait sur un jardin mal entretenu, lui-même adossé à un champ fraîchement labouré. La porte du jardin était fermement close, tout comme la fenêtre au-dessus de l'évier, et il s'arrêta à côté d'une cuisinière aux plaques de cuisson tachetées de graisse, tandis que Trevor, adossé à l'évier, enfournait le reste de son bol de céréales.

— Alors, qu'est-ce que vous voulez ? demanda l'homme. Et parlez moins fort. Si vous réveillez les gosses, ma femme va me casser les oreilles.

— Vous avez déjà reçu les résultats du laboratoire concernant les lianes de houblon qui ont été empoisonnées ?

Trevor déglutit, puis posa le bol dans l'évier et fit couler l'eau dedans.

— Non. J'allais les relancer vendredi, mais nous avons quatre jours de retard sur la récolte et c'était la priorité. Remarquez, ce n'est peut-être pas un empoisonnement… Ça pourrait juste être des pucerons ou quelque chose du genre.

Gavin attendit que l'homme se retourne de nouveau vers lui.

— Depuis combien de temps est-ce que vous travaillez dans ce secteur, monsieur Leavitt ?

— Environ quinze ans.

— Et qu'est-ce que vous faisiez dans l'armée, avant cela ?

Trevor haussa un sourcil.

—Comment—

— C'est Justin qui nous l'a dit.

— Ce ne sont pas vos affaires, mais je participais à des missions de reconnaissance à l'étranger.

Trevor croisa les bras sur sa poitrine.

— Et je ne vous en dirai pas plus. Secret-défense, tout ça.

— Pas de problème. Qui a signalé l'empoisonnement ?

— Ce n'est pas forcément… Laissez tomber. C'est moi. J'inspecte les treillages deux ou trois fois par semaine, tout comme Justin. Quand j'ai vu ce qui était arrivé, je suis retourné à la ferme, j'ai pris ma trousse d'analyse du sol et j'ai prélevé des échantillons. Ils ont été envoyés au laboratoire le jour même.

— Quel laboratoire ? demanda Gavin, avant de noter les informations que l'autre homme lui fournissait. En quinze ans dans l'industrie du houblon, est-ce que vous avez déjà vu des lianes dans cet état ?

— Une ou deux fois.

— Et qu'est-ce qui avait causé les dégâts ces autres fois ?

— Je ne sais pas.

Trevor haussa les épaules.

— Je débutais dans le métier à l'époque et je travaillais pour quelqu'un d'autre. Ça aurait pu être des insectes ou un sol pauvre. L'agriculture n'est pas une science exacte, détective Piper.

Gavin tira de sa poche une copie de la photo de Dean Spencer et la tourna pour la montrer à l'autre homme.

— Vous le reconnaissez ?

— Non, je l'ai dit au flic qui m'a interrogé mardi, et la même chose à votre chef quand elle m'a montré cette photo jeudi, dit Trevor. Et je n'ai aucune idée de la raison pour laquelle il a été tué à la ferme.

— Gloria nous a informés que Dean faisait partie d'un groupe de quatre hommes qui ont visité la ferme pour l'une des visites de la houblonnière cet été. Une visite que vous avez menée, monsieur Leavitt.

— Je fais visiter les lieux à beaucoup de gens. Est-ce qu'elle vous a aussi dit combien de visiteurs nous avons eus à la ferme cet été ? Je ne peux pas me souvenir de tout le monde.

— Apparemment, lui et ses amis étaient mémorables parce qu'ils sont arrivés saouls, dit Gavin. En fait, Gloria a dit qu'ils étaient si perturbateurs que Dean a ressenti le besoin de s'excuser pour leur comportement une fois la visite terminée.

Trevor leva les mains en signe de dénégation.

— On voit de tout. Comme je vous l'ai dit, je ne me souviens pas de lui.

— Où étiez-vous dimanche dernier, monsieur Leavitt, entre dix-huit heures et quatre heures du matin ?

— Pardon ?

— Répondez à la question, s'il vous plaît.

— J'étais sorti, avec ma femme et les enfants. On les a emmenés à la piscine, puis on est allés manger une pizza. On est rentrés vers dix-neuf heures et on n'a pas bougé de la soirée.

— Et votre femme vous fournira un alibi ?

Trevor fronça les sourcils.

— Bien sûr qu'elle le fera.

— Elle est ici ?

— Elle est infirmière. Elle est au travail depuis minuit et elle ne va pas rentrer avant quelques heures.

— Vous avez des problèmes avec Justin et Cassandra Mallory ?

— Comme quoi ?

— Quoi que ce soit. Des problèmes au travail avec eux dont je devrais être au courant ?

— Non.

— Qu'est-ce que vous pensez de la plainte pour préjudice corporel de Roland Hammerton ?

— Je pense qu'il va un peu loin, ricana Trevor. Cet homme n'obtiendra pas gain de cause et il s'est tiré une balle dans le pied. Il ne retrouvera plus jamais de travail agricole dans le coin avec une réputation pareille.

— Et Joseph Mallory ?

— Qu'est-ce qu'il y a avec lui ?

— J'ai cru comprendre qu'il avait la réputation d'être difficile quand il gérait la ferme. Est-ce que vous avez eu des problèmes en travaillant avec lui ?

— Pas que je me souvienne, non.

Gavin referma son carnet d'un coup sec et lui tendit une carte de visite.

— Demandez à votre femme de m'appeler quand elle

rentrera, s'il vous plaît, monsieur Leavitt. Et gardez à l'esprit que je vais corroborer vos déclarations auprès du centre de loisirs et de la pizzeria.

— Peu importe, ricana Trevor. Je vais vous raccompagner.

Gavin marcha devant l'autre homme et jeta un œil aux photographies encadrées sur le mur du couloir en passant. Il y avait une sélection d'images montrant les deux enfants au fil des ans, deux photos datant de l'époque où Trevor était dans l'armée – une de lui en uniforme lors d'une cérémonie et une autre où il était en tenue de camouflage complète, posant à côté d'un collègue quelque part dans la jungle – et enfin une de lui et de sa femme lors d'un anniversaire de mariage.

En arrivant à la porte d'entrée, son regard tomba sur les vestes suspendues aux patères et il fronça les sourcils, s'arrêtant un instant avant de saisir le loquet.

— Merci pour votre temps, monsieur Leavitt, dit-il. N'oubliez pas de demander à votre femme de m'appeler.

— Je vous dis la vérité, détective, dit Trevor en baissant la voix. Et elle me soutiendra.

Gavin ne dit rien et se dépêcha de retourner à sa voiture, le cœur battant.

Trevor Leavitt mentait et il venait de trouver un moyen de le prouver.

CHAPITRE 36

Kay tenait une pile de dossiers sous le bras et un gobelet de café à emporter à la main en traversant d'un pas décidé le parking du commissariat en direction de la porte arrière.

L'air était vif, la météo prévoyant de la pluie pour la semaine à venir, et elle frissonna lorsqu'une rafale de vent s'engouffra dans ses cheveux et souleva sa veste.

Un agent en uniforme terminait sa cigarette lorsque Kay s'approcha. Il l'écrasa et passa son badge de sécurité sur le lecteur avant de lui tenir la porte.

— Bonjour, chef.

— Merci. Je me demandais comment j'allais faire avec tout ça dans les bras.

— Des nouvelles, chef ? demanda le jeune agent, le regard plein d'espoir.

— Pas encore.

Kay se força à sourire.

— Mais je ne suis pas du genre à abandonner.

— On compte sur vous, chef. Passez une bonne journée.

— Bon service à vous, et merci encore.

Elle le laissa se diriger vers la zone de garde à vue tandis qu'elle montait les escaliers vers la salle des opérations, et elle aperçut une silhouette familière en haut des marches en arrivant au premier palier.

— Kyle, tiens-moi la porte, s'il te plaît.

L'enquêteur fronça les sourcils lorsqu'elle le rejoignit.

— Tu as ramené tout ça chez toi hier soir ?

— C'était le seul moyen de finir les rapports de ce mois-ci à temps.

— À quelle heure est-ce que tu es partie ? demanda-t-il en la suivant dans le couloir après avoir franchi la porte.

— Vingt heures trente.

— Et je parie que c'est uniquement parce qu'Adam t'a appelée pour te dire qu'il servait le dîner.

Elle sourit.

— Il a fait des lasagnes. Je ne pouvais pas refuser, n'est-ce pas ?

Kyle leva les yeux au ciel en guise de réponse.

— Si l'un d'entre nous travaillait autant que toi, tu nous passerais un savon.

— Je sais, mais au final, Dean est sous ma responsabilité. Quelques journées à rallonge ne vont pas me tuer.

Il n'avait pas l'air convaincu, mais il eut la décence de garder le silence alors qu'ils entraient dans la salle des opérations.

Kay posa les dossiers sur le bureau de Debbie pour que la responsable des scellés s'en occupe à sa prise de service, puis elle se tourna pour traverser la pièce en direction des bureaux des détectives.

— Chef.

— Oh.

Elle sursauta en rentrant de plein fouet dans Gavin et se renversa du café tiède sur la main.

— Tu m'as fait peur.

— Désolé.

Ses yeux s'écarquillèrent.

— C'était chaud ?

— Pas vraiment. Ce n'est rien.

Kay fronça les sourcils.

— Quand est-ce que tu es arrivé ?

— Il y a environ une heure.

Elle regarda sa montre.

— Il est à peine sept heures et demie.

— Je n'arrivais pas à dormir.

Il vit son expression et leva les mains en reculant vers sa chaise avant de s'asseoir.

— Ce n'est rien. C'est juste que j'ai eu une idée et je me suis dit que je pouvais aussi bien commencer pour voir si j'étais sur une piste, et puis j'ai appris pour Trevor, et j'allais parler à quelques autres ouvriers agricoles pour voir ce qu'ils savaient, mais je me suis dit que j'allais d'abord passer ici pour te mettre au courant.

Kay jeta un coup d'œil à la canette de boisson énergisante sur son bureau et haussa un sourcil.

— Tu en as bu quelques-unes, non ?

— Quoi ? Non, c'est juste que… bon, oui, j'en ai bu deux. Et quelques cafés. Mais je suis allé parler à Trevor

Leavitt ce matin. Chez lui, avant qu'il ne parte pour la ferme.

— Bon sang. C'était à quelle heure ?

— Euh, cinq heures et demie, mais ça va parce que Leanne venait de rentrer du travail et je savais qu'il fallait que je voie Trevor avant qu'il ne parte au travail, je ne voulais pas lui parler en présence de Justin Mallory ou des autres.

— D'accord…

— Et je suis arrivé juste au moment où il prenait son petit-déjeuner.

— Ok.

Kay croisa les bras sur sa poitrine et s'adossa au bureau de Laura.

— Alors, qu'est-ce qui a motivé cette visite ?

— Alors, tout d'abord, j'y suis allé parce que j'ai relu les notes d'Ian sur votre conversation avec Trevor et Justin jeudi, et il m'a semblé qu'ils esquivaient tous les deux vos questions sur le houblon que vous avez trouvé et qui semblait avoir été empoisonné. Ils ont dit… dit-il, avant de consulter ses notes, … qu'ils « examinaient le problème ».

— Et comme Cassandra nous a interrompus pour nous parler de la plainte pour préjudice corporel de Roland Hammerton, nous n'avons pas eu l'occasion de creuser, dit Kay. Très bien. Tu es donc allé parler à Trevor. Qu'est-ce qui te met dans un tel état d'excitation ? À part la surcharge de sucre, bien sûr.

— Tu te souviens du bouton que l'équipe de Harriet a trouvé dans la houblonnière où Dean a été tué ? Il y a une veste accrochée à un portemanteau dans l'entrée de Trevor avec exactement les mêmes boutons.

Gavin sourit.

— Et il en manque un.

Le cœur de Kay fit un bond.

— Vraiment ?

— Je n'ai pas pu regarder de plus près sans qu'il me voie, mais les boutons ont un design vraiment particulier. La veste est vieille, un peu comme une parka trois-quarts, et bleu foncé. Parfaite pour être portée la nuit si on ne veut pas être vu.

— Bon sang, Gav.

Kay jeta un coup d'œil par-dessus son épaule et vit Kyle qui sortait de la petite kitchenette attenante à la salle des opérations.

— Eh, Kyle… il vient de nous trouver notre percée.

Le jeune enquêteur s'approcha en hâte.

— Qui donc ?

— Trevor Leavitt, répondit Gavin.

Il pivota sur sa chaise pour faire face à son écran d'ordinateur, écarta sa canette de boisson énergisante et agita sa souris pour sortir l'écran de veille avant de pointer son index sur les fenêtres ouvertes.

— J'espère que ça ne te dérange pas, chef, mais je savais que le temps était compté, alors j'ai envoyé un email à Sharp pour lui demander s'il avait d'anciens contacts dans l'armée qui pourraient nous aider à découvrir ce que Leavitt faisait exactement quand il était engagé. Trevor m'a dit qu'il travaillait dans la reconnaissance, mais il n'a rien voulu dire de plus, en invoquant le secret défense.

Les épaules de Kay se détendirent un peu tandis que l'enquêteur parlait, elle entendait en lui le même enthousiasme qui l'avait animée pendant toutes ces années, et elle se contenta de le laisser savourer son succès.

— Et ses antécédents ? Il y a quelque chose ?

— Non, le casier de Leavitt est vierge, chef. Et je viens de parler à sa femme qui confirme leur version selon laquelle ils sont sortis avec leurs enfants jusqu'à sept heures dimanche dernier, et elle a dit qu'ils sont tous restés à la maison le reste de la soirée. Elle a ajouté qu'il est parti travailler à six heures comme d'habitude le lendemain matin.

Gavin se retourna vers elle.

— Je vais demander les images de vidéosurveillance du centre de loisirs où ils disent être allés nager dimanche après-midi, ainsi que de la pizzeria où ils ont emmené leurs enfants. Leavitt a dit qu'il n'avait aucun souvenir de Dean lors de sa visite à la ferme avec ses amis pour cette tournée des houblonnières dont Gloria a parlé, et il a dit qu'il ne se souvenait pas de l'incident, mais je recommanderais sans hésiter de le faire venir au poste sur la base de la veste et de la faire analyser tout de suite, pour voir s'il y a une trace du sang de Dean dessus.

Kyle eut un petit rire, puis fit un clin d'œil à Kay, qui réprima un sourire.

— Tu sais quoi, Gav, dit-elle en ramassant la canette de boisson énergisante maintenant vide et en la jetant dans la poubelle la plus proche, on va d'abord te faire manger un morceau pour éponger un peu tout ça, et *ensuite,* on fera venir Trevor pour l'interroger. Pour l'instant, le matériel d'enregistrement ne pourra pas te suivre, au rythme auquel tu parles.

CHAPITRE 37

Ian Barnes entra dans la salle des opérations à sept heures cinquante-cinq, pour y trouver Gavin à son bureau, en train d'engloutir un sandwich au bacon et aux œufs, une bouteille d'eau ouverte posée près de son clavier.

À côté, il y avait un autre emballage graisseux roulé en boule, et l'odeur emplissait la pièce, faisant gargouiller son estomac malgré, ou peut-être à cause du bol de granola et de fruits qu'il avait mangé une demi-heure plus tôt.

Assis à son bureau, en face de l'enquêteur, il haussa un sourcil.

— C'était la journée des jambes à la salle de sport, c'est ça ?

— Non, dit Kay en s'approchant, une pile de programmes de briefing à la main, avant de lui en tendre un. Il y en a un qui carbure à la caféine et qui a une chance de cocu après nous avoir trouvé la percée qu'on attendait.

Barnes regarda Gavin.

— Vraiment ? Qui ça ?

— Trevor Leavitt, répondit-il, puis il se lécha les doigts, les essuya sur une serviette en papier et jeta ses déchets dans la corbeille sous son bureau avant d'expliquer ce qu'il avait fait aux petites heures du matin.

Quand il eut fini, Barnes vit Kay observer le jeune enquêteur avec un léger sourire.

— Il a fait du chemin, chef, tu ne trouves pas ? À ce rythme-là, on va devoir le laisser sortir seul plus souvent.

Elle rit tandis que Gavin jurait gentiment dans sa barbe, puis elle reprit son sérieux.

— Bon, je crois que la caféine est assez retombée. Tu penses que Trevor s'est rendu compte que tu avais repéré la veste ?

— Non, je ne crois pas, répondit Gavin. Il était surtout concentré sur le fait de se préparer pour le travail et de s'assurer que ses enfants ne se réveillent pas avant que sa femme rentre de l'hôpital où elle travaille, et j'ai fait attention de ne pas réagir devant lui. J'ai aussi réfléchi à des stratégies d'interrogatoire en mangeant. Je pense qu'on devrait envoyer une patrouille le chercher et le ramener ici, et saisir la veste en même temps pour la déposer aux pièces à conviction.

— Tu ne veux pas être celui qui l'arrête ? demanda Barnes, surpris.

Gavin secoua la tête.

— Je veux être celui qui l'interroge. Je ne veux pas lui donner l'occasion d'essayer de m'expliquer quoi que ce soit avant ça, même s'il comprend ses droits.

Barnes hocha la tête.

— Ça se tient.

— À ce propos, Ian, intervint Kay, même si j'aimerais être là, j'ai besoin que tu fasses l'interrogatoire avec Gav. Sharp a téléphoné juste avant que tu n'arrives et on m'a demandé d'aller à Gravesend. Je ne peux pas y couper : ils tiennent une conférence de presse à dix heures pour parler du meurtre de Dean et on aura besoin d'un peu de temps pour revoir le plan avec l'équipe des relations médias. Qu'est-ce que tu avais d'autre de prévu ce matin ?

— Je n'ai pas encore reçu les relevés téléphoniques de Dean, ils devraient arriver dans la matinée d'après son opérateur, donc j'allais commencer à éplucher les notes de Laura sur Joseph Mallory pour voir s'il a des antécédents de violence ou autre.

Il regarda Gavin.

— Mais il est plus logique d'attendre de voir ce que Leavitt a à dire pour sa défense d'abord. Si la théorie de Harriet est juste, qu'il a fallu trois personnes pour suspendre Dean à ces lianes, alors peut-être que Leavitt donnera les noms plutôt que d'endosser toute la responsabilité.

— Croisons les doigts, dit Gavin en vérifiant l'heure sur son téléphone. J'attends que le centre de loisirs ouvre d'une minute à l'autre pour demander leurs enregistrements de vidéosurveillance, mais j'essaie toujours de trouver un numéro pour le gérant de la pizzeria. Je préférerais ne pas attendre qu'ils ouvrent à midi pour parler à quelqu'un.

— Attendre les enregistrements de vidéosurveillance ne devrait pas retarder l'interrogatoire de Trevor, conseilla Kay. Tu peux le garder en détention sans inculpation jusqu'à trente-six heures si Sharp approuve le délai supplémentaire, et je ne le vois pas avoir de problème avec ça si tu en as besoin. Si on a besoin de plus de temps, il faudra l'approbation d'un juge. Ian, pourquoi tu n'appellerais pas le centre de loisirs pendant que Gav s'occupe de l'arrestation et des enregistrements du restaurant ?

— Pas de problème, dit Barnes en lui faisant un clin d'œil. Et si Leavitt doit poireauter dans une cellule pendant quelques heures pendant qu'on fait ça, ça lui laissera le temps de réfléchir à son avenir, non ?

Dix minutes plus tard, Kay était partie pour sa réunion au quartier général et Barnes était à son bureau, son téléphone à l'oreille tandis qu'il écoutait la réponse automatique du centre de loisirs et qu'il avançait parmi les différentes options en espérant atteindre quelqu'un à l'accueil.

Une femme répondit au bout de sa troisième tentative, sa voix claire et amicale.

— Ici Wendy. Comment puis-je vous aider ?

— Inspecteur Ian Barnes de la police du Kent, dit-il. J'aimerais parler à quelqu'un, s'il vous plaît, au sujet de l'obtention de vos enregistrements de vidéosurveillance. Qui est la meilleure personne à laquelle m'adresser ?

— Oh.

Il entendit les ongles de Wendy taper sur un clavier, puis :

— Ce serait notre responsable de service, Harvey Melton. Mais il est en train de vérifier les niveaux de chlore dans la piscine en ce moment. Vous voulez laisser un message ?

— Oui, s'il vous plaît, dit Barnes en se levant et en ramassant ses clés de voiture. Dites-lui que je serai là dans vingt minutes.

———

Barnes attendit au niveau de la barrière du parking du centre de loisirs, tapotant du doigt sur le volant tandis qu'un voyant vert à côté de la barrière se mettait à clignoter, et il regarda la caméra sur le poteau de la barrière pendant que celle-ci se levait. Il trouva une place de parking près de l'entrée principale du centre de loisirs et se dirigea vers les doubles portes en verre. À l'intérieur, il se retrouva dans un hall d'accueil qui proposait une boutique vendant une sélection de vêtements de sport et une machine à café en libre-service.

Il y avait un homme et une femme derrière un comptoir d'accueil blanc brillant, tous deux vêtus de polos de la couleur emblématique du groupe de loisirs avec le logo du centre brodé en fil d'or au-dessus de la poche de poitrine gauche. La femme lorgna son costume et lui adressa un sourire méfiant.

— Détective Barnes ? Je suis Wendy, nous nous sommes parlé au téléphone.

Elle désigna l'homme qui approchait de la trentaine à côté d'elle.

— Voici Harvey, le gérant.

L'homme tendit la main, le menton en avant, couvert d'une barbe châtain clair taillée court. Son corps ressemblait à un triangle inversé disgracieux, avec des épaules larges et une taille fine, et Barnes se demanda pour la énième fois pourquoi certains hommes préféraient le développé couché à un entraînement de force complet.

— J'espère que je ne vous dérange pas trop, dit-il.

— Pas du tout, répondit Harvey.

Il désigna d'un geste la baie vitrée intérieure qui donnait sur la piscine, puis un escalier menant à la salle de sport.

— Comme vous pouvez le voir, c'est calme en ce moment. En quoi puis-je vous aider ?

— J'aurais quelques questions, et j'aimerais que cela reste confidentiel, si possible.

Barnes se tourna vers Wendy.

— Est-ce que vous pouvez me confirmer si vous avez un abonnement au nom de Trevor Leavitt dans votre système ?

Elle se tourna vers l'écran et, après quelques clics de souris, secoua la tête.

— Il n'y a personne à ce nom, désolée.

— Et pour les transactions par carte ? Est-ce que vous en gardez une trace ?

— Seulement les quatre derniers chiffres.

— Vous pourriez me sortir une liste des transactions de dimanche dernier, entre midi et l'heure de la fermeture, s'il vous plaît ?

— Bien sûr, pas de problème.

— Merci.

Il se tourna de nouveau vers Harvey.

— Si je ne me trompe pas, vous utilisez un système de reconnaissance automatique des plaques d'immatriculation sur votre parking ?

— Oui. D'ailleurs, il va vous falloir ceci pour sortir, dit

le gérant en lui tendant un coupon en papier avec un code, qu'il prit dans un panier sur le comptoir, tout en montrant une tablette à côté. Vous y entrez votre numéro d'immatriculation, et si vous êtes membre, vous ne payez pas le stationnement. Si vous ne l'êtes pas, ça vous dit combien vous devez, selon le temps que vous êtes resté. Vous avez un laissez-passer invité, donc vous ne payez pas. Nous enregistrons tout dans notre système.

— Vous pourriez vérifier si cette plaque d'immatriculation était là dimanche dernier ?

Barnes lut à voix haute la plaque de Trevor Leavitt et attendit pendant que Wendy se décalait pour que Harvey puisse utiliser l'ordinateur.

Après quelques minutes, le gérant secoua la tête.

— Désolé, il n'y a rien qui corresponde ici. Mais si nous étions au complet, il se serait peut-être garé dans la rue. Ça arrive parfois.

— Il n'y avait pas foule dimanche dernier, dit Wendy. J'étais là et il y avait plein de places de parking de libres. Mais s'il est venu à pied ou à vélo, nous n'aurions de toute façon aucune trace de lui.

— Ok, et pour vos caméras de sécurité ? suggéra Barnes en désignant celle au-dessus du comptoir de la réception et une autre qui faisait face aux portes d'entrée. Est-ce que je pourrais avoir des copies de ces enregistrements, s'il vous plaît ?

— Pas de problème, répondit Harvey.

Il prit la clé USB que Barnes lui tendait.

— C'est à quel sujet, au fait ?

Barnes attendit que le gérant ait fini de copier le fichier, puis il glissa la clé USB dans la poche de sa chemise et donna à l'homme l'une de ses cartes de visite.

— Une enquête pour meurtre. Il est possible que nous ayons besoin de vous entendre formellement en tant que témoins, alors est-ce que vous pourriez me donner vos coordonnées complètes, s'il vous plaît ?

CHAPITRE 38

Kyle Walker parcourait les documents étalés sur son bureau, son carnet ouvert à côté de lui, une nouvelle page déjà à moitié remplie d'une liste à puces qui s'allongeait de façon exponentielle.

Une mare de soleil éclatant s'étalait sur la moquette à côté de lui, les rayons s'échappant par les interstices des stores qu'il avait baissés pour protéger son écran d'ordinateur. Derrière lui, deux agents en uniforme regardaient un écran de télévision fixé au mur, branché sur la conférence de presse qui allait commencer au quartier général, et leurs commentaires marmonnés sur Aspley et ses acolytes du *Kentish Times* n'avaient rien de flatteur.

En entrant dans la salle des opérations quarante minutes plus tôt, Gavin l'avait coincé pour lui annoncer que Trevor Leavitt allait être amené pour un interrogatoire formel, et il l'avait chargé d'examiner toutes les dépositions des propriétaires et employés de la ferme.

— Qu'est-ce que je cherche ? avait-il demandé.

— Tout ce qui peut relier Leavitt à Dean Spencer, en

dehors du bouton de veste, avait été la réponse. On sait que Dean a participé à l'une des visites de la houblonnière gérées par Trevor, mais on n'a pas de mobile. Si tu as des idées, je suis preneur.

Kyle fit craquer son cou et reporta son attention sur son écran d'ordinateur. Les profils des réseaux sociaux de Leavitt et de Dean y étaient affichés côte à côte, et il alternait entre les deux, remontant le fil des années pour voir si les deux hommes apparaissaient ensemble à un moment donné.

Jusqu'à présent, la recherche s'était avérée frustrante et n'avait donné aucun résultat malgré le temps passé.

— Mais pourquoi diable est-ce qu'il l'a tué ? marmonna Kyle.

Il leva les yeux de son écran lorsque Barnes entra dans la salle des opérations et lui fit un signe de la main.

— Chef, Gavin vient de descendre pour accueillir l'avocat de Leavitt. Il m'a demandé d'assister à l'interrogatoire depuis la salle d'observation, au cas où tu aurais besoin de quelque chose. Voici la stratégie d'interrogatoire que nous avons établie.

— Ok, très bien.

Barnes laissa tomber ses clés de voiture sur le bureau et prit le dossier cartonné que Kyle lui tendait, pour en parcourir le contenu du regard.

— Qu'est-ce que tu en penses ?

Kyle désigna les dépositions.

— Je ne trouve rien qui relie les deux hommes, à l'exception de la visite de la houblonnière. Gloria a dit à Laura que Dean était là avec trois amis, qui, selon elle, avaient déjà bu avant d'arriver, mais il a pris le temps de s'excuser pour leur comportement à la fin de la visite. Rien ici n'indique qu'il y ait eu un problème entre lui et Trevor à ce moment-là, et je ne trouve aucune connexion entre eux sur les réseaux sociaux avant cette date. Donc, avant le jour de la visite de la houblonnière, je ne pense pas qu'ils se connaissaient.

Il marqua une pause alors que Gavin apparaissait à la porte et se dirigeait vers eux.

— Tout va bien ?

— On est prêts en bas. Ian, ça te va si on commence dans cinq minutes ?

— Ça me semble parfait.

— Désolé, je n'ai rien trouvé pour vous aider, dit Kyle.

— Ne t'en fais pas, on verra ça pendant l'interrogatoire.

Gavin regarda Kyle et lui adressa un sourire carnassier.

— Garde un œil sur les réactions de Leavitt et dis-moi si tu penses qu'il y a quelque chose qu'on devrait lui demander. On est à trois contre un, alors allons trouver des réponses.

———

Kyle était assis face à un écran d'ordinateur et écoutait Barnes et Gavin qui, après s'être arrêtés devant la salle d'observation, discutaient des derniers détails de leur stratégie d'interrogatoire.

Sur l'écran, il regardait Trevor Leavitt et un homme en costume sombre converser, la tête penchée l'un vers l'autre, tandis que le visage de l'avocat restait grave. Il n'y avait pas encore de son – il resterait coupé jusqu'au début de l'interrogatoire formel pour préserver l'intimité des deux hommes et respecter les exigences légales, mais la conversation semblait animée.

Leavitt portait un jean bleu et un polo blanc avec le logo d'une marque sur le côté gauche. Ses bras bronzés arboraient un tatouage sur le biceps droit et une grosse montre de sport au poignet gauche. Il parlait avec les mains et secouait la tête de temps en temps en écoutant son conseiller juridique.

Kyle jeta un coup d'œil par-dessus son épaule.

— Comment s'appelle l'avocat ?

— Bernard Crossley, répondit Gavin en tendant deux sacs de preuves à Barnes avant d'ouvrir le dossier cartonné dans lequel il avait compilé toutes ses notes et de disposer les photographies qu'il avait choisies sur le dessus. C'est un spécialiste du droit pénal local qui s'est assis plus d'une fois sur cette chaise au fil des ans.

— Il n'a pas l'air ravi d'être là, non plus, dit Barnes.

— Tant mieux, répondit Gavin.

Puis il héla Kyle.

— Tu es prêt ici ?

— Prêt à démarrer, répondit-il. J'activerai le son une fois que vous serez dans la pièce. Vous vous attendez à des problèmes avec Leavitt ?

— Je pense que ça devrait aller.

— Ok alors, bonne chance.

Quelques secondes plus tard, Gavin et Barnes apparurent à l'écran et Kyle actionna les commandes de volume jusqu'à ce qu'il entende leurs chaises grincer sur le sol alors qu'ils s'asseyaient en face de Leavitt et de son avocat.

Gavin mit en marche le matériel d'enregistrement avant d'énoncer la mise en garde formelle et de demander aux deux hommes de se présenter, puis il joignit les mains sur son dossier cartonné contenant ses notes et regarda Trevor Leavitt.

— Monsieur Leavitt, lorsque je vous ai parlé plus tôt aujourd'hui, vous avez maintenu que vous n'aviez rien à voir avec le meurtre de Dean Spencer. Y a-t-il quelque chose dans cette déclaration que vous aimeriez changer ou retirer à présent ?

— Non.

La réponse de Leavitt fut catégorique et Kyle vit Barnes lever les yeux de son carnet et lancer un regard sévère à l'homme.

— Parlez-nous des visites de la ferme, dit Gavin. Qui a eu l'idée que ce soit vous qui vous en chargiez ?

— Moi. C'est Justin le plus qualifié pour s'en occuper, évidemment, mais il est trop pris par l'aspect commercial pour faire les visites lui-même.

— Je croyais que vous étiez le gérant de la ferme. Qu'est-ce qui occupe Justin ?

— Je gère le fonctionnement quotidien de la ferme, mais lui doit s'occuper de toute la paperasse qui va avec, ainsi que de l'aspect financier. Cassandra est douée, elle s'occupe de toute la comptabilité et des salaires, ce genre de choses, mais c'est Justin qui a le contrôle général du budget et du paiement des fournisseurs.

— Ça vous plaît de faire les visites ?

— Oui, la plupart du temps. Parfois, c'est du boulot.

— Comme quand les visiteurs sont ivres ?

Trevor referma la bouche d'un coup sec et son avocat se pencha en avant.

— Où est-ce que vous voulez en venir avec cette question, détective ?

— J'aimerais comprendre ce que votre client pense des comportements perturbateurs, dit Gavin. Surtout étant donné que de l'alcool est vendu et consommé sur place.

— Ça va, la plupart du temps, répondit Trevor après un léger signe de tête de Bernard Crossley. On a dû en calmer un ou deux et on n'a raccompagné qu'une seule personne à la sortie depuis qu'on a commencé. Parlez à n'importe quel vignoble du Weald et ils vous diront la même chose.

— Est-ce que Dean Spencer était ivre quand vous lui avez fait visiter la ferme avec ses amis ?

— Je ne m'en souviens pas. Je ne me souviens pas de *lui*, pour être honnête.

Trevor s'adossa à son siège.

— En été, on fait deux visites par jour ainsi que des réceptions d'entreprise et des soirées privées. Avec tout ce qu'il y a à faire pour être prêts pour les vendanges, vous ne pouvez pas vous attendre à ce que je me souvienne d'un type parmi tant d'autres.

— Le centre de loisirs où vous avez dit être allé avec votre famille dimanche en fin d'après-midi n'a aucune trace de votre passage, continua Barnes. Vous voulez bien nous expliquer pourquoi ?

Le visage de Trevor se durcit.

— Tout le monde n'a pas les moyens de s'offrir un abonnement.

— Votre véhicule n'a été enregistré ni à l'entrée ni à la sortie du parking.

— Le tarif est trop élevé si on n'est pas membre. On s'est garés au coin de la rue.

— À côté d'une route principale, avec deux jeunes enfants et tout ce qu'il faut transporter pour eux ? demanda Barnes.

— Ils utilisent leur propre sac à dos pour leurs affaires de piscine et leurs serviettes, répondit Trevor avec une note de fierté dans la voix. Ils aiment être autonomes. Vous devriez les voir quand on va camper. Rien ne les arrête.

— Comment avez-vous payé votre entrée ? demanda Gavin.

— En espèces.

— C'est inhabituel de nos jours.

— On a vendu de vieux meubles en ligne. Demandez à ma femme. Les acheteurs nous ont payés en liquide, ce qu'on n'utilise pas d'habitude, alors on s'en sert pour nos sorties pour s'en débarrasser.

Kyle vit Barnes se pencher pour prendre le plus volumineux des sacs de preuves qu'il avait posés à ses pieds et le mettre sur la table.

— Pour les besoins de l'enregistrement, l'inspecteur Barnes montre à M. Leavitt une veste de couleur foncée qui a été trouvée à son domicile, dit Gavin. Vous la reconnaissez ?

Trevor croisa les bras sur sa poitrine.

— Oui.

— À qui appartient-elle ?

— À moi.

— Depuis combien de temps est-ce que vous l'avez ?

— Une éternité. Je l'ai achetée dans un magasin de

camping à Tunbridge Wells. Je ne me souviens plus du nom, je crois qu'il n'existe plus.

— Vous la portez pour aller au travail ?

— Non. Pourquoi je ferais ça ?

Barnes posa ensuite le second sac sur la table.

— Il semble qu'il manque un bouton à votre veste, M. Leavitt. Est-ce que vous pouvez nous dire ce que celui-ci faisait dans le coin du champ de houblon où le corps de Dean Spencer a été retrouvé ?

Kyle regarda l'attitude de Leavitt changer complètement. Son corps s'affaissa sur la chaise et son expression belliqueuse fit place à la peur.

— J'aimerais parler à mon avocat en privé, réussit-il à dire.

— Comme vous voudrez.

Gavin nota l'heure pour l'enregistrement, puis ramassa les deux sacs de preuves et le dossier avant de suivre Barnes hors de la pièce.

Kyle pivota sur son siège et se précipita dans le couloir au moment où ils refermaient la porte de la salle d'interrogatoire, et il sourit en faisant un check du poing avec Gavin.

— On le tient, dit Kyle. Putain, on le tient.

— Peut-être, répondit Barnes. Mais il y avait au moins deux autres personnes dans ce champ avec lui et Dean, et on ne sait toujours pas pourquoi. On a encore du chemin à faire avant de crier victoire.

CHAPITRE 39

— Chef, nous sommes arrivées.

Kay se redressa brusquement et regarda à travers le pare-brise l'immeuble de Dean Spencer, puis elle rougit en jetant un coup d'œil à Laura qui ouvrait sa portière.

— Bon sang, j'ai dormi combien de temps ?

L'enquêteuse lui adressa un sourire rassurant.

— Seulement cinq minutes. Mais tu avais l'air épuisée après la conférence de presse. Ne t'inquiète pas, je ne compte pas le dire aux autres. Adam a été d'astreinte aussi cette semaine, non ?

— Oui.

Kay se frotta les yeux, fatiguée, puis abaissa le miroir de courtoisie pour vérifier son maquillage avant de pousser un soupir.

— Et tu as raison, les vautours étaient en grande forme aujourd'hui.

Elle sortit de la voiture et suivit Laura jusqu'à l'entrée de l'immeuble, puis la précéda dans les escaliers.

— Et merci d'avoir proposé de conduire.

— Pas de problème, chef. Je me suis dit que si tu devais y aller, autant que je passe voir si Andy Grey avait progressé avec toutes les vidéos de surveillance qu'on lui a envoyées.

— Et c'est le cas ?

Laura fit la grimace.

— Non, malheureusement. Son équipe et lui ont essayé d'agrandir la vidéo que nous a donnée Warner Knowles, celle de la camionnette qui passe devant son magasin ce vendredi-là, mais l'image s'est pixellisée avant qu'il ne puisse distinguer le moindre visage.

— Bon sang.

— On pourrait encore trouver quelque chose, chef, surtout avec Trevor Leavitt en garde à vue. Une fois qu'on aura ses relevés téléphoniques, on pourra voir qui d'autre est impliqué, n'est-ce pas ?

— J'espère bien, bon sang. Je me serais bien passée d'aller au quartier général aujourd'hui, de tous les jours.

Kay sortit son téléphone de son sac pour vérifier ses messages.

— Toujours rien de Gavin ou d'Ian, non plus.

Laura s'arrêta sur le palier.

— Est-ce que Gavin va nous quitter ?

— Pas si je peux l'en empêcher.

Kay fronça les sourcils.

— Pourquoi, qu'est-ce que tu as entendu ?

— Rien du tout. C'est juste que tu lui as demandé d'interroger Trevor Leavitt. Je pensais que tu leur aurais demandé, à lui et à Ian, de patienter jusqu'à ton retour de la conférence de presse pour que tu puisses t'en charger.

Kay expira, soulagée.

— J'ai cru que tu allais m'annoncer une mauvaise nouvelle. C'est déjà assez pénible que Harry ait été persuadé de prendre une retraite anticipée sans que quelqu'un me débauche mes enquêteurs. Le fait est que, à l'exception de Kyle qui a juste besoin de plus d'expérience, vous êtes tous capables d'interroger des suspects. Oui, j'ai vraiment envie d'être là, mais vous n'allez jamais apprendre si c'est constamment moi qui fais toutes les choses intéressantes, pas vrai ?

Laura sourit.

— Et c'est pour ça que j'adore travailler dans cette équipe, chef.

— Bien. Et si tu entends des rumeurs sur le départ de qui que ce soit, tu me le dis, d'accord ? Le quartier général adorerait avoir l'occasion de mettre la main sur n'importe lequel d'entre vous.

Elle sortit de son sac les clés de l'appartement de Dean et tendit à Laura une paire de gants de protection.

— Mets ça, au cas où. L'équipe de Harriet a fouillé l'endroit et a confirmé qu'il n'y avait aucun signe de lutte, mais il se pourrait que nous devions revenir pour chercher d'autres preuves, en fonction des résultats de l'interrogatoire de Trevor par Gavin et Ian.

— Compris, merci.

Kay entra la première dans l'appartement et s'arrêta dans le petit couloir. On aurait déjà dit que l'endroit avait été oublié et un sentiment de mélancolie flottait dans l'air tandis qu'elle regardait autour d'elle. Une odeur de pourriture émanait toujours du réfrigérateur, et quand elle suivit Laura dans la cuisine, elle vit qu'une pile d'assiettes et de tasses à café vides restait dans l'évier.

— J'imagine que ça va rester là jusqu'à ce que sa mère et son père s'arrangent pour que quelqu'un nettoie, dit Laura en plissant le nez.

— Ils n'auront pas le choix, admit Kay. Harriet a relevé les empreintes sur tout, mais il n'y a aucun signe que quelqu'un d'autre ait utilisé ces objets, seulement Dean. Nous n'avons besoin de rien là-dedans comme preuve pour le moment.

— Ok.

Kay baissa les yeux vers son téléphone qui vibra à la réception d'un nouveau SMS du commandant divisionnaire Sharp, puis elle gémit en le lisant.

— Oh non.

— Qu'est-ce qui ne va pas, chef ?

— Apparemment, Susan Greensmith a été approchée par Jonathan Aspley du *Kentish Times*. Il a demandé une interview exclusive sur l'affaire et elle veut que je la fasse.

— Vraiment ?

Les yeux de Laura s'écarquillèrent.

— Mais pour quoi faire ? La dernière chose que nous voulons, c'est un journaliste dans nos pattes, surtout lui après ce qu'il a fait.

— Je le lui avais déjà dit après la conférence de presse, soupira Kay en parcourant le message. D'après Sharp, elle estime que ce serait une bonne chose de montrer ce que c'est d'être une femme inspectrice pour l'aider dans sa campagne de recrutement hivernale qui cible les diplômés universitaires de l'année prochaine. Comme si j'avais le temps de faire ça, bon sang.

— Elle ne peut pas demander à quelqu'un d'autre ?

— Je peux essayer de la convaincre.

— Parle-lui de cette enquête sur la cocaïne que la division est mène depuis Medway, dit Laura avec un grand sourire. Apparemment, ça se chiffre en millions.

— C'est une bonne idée, je pourrais bien faire ça. Bon, laisse-moi le temps trouver ces photos que Maggie et Rowan veulent, et on rentre.

Elle se dirigea vers le salon et se rendit aux étagères, vérifiant les images par rapport à la liste sur son téléphone.

Parmi les préférées des parents de Dean, il y avait une photographie de lui avec eux à un mariage de famille, plusieurs clichés des divers voyages du jeune homme à travers le monde, et une de sa remise de diplôme, ses deux parents rayonnant de fierté. Puis il y en avait une ou deux de lui datant de ses jours d'athlétisme à l'école, avec une photo particulièrement poignante de Dean à six ans après avoir remporté une course à l'œuf.

— Je déteste voir une vie si bien remplie être détruite, dit Laura en prenant chaque photo encadrée que Kay lui tendait et en la plaçant dans un sac en toile de jute. Il avait l'air de tellement s'amuser.

— C'est vrai, n'est-ce pas ?

Kay prit une autre photo datant des voyages de Dean. Cette fois, il semblait qu'il était parti en Thaïlande avec Liam et Dominic ; ils affichaient tous les trois un large sourire en posant à côté d'un pont de singe branlant qui enjambait une cascade tumultueuse, le front luisant de sueur après ce qui avait dû être une ascension ardue, à en juger par le paysage montagneux en arrière-plan.

— Ça doit être si dur pour ses amis aussi, dit-elle.

Laura leva les yeux.

— J'ai eu l'impression que Liam essayait de s'évader

dans les jeux vidéo quand nous lui avons parlé. Je ne pense pas qu'il ait quelqu'un à qui parler de Dean.

— Mon Dieu, quel gâchis.

Kay tendit la photo et vérifia la liste.

— Bon, c'est la dernière. Je déposerai ça chez les Spencer demain en rentrant du travail. Ce soir, quand je quitterai la salle des opérations, il sera trop tard. Allons-y.

Son téléphone sonna alors qu'elles se dirigeaient vers la voiture, et dès qu'elle vit le numéro de Gavin, elle l'activa en mode haut-parleur pendant que Laura mettait le contact.

— Gav, comment ça avance ?

— Vous êtes loin ?

— On est sur le chemin du retour. Pourquoi ?

— Trevor Leavitt a demandé à s'entretenir en privé avec son avocat, ce qu'ils font en ce moment. Nous attendons les images de vidéosurveillance de la mairie qui couvrent la rue devant le centre de loisirs pour voir si nous pouvons corroborer l'insistance de Leavitt à dire qu'il s'est garé là plutôt que sur le parking dimanche dernier.

— Qu'est-ce que sa femme a dit pour sa défense ?

— Elle lui a fourni un alibi, mais je pense qu'elle fait ça uniquement pour protéger les enfants.

— C'est bien possible.

— Dans ces circonstances, chef, nous voulons attendre demain pour poursuivre l'interrogatoire, donc nous allons le mettre en garde à vue pour la nuit. Nous serons encore largement dans le délai des vingt-quatre heures avant de devoir demander une prolongation quand nous reprendrons demain matin.

— Tu penses que Leavitt présente un risque de fuite, alors ? demanda Kay.

— Oui, en effet. Et étant donné qu'il y a au moins deux autres personnes aussi coupables que lui, et sachant ce qu'ils pourraient lui faire s'ils découvrent qu'il nous parle, je ne lui en voudrais pas, pas vous ?

CHAPITRE 40

Le lendemain matin, Gavin choisit de se rendre à pied au commissariat, et plus tard que la veille.

Le sommeil l'avait fui et, malgré ses bonnes résolutions, il avait commencé la journée par un café bien serré après sa douche et il serrait maintenant un gobelet à emporter d'un de ses cafés préférés, devant lequel il était passé en chemin.

Plus d'une semaine s'était écoulée depuis que Dean Spencer avait été sauvagement assassiné, et Gavin marchait d'un pas déterminé, espérant que s'il arrivait au commissariat avant Kay, ce serait lui qu'elle choisirait pour poursuivre l'interrogatoire de Trevor Leavitt.

L'avocat de l'homme était parti tard la veille, trop tard pour continuer l'interrogatoire, et Leavitt avait donc passé la nuit en cellule sous la surveillance attentive du sergent Ellis Hughes.

Gavin atteignit le passage piéton près du pont qui enjambait la Medway et observa le courant tourbillonnant qui se dirigeait vers l'écluse d'Allington, se demandant si cette enquête serait celle qui lui vaudrait une promotion.

Il secoua la tête pour chasser cette pensée.

Un innocent était mort dans d'atroces circonstances et sa propre carrière importait peu pour le moment. Ce qui comptait, c'était de s'assurer que toutes les preuves soient rassemblées de manière à ce que Leavitt – et quiconque était avec lui cette nuit-là – soit mis à l'ombre pour un long moment.

Le feu du passage piéton passa au vert et un signal sonore électronique le tira de ses pensées. Traversant à la hâte la route à deux voies, il entra dans le commissariat quelques minutes plus tard et monta les marches quatre à quatre.

Lorsqu'il entra dans la salle des opérations, Kay était déjà assise à son bureau, mais Kyle et Laura n'étaient nulle part en vue. Barnes était près du tableau blanc, en train de mettre à jour les notes, et il fit un signe de tête à Gavin avant de retourner à son travail.

— Bonjour, chef, dit Gavin en glissant son sac à dos sous son bureau et en jetant son gobelet vide à la poubelle. Je pensais descendre voir comment Leavitt a passé la nuit.

— C'est déjà fait, ne t'inquiète pas, dit Kay. Hughes m'a interpelée en bas quand je suis arrivée ce matin. Il a dit que Leavitt a été un invité silencieux et qu'il n'y a eu aucun problème. Son avocat est disponible à partir de neuf heures, alors tu veux bien me dire où tu en es ?

— Bien sûr.

Gavin s'assit et montra l'écran d'ordinateur de Kay, qui affichait la transcription de l'interrogatoire de la veille.

— Après t'avoir parlé, j'ai relu ça et j'ai décidé

d'appeler Justin Mallory pour obtenir sa déposition officielle. Il était sous le choc, mais il a confirmé qu'il n'avait eu aucun problème avec Leavitt par le passé. Il n'a pas pu non plus nous éclairer sur ce qu'il a fait pendant qu'il était dans l'armée. Chaque fois qu'il abordait le sujet dans la conversation, Leavitt changeait de sujet ou disait qu'il ne pouvait pas en parler. J'ai fait quelques recherches sur divers sites web de régiments et j'ai découvert qu'il avait reçu quelques distinctions pour des opérations en territoire ennemi, mais c'est tout ce qu'ils disent. Sharp n'a rien trouvé non plus.

— S'il est décoré, par contre, je suis presque sûre qu'il a connu le combat lors de ces opérations, dit Kay. Donc il a peut-être déjà tué.

— Mais même s'il en est capable, je n'arrive pas à comprendre pourquoi, dit Gavin. Que Dean et ses potes débarquent ivres lors d'une visite de la houblonnière ne me semble pas suffisant, surtout que Dean s'est excusé auprès de Trevor et Gloria après coup.

— Tu as la moindre idée de ce dont il voulait parler à son avocat ?

— Non, soupira Gavin. Et quand ils avaient fini, Bernard Crossley a dit qu'il devait passer quelques coups de fil et faire des recherches avant de pouvoir conseiller son client davantage, donc il a accepté que Trevor passe la nuit chez nous.

Kay fronça les sourcils.

— Eh bien, ce n'est pas la réaction d'un innocent, n'est-ce pas ?

— C'est ce que je me suis dit, dit Gavin en hochant la tête. J'ai l'impression qu'il se prépare à dénoncer les deux autres types qui étaient impliqués, mais qu'il veut savoir ce que ça pourrait signifier pour lui.

— De longues années derrière les barreaux, dit Barnes en s'approchant et en s'asseyant à son bureau. Il est huit heures et demie passées, Gav. Tu es prêt à reprendre l'interrogatoire quand Crossley arrivera ?

Gavin se retourna vivement pour regarder Kay.

— Tu veux que je m'en charge ?

— Bien sûr.

Elle sourit.

— La meilleure chose à faire pour l'instant, c'est d'assurer la continuité. Barnes et toi maîtrisez toutes les preuves et les faits, et c'est toi qui as trouvé la veste, alors fonce. Je vais me joindre à Kyle dans la salle d'observation.

— Deux secondes, Ian. Laisse-moi d'abord vérifier mes emails.

Gavin se précipita vers son bureau et commença à rassembler ses notes, agitant sa souris pour la sortir de veille et vérifiant ses emails pour toute nouvelle information.

— Bon, il n'y a toujours rien sur la vidéosurveillance du centre de loisirs, mais j'ai une note du gérant de la pizzeria où Leavitt et sa femme disent être allés.

— Qu'est-ce qu'elle dit ? demanda Kay.

— Apparemment, il n'y a aucune réservation à ce nom.

Gavin soupira.

— Mais ça ne veut rien dire, n'est-ce pas ? Ils ont pu arriver à l'improviste.

— Et payer en liquide, comme ils l'ont fait pour la séance de natation, dit Barnes, puis il se pencha et donna une tape sur l'épaule de Gavin. Mais on a toujours ce bouton, et les images de vidéosurveillance pourraient arriver pendant qu'on parle à Leavitt.

Gavin regarda par-dessus son épaule alors que la porte de la salle des opérations s'ouvrait et que Kyle et Laura entraient, les mains chargées de cafés à emporter pour l'équipe, et il sourit.

— Vous avez dû lire dans mes pensées.

— J'en doute, dit Laura, souriante, en lui tendant l'un des gobelets. C'est un déca.

———

Trevor Leavitt avait visiblement mauvaise mine après une nuit dans les cellules du commissariat.

Assis à côté de Barnes, Gavin observait l'homme de l'autre côté de la table, dans la salle d'interrogatoire numéro trois, et il remarqua que ses cheveux étaient en désordre, comme s'il y avait passé la main à plusieurs reprises. Son polo blanc était froissé par endroits, même si, heureusement, lorsque Hughes avait confié la gestion du quartier des gardes à vue à Harry Davis plus tôt ce matin-là, les deux agents s'étaient arrangés pour fournir du savon et du déodorant à Leavitt et ils lui avaient permis de prendre une douche rapide avant son petit-déjeuner.

Bernard Crossley était assis à côté de son client, son carnet juridique ouvert à la même page où il avait fini d'écrire la veille et son stylo prêt à écrire, le regard baissé pendant qu'il écoutait Barnes énoncer les formalités pour la reprise de l'interrogatoire.

Une fois cela fait, Gavin ouvrit le dossier qu'il avait

sous le bras et fit glisser une photographie sur la table en direction de Leavitt.

Lui et son avocat reculèrent tous deux à la vue de l'image de Dean Spencer tel qu'il avait été retrouvé au milieu des plants de houblon. Crossley fut le premier à détourner le regard en s'éclaircissant la gorge.

— Dites-moi pourquoi vous avez fait ça, dit Gavin en tapotant la photo de l'index.

— Je ne l'ai pas fait.

La voix de Leavitt était étranglée et il ferma les yeux.

— Ce n'était pas moi.

— Pour l'instant, Trevor, vous nous avez donné deux alibis pour vos déplacements de dimanche dernier qui ne peuvent pas être vérifiés, et vous n'avez pas expliqué pourquoi ce bouton de votre veste se trouvait dans le champ où Dean a été retrouvé.

Gavin reprit vivement la photographie et lui lança un regard noir.

— Actuellement, vous êtes le seul suspect pour ce meurtre et je ne crois pas une seule seconde que vous nous disiez la vérité.

Leavitt expira et jeta un œil à son avocat, qui lui fit un signe de tête encourageant avant que l'homme ne se retourne pour faire face aux deux détectives.

— Je n'ai rien à voir avec la mort de cet homme. La raison pour laquelle vous avez trouvé le bouton de ma veste dans le champ, c'est parce que j'y suis allé tard un soir, il y a quelques semaines, et que j'ai empoisonné les plants de houblon que l'autre détective a vus.

Gavin cligna des yeux.

— Quoi ?

— Je me suis garé loin de la ferme et j'y suis retourné en empruntant le chemin de terre qui passe entre la propriété des Mallory et celle d'un autre propriétaire. La clôture est cassée à peu près à mi-chemin, alors je suis passé par là pour entrer dans la houblonnière.

— Pourquoi les avoir empoisonnés ? demanda Barnes pendant que Gavin parcourait ses notes pour trouver où l'équipe de Harriet avait découvert le bouton.

— Parce qu'on m'a payé pour le faire, répondit Leavitt en relevant le menton.

— Qui ?

— Quelqu'un qui veut travailler avec la même brasserie que celle avec qui Justin a réussi à négocier son contrat. Ils cultivent la même variété expérimentale dans le Suffolk, mais Justin les a devancés.

Gavin parcourut les notes de Harriet et vit qu'elle avait trouvé le bouton exactement là où Leavitt l'avait décrit, et il réussit à ravaler sa déception.

— Vous dites que vous avez été soudoyé pour causer des dommages criminels aux cultures des Mallory. Pourquoi faire ça, alors que vous serez touché par l'échec du contrat si tout ce houblon meurt ?

Leavitt haussa les épaules.

— Pour la même raison que Roland simule une blessure pour toucher une indemnisation, je suppose. Justin et Cassandra sont des vrais radins et ne nous paient pas un salaire raisonnable. Nous n'avons pas eu d'augmentation depuis trois ans et nous sommes moins payés que n'importe qui d'autre dans le coin. Alors, quand les autres m'ont dit qu'ils me donneraient dix mille pour s'assurer que la récolte échoue cette année, je ne pouvais pas dire non.

— Si, vous auriez pu, rétorqua Gavin en rassemblant ses notes et les sacs de preuves avant de foudroyer Leavitt du regard. En attendant, nous allons vous inculper pour dommages criminels à la propriété. Vous n'êtes pas obligé de parler, mais cela pourrait nuire à votre défense si vous omettez de mentionner maintenant un fait que vous invoqueriez plus tard au tribunal. Tout ce que vous direz pourra être retenu contre vous. Fin de l'interrogatoire...

Ceci fait, Gavin mit fin à l'enregistrement et suivit Barnes hors de la pièce, l'estomac noué.

L'inspecteur plus âgé lui adressa un sourire rassurant alors qu'ils fermaient la porte, puis Kay et Kyle sortirent de la salle d'observation, l'expression de l'inspectrice principale empreinte de frustration.

Elle fit un léger signe de tête négatif à Gavin et montra l'étage du doigt.

— Garde ça pour toi. On en parle dans une minute.

Ses épaules s'affaissèrent alors qu'il suivait les autres jusqu'à la salle des opérations, puis il se traîna jusqu'à son bureau et y jeta le dossier avant de s'effondrer sur sa chaise. Il passa quelques instants à vérifier ses emails, puis leva les yeux au moment où Kay finissait de parler avec Barnes et se dirigeait vers lui.

— Bon sang. Je pensais vraiment que je tenais quelque chose. Désolé, chef.

— Ne t'excuse pas, dit Kay d'une voix sévère en s'asseyant devant son ordinateur. Nous pensions tous que ce bouton pouvait être une preuve clé dans le meurtre de Dean. Au lieu de ça, tu as prouvé avec succès que deux crimes avaient été commis à la ferme des Mallory : l’empoisonnement des cultures d’une part et le meurtre de Dean d’autre part.

— Ouais, mais on ne sait toujours pas qui est responsable de ça, dit Gavin.

Il passa une main dans ses cheveux en brosse, puis montra son écran du doigt.

— Et Paul Solomon vient de me répondre, lui aussi. Il n’y a aucun antécédent récent de meurtres à caractère rituel dans le secteur. Donc, on est de retour à la case départ et le QG ne va pas être content, n’est-ce pas ?

Kay ne sut pas quoi répondre et il poussa un soupir en reportant son attention sur l’écran de son ordinateur, le désespoir s’emparant de lui.

— Merde, murmura-t-il. Bon sang, qu’est-ce qu’on fait maintenant ?

CHAPITRE 41

Kay foudroya du regard le téléphone fixe au milieu de la table de conférence et grogna tandis qu'un *bip* monotone émanait du haut-parleur.

La commissaire avait mis fin à l'appel après avoir demandé que tous les dossiers de l'enquête soient envoyés au quartier général, insistant sur le fait qu'un audit devait être lancé immédiatement étant donné l'intérêt des médias pour l'affaire, et Kay n'avait pas eu d'autre choix que d'acquiescer.

Sharp, qui se trouvait dans la même pièce que la commissaire à l'autre bout du fil, avait sagement gardé le silence, ne lui ayant annoncé la nouvelle par SMS que quelques minutes avant que la demande de réunion officielle ne soit faite une demi-heure plus tôt.

— Merde, murmura-t-elle, puis elle frappa de la paume de la main la console du téléphone pour faire cesser le *bip*, avant de se pencher en avant et de poser sa tête sur ses bras, fermant les yeux un instant. Fait chier.

Bien qu'elle ait reconnu le succès de Gavin pour clore

le volet de l'enquête sur l'empoisonnement, le ton de Susan Greensmith avait été sec en se tournant vers le meurtre de Dean, partageant sa déception que Kay et son équipe n'aient aucune piste viable à suivre, et lui rappelant pour la énième fois que l'ensemble des forces de police serait tenu pour responsable par les médias si ses meurtriers restaient en liberté.

— Argh, gémit Kay, et elle releva la tête alors que son téléphone portable sonnait.

Le nom de Sharp s'affichait à l'écran.

— Oui, chef ?

— Je n'ai rien pu faire, Kay. Désolé.

— Ce n'est rien. Elle n'a pas tort.

— Quand même… Qu'est-ce que tu comptes faire le reste de la journée pendant que ton équipe rassemble les dossiers ?

— Les relevés téléphoniques de Dean Spencer sont arrivés ce matin pendant que nous interrogions Trevor Leavitt, donc Ian est en train de les éplucher. Gavin a reçu les images de vidéosurveillance de la mairie et nous avons confirmé que Trevor et sa famille sont bien allés au centre de loisirs dimanche, et ils ont aussi fourni des images d'un parking près de la pizzeria plus tard dans la soirée. Leavitt n'est définitivement pas notre homme pour le meurtre de Dean.

Kay pivota sur sa chaise et se dirigea vers la fenêtre, d'où elle observa le flux constant d'employés sortir de leurs bureaux et se diriger vers le centre-ville pour leur pause déjeuner.

— Je vais déposer quelques effets personnels de Dean chez ses parents, que j'ai récupérés à son appartement hier, et en revenant je vais préparer mon rapport de synthèse pour les auditeurs. Tu veux que je t'envoie une copie avant de le soumettre ?

— S'il te plaît, répondit Sharp. Un deuxième avis ne ferait pas de mal, après tout.

— Merci, Devon.

— Et ne prends pas cet air abattu, la sermonna-t-il. C'est tout à fait normal, et qui sait, l'audit pourrait t'obtenir plus d'effectifs pour t'aider dans ton enquête.

— Si elle n'est pas transférée à Gravesend à la place, dit Kay.

Elle laissa le store de la fenêtre se rabattre brusquement.

— Je ferais mieux d'y aller, chef. J'imagine que je vais devoir faire le discours d'encouragement de ma vie lors du briefing tout à l'heure.

— Bonne chance.

Kay mit fin à l'appel et fixa le téléphone un instant.

— Je vais en avoir foutrement besoin, Devon.

Elle soupira et sortit de la salle de conférence pour descendre à l'étage inférieur, le son des voix et des téléphones lui parvenant avant même d'atteindre la salle des opérations.

Gavin était à son bureau, un burger dans une main et un stylo dans l'autre, tandis qu'il remplissait toutes les listes de preuves exigées par le parquet pour traiter les accusations contre Trevor Leavitt, et Kyle et Laura se tenaient avec Debbie pour passer au crible toutes les preuves qui avaient été rassemblées jusqu'à présent.

Barnes leva les yeux des relevés téléphoniques de Dean quand Kay attrapa sous son bureau le sac en toile contenant les photographies de l'appartement du jeune homme et il haussa un sourcil.

— Tu as l'air crevée, dit-il à voix basse. Ne laisse pas ces salopards t'abattre.

Elle lui adressa un sourire reconnaissant.

— Merci, et non, je ne vais pas les laisser faire. Comment tu t'en sors ?

Il étendit la main sur les relevés.

— J'ai des appels vers et depuis les numéros de Liam et Dominic, plus ceux de sa mère et de son père. Certains numéros correspondent à des clients identifiés par Andy Grey sur l'ordinateur de Dean. Il y a quelques numéros à l'étranger qu'il appelait chaque semaine, probablement des clients, mais je vais vérifier ça après avoir terminé le reste. J'en ai un autre ici qu'il a composé ou dont il a reçu des appels régulièrement. J'attends de savoir de l'opérateur mobile à qui il appartient. Ça pourrait être un autre ami, ou un client. Et puis il y a cet autre lot qu'il a appelé moins régulièrement. Je suis en train de les passer en revue.

— Ok, merci.

Kay brandit le sac en toile.

— Je vais déposer ça chez Maggie et Rowan, alors appelle-moi si tu as besoin de quoi que ce soit d'urgent.

— Ça marche. À plus tard.

Quinze minutes plus tard, Kay était sur l'A20, en train de sortir de la ville et de traverser la périphérie de Bearsted, après avoir choisi d'éviter l'autoroute très fréquentée. La voiture de service se comportait bien et au moment où elle passa devant le terrain de golf à côté de Leeds Castle, elle tapotait des doigts sur le volant et fredonnait en rythme avec la radio.

L'embranchement menant à la maison du frère de Maggie Spencer, en périphérie d'Ashford, ne tarda pas à apparaître et Kay s'engagea dans un lotissement qui était un véritable dédale de culs-de-sac qui partaient de l'artère principale, tous baptisés avec des noms d'oiseaux qui avaient peut-être autrefois peuplé les champs que les bâtiments occupaient désormais.

Elle trouva la maison au bout d'une de ces impasses et se gara à côté de la voiture de Rowan dans une allée pavée, devant un pavillon individuel bien entretenu, au toit de tuiles rouges et doté d'un petit portique au-dessus de la porte d'entrée.

Aaron Stewart ouvrit la porte au moment où elle sortait de sa voiture et il lui fit signe d'entrer.

— Merci, dit-elle. Des problèmes ?

— Aucun journaliste en vue, chef, et les voisins sont plutôt discrets dans le coin, donc je pense qu'on sera tranquilles pour l'instant, répondit l'agent. Maggie et Rowan sont dans le salon. J'étais en train de leur faire chauffer de l'eau. Un café ?

Kay hocha la tête.

— Oui, volontiers. Merci.

— Ça arrive.

Il disparut le long d'un large couloir vers une cuisine baignée par la lumière de l'après-midi, et Kay tourna son attention vers la porte fermée à sa gauche. Redressant les épaules, elle frappa brièvement avant d'entrer, et trouva les Spencer assis ensemble sur un grand canapé, près d'une table basse jonchée de photographies.

— Détective Hunter, dit Rowan en se levant et en lui

désignant un fauteuil en face d'eux. Vous avez trouvé les photos que Maggie cherchait ?

— En effet, répondit Kay en lui tendant le sac avant de parcourir du regard la collection déjà étalée sur la table. On dirait que Dean était un sacré voyageur.

— Il adorait ça, dit Maggie, les yeux rougis.

Elle renifla, puis plongea la main dans le sac.

— Surtout les grands voyages comme celui-ci.

— On a cru qu'il n'allait jamais revenir de Thaïlande, dit Rowan en regardant par-dessus l'épaule de sa sœur avec un sourire triste. Il s'est tellement amusé.

Kay se pencha en avant et examina la photographie.

— Ce sont Liam et Dominic sur la photo avec lui, n'est-ce pas ?

— Oui, c'est exact. Ils partaient toujours ensemble dans des endroits reculés, ils faisaient ça depuis avant la fac.

Rowan renifla.

— Je ne sais pas si les garçons continueront sans lui, par contre. C'était toujours Dean qui trouvait les idées et qui s'occupait des vols, ce genre de choses. Certains endroits comme celui-ci étaient hors des sentiers battus, mais il adorait ça. Moins il y avait de touristes, mieux c'était. C'est ce qu'il nous disait.

Kay fronça les sourcils.

— Alors qui a pris la photo ? Ce n'est pas un selfie.

— Ça devait être Isaac, dit Rowan.

Il déplaça les photographies sur la table basse.

— Attendez, j'ai une photo de lui quelque part. Ah, voilà. Dean le connaît depuis leur entrée en sixième, à onze ans.

Maggie plissa le nez tandis que Kay prenait la photographie que Rowan lui tendait.

— Il a mal tourné après le lycée, par contre. J'ai entendu dire qu'il était tombé dans la drogue et Dean a dit qu'il avait été un vrai cauchemar à Bangkok. Il était vraiment inquiet qu'ils aient des ennuis avec la police là-bas à cause d'Isaac.

— Où est Isaac maintenant ?

— Je crois qu'il a un travail du côté de Sittingbourne, pour une société de conseil.

— Dean a dit qu'il aidait aussi son père de temps en temps, juste pour se faire un peu d'argent, ajouta Rowan. Je crois qu'il a eu des problèmes il y a quelques années, il devait de l'argent à des gens…

— Probablement pour la drogue, intervint Maggie.

Kay regarda de nouveau la photo et passa son pouce sur le visage d'Isaac, une idée commençant à germer.

— Quel est son nom de famille ?

— Trimble, répondit Rowan. Son père a une entreprise de plomberie près de Sevenoaks.

CHAPITRE 42

Kay poussa la porte de la salle des opérations, faillit renverser un jeune agent qui s'apprêtait à sortir les bras chargés de dossiers et s'excusa, puis se dépêcha de traverser la pièce pour rejoindre le bureau de Gavin.

— Où sont les autres ? demanda-t-elle en brandissant la photo encadrée de Dean Spencer et de ses amis routards. On vient d'obtenir l'avancée décisive qu'il nous fallait dans le meurtre de Dean.

L'enquêteur resta bouche bée sous le choc avant de se ressaisir.

— Barnes est en bas pour superviser la remise en liberté de Leavitt en attendant son audience, et Kyle et Laura sont partis manger un morceau.

— Appelle-les. Dis-leur de revenir ici immédiatement, et demande-leur de me prendre un café en chemin, s'il te plaît.

Il eut un large sourire.

— Oui, chef.

Le cœur battant encore à tout rompre suite à la révélation de Rowan Spencer, Kay sélectionna le numéro de Barnes en composition abrégée sur son téléphone. Il répondit avant la deuxième sonnerie.

— En combien de temps est-ce que tu peux remonter ?

— J'ai presque fini. Encore cinq minutes, et—

— Sois là dans deux minutes, Ian. On a notre suspect.

Après avoir mis fin à l'appel, elle se dirigea vers l'imprimante et le photocopieur et retira soigneusement la photo de Dean de son cadre. Après en avoir fait plusieurs copies, elle posa l'original sur son bureau et épingla l'une des copies sur le tableau blanc, puis elle apporta le reste à Debbie qui préparait déjà un ordre du jour.

— J'ai entendu, dit l'agente en uniforme. Et je suppose que tu vas convoquer un briefing immédiat, c'est bien ça, chef ?

— Oui, et tu pourrais joindre ceci à l'ordre du jour ? Ça aidera à comprendre le contexte. Et si d'autres sont en pause déjeuner, rappelle-les immédiatement, s'il te plaît.

— Je m'en occupe, chef.

— Encore une chose : j'ai besoin que tu affectes quatre agents pour accompagner Kyle, Laura et Gavin lorsqu'ils iront arrêter Liam Peyton et Dominic Bridger. Je veux interroger ces deux-là ici dès la fin du briefing.

— Ce sera fait.

— Merci, Debbie.

Kay retourna vers le tableau blanc et prit un instant pour calmer le tumulte de ses pensées en parcourant son contenu du regard, tout en écoutant l'agente en uniforme rassembler le reste de l'équipe d'enquête et distribuer les ordres du jour à mesure qu'ils la rejoignaient un par un à l'avant de la salle, le visage plein d'attente. Se tournant vers eux après quelques instants, elle adressa un sourire rassurant tandis que Gavin s'adossait à un bureau à gauche du tableau blanc, la mâchoire crispée.

— Nous allons attendre les quelques retardataires avant de commencer, mais je veux prendre un moment pour remercier chacun d'entre vous pour vos efforts jusqu'à présent. Je sais que nous avons eu du mal à avancer sur cette affaire, mais soyez assurés que je suis consciente du nombre d'heures que vous consacrez à trouver le meurtrier de Dean et je vous en suis reconnaissante. Nous avons déjà procédé à une arrestation dans le cadre de l'élimination des suspects, et j'ai bon espoir qu'à la fin de la journée, il y en aura d'autres.

Elle balaya du regard les agents assis au moment où la porte de la salle des opérations s'ouvrait et où Barnes, Kyle et Laura entraient. Ils se précipitèrent vers elle et Kyle lui tendit un gobelet en carton fumant.

— Merci, dit-elle en soulevant le couvercle avant de prendre une petite gorgée. Ça va mieux. Bien, commençons. Nous savons que Dean Spencer, Dominic Bridger et Liam Peyton ont visité la ferme de houblon des Mallory durant l'été pour une visite, et qu'au moment de leur départ, il y avait eu quelques pitreries dues à l'alcool, à tel point que Dean s'était excusé pour le comportement des autres. Trois mois plus tard, Dean est retrouvé mort au même endroit, après avoir été pendu et poignardé à plusieurs reprises avant d'être éviscéré. Cependant, Harriet a toujours maintenu qu'il aurait fallu trois personnes pour le soulever et nouer les cordes qui ont été utilisées. Nous savons qu'une camionnette a servi à le transporter et que cette camionnette a été volée à une entreprise de fournitures de plomberie appartenant à Rex Trimble, du côté de Wrotham.

Elle prit une autre gorgée avant de poser le gobelet sur le bureau à côté de Gavin en lui lançant un regard d'avertissement, puis elle se retourna vers le reste de l'équipe.

— La photo dans votre dossier de briefing a été prise en Thaïlande il y a quelques années, lorsque Dean et ses amis faisaient un voyage en sac à dos. Les parents de Dean m'ont confirmé il y a moins d'une heure que c'est Isaac Trimble qui a pris cette photo.

Un murmure parcourut les rangs des agents et elle entendit Kyle jurer à voix basse.

— Trois personnes, dit-il. Trois amis. Mais pourquoi ?

— C'est ce que nous allons découvrir, répondit Kay. Et nous allons devoir agir vite, car cela fait quatre jours que nous avons interrogé Dominic et Liam et ils ont probablement prévenu Isaac que nous étions sur sa piste. Donc, une fois que nous aurons terminé ici, prenez les dispositions nécessaires chez vous ou ailleurs, parce que la nuit va être longue. Pour ce qui est des tâches, je veux que Dominic et Liam soient en état d'arrestation dans les deux prochaines heures. Ils travaillent tous les deux de chez eux, donc les retrouver ne devrait pas être un problème. Kyle, Laura, j'aimerais que vous y alliez avec une patrouille en uniforme pour arrêter Dominic, et Gavin, tu seras l'agent chargé de l'arrestation de Liam. Étant donné que nous ne les avons pas recontactés depuis notre premier entretien, j'espère qu'ils ont baissé leur garde et qu'ils pensent s'en être tirés. Ian, toi et moi allons nous rendre à Sittingbourne où Isaac travaille quand il n'aide pas son père, et nous allons procéder à l'arrestation là-bas. Je ne veux pas attendre qu'il rentre chez lui au cas où il entendrait parler des autres arrestations.

Elle attendit que ses agents mettent leurs notes à jour.

— Pendant ce temps, je veux que vous vous concentriez tous sur Isaac Trimble. Les réseaux sociaux, s'il a déjà été arrêté par le passé… Selon les Spencer, il a un long passé de toxicomane, alors il pourrait y avoir quelque chose de ce côté-là. Il a fréquenté le même établissement secondaire que Dean, retrouvez le directeur, découvrez s'il y a eu des problèmes entre eux deux. Même chose pour l'université. Je vais aussi avoir besoin que deux d'entre vous aillent parler à ses employeurs après qu'on l'aura placé en garde à vue, pour savoir s'il y a eu des problèmes.

Après avoir terminé son café, elle vérifia sa montre.

— Je charge Debbie de rassembler autant d'informations que possible pendant le temps qu'il nous faudra, à Barnes et à moi, pour nous rendre à Sittingbourne et je veux une synthèse avant que nous n'y arrivions pour l'arrêter. Je ne veux pas qu'il y ait de blessés, y compris parmi le public.

— Ça me semble être une bonne idée, chef, dit Sean. Tu veux que je vienne, alors, étant donné mon expérience dans les Marines ?

— Oui, s'il te plaît, juste au cas où on aurait besoin

d'un coup de main. Tim, j'aimerais que tu viennes avec nous également.

Le sergent Wallace hocha la tête.

— Pas de problème.

— Bien, tout le monde, c'est tout pour le moment. On se retrouve ici une fois les arrestations effectuées.

CHAPITRE 43

Laura se tenait devant la porte d'entrée de la maison de Dominic Bridger et écoutait les éclats de voix qui provenaient de l'intérieur.

Cinq minutes plus tôt, la voiture de service de Kyle et un véhicule de patrouille aux couleurs de la police du Kent s'étaient engouffrés dans l'impasse et s'étaient garés dans l'ombre du bâtiment industriel qui surplombait les petites maisons de ville. Elle avait aperçu le rideau du salon d'un voisin se refermer brusquement alors qu'ils s'approchaient de la demeure de Dominic et, quand Kyle avait frappé à la porte, le son s'était répercuté sur le battant et avait fait écho tout autour, entre les autres maisons.

— Je parie que ça va le tirer du lit, avait dit Laura.

L'un des agents en uniforme avait haussé un sourcil.

— C'est l'après-midi.

— Il paraît qu'il a des clients à l'international.

Ils s'étaient tous tournés vers la porte au moment où elle s'ouvrait. Kyle s'était placé devant Laura en cas d'attaque, mais l'homme qui passa la tête par l'entrebâillement pour les observer était pâle et hagard.

Une puanteur de peau et de vêtements sales s'échappait de l'ouverture et ils reculèrent d'un pas.

— Bonjour, Dominic, dit Laura d'un ton enjoué, avant de lui réciter l'avertissement de rigueur.

— Q-qu'est-ce que vous voulez ? parvint-il à articuler.

— On voudrait vous parler, dit Kyle. Pas ici, chez nous.

Dominic cligna des yeux.

— Il faut que je m'habille.

— Alors, dépêchez-vous, dit Laura en poussant la porte. On n'a pas toute la journée, n'est-ce pas ?

Le jeune homme recula en chancelant et elle vit qu'il ne portait qu'un caleçon. Il rougit, puis fit un geste en direction des escaliers.

— Je vais chercher des vêtements.

— Pas de problème.

Laura fit signe à l'un des agents en uniforme qui se trouvait maintenant dans le couloir.

— Mais il vous accompagne.

Dominic déglutit, puis hocha la tête et monta les escaliers en titubant, tandis que Kyle se dirigeait vers le salon.

La pièce était sombre, la lumière masquée par les rideaux tirés et une odeur distincte et grasse, lourde de graillon, y flottait.

Laura appuya sur l'interrupteur.

— Putain de merde, articula Kyle, en se couvrant le nez avec la manche de sa veste. Je trouvais que c'était déjà un dépotoir la dernière fois qu'on est venus…

Laura le poussa en avant et examina la montagne de canettes de bière qui s'était accumulée sur la table basse depuis jeudi, dont certaines étaient tombées sur la moquette et avaient roulé sous les meubles. La pile de barquettes de plats à emporter et de boîtes à pizza avait augmenté, et pourtant la plupart de la nourriture avait été à peine touchée, ce qui expliquait en partie l'odeur qui se mêlait au manque d'hygiène de Dominic.

Laura haussa un sourcil en direction de Kyle.

— Et dire qu'il fait son ménage le dimanche…

— On dirait que la culpabilité l'a rongé, pas vrai ?

Il lui fit un clin d'œil.

— On le met en garde à vue et on commence l'interrogatoire ?

———

Un avocat commis d'office les attendait déjà lorsque Laura escorta Dominic jusqu'au bureau des gardes à vue. L'homme ne parvint pas à dissimuler son dégoût face à l'état de son nouveau client avant de s'éclaircir la gorge.

— Il va me falloir quelques instants pour m'entretenir avec M. Bridger. Quels sont les faits ?

Kyle lui tendit un mince dossier.

— On va l'enregistrer et ensuite vous pourrez lui parler. Installez-vous dans la salle d'interrogatoire, on vous l'amènera quand on aura fini ici.

L'homme hocha la tête et se hâta de suivre l'un des agents en uniforme qui lui ouvrit la porte de sécurité, et Laura entendit Dominic traîner des pieds.

En se retournant, elle vit la peur dans ses yeux et son cœur se glaça.

— Harry, tu peux nous le traiter rapidement ? J'aimerais commencer.

— Pas de problème, répondit l'agent plus âgé en tendant la main. Vos objets de valeur d'abord, s'il vous plaît, monsieur.

Kyle entraîna Laura hors du service des gardes à vue et ils longèrent le couloir jusqu'au distributeur automatique. Il passa sa carte et choisit un paquet de chips.

— Vu qu'on a sauté le déjeuner, il faut que je mange un truc, sinon l'enregistrement va capter les gargouillis de mon estomac. Tu veux quoi ?

— Du chocolat, s'il te plaît. Merci.

Ils entrechoquèrent leurs en-cas en guise de salut, puis s'adossèrent au mur en silence et dans un esprit de camaraderie pendant qu'ils mangeaient.

— Alors, t'en penses quoi ? demanda Laura en baissant la voix alors que deux membres du personnel administratif d'une autre enquête passaient à côté d'eux. Dean a fait quelque chose pour énerver ses amis, ou quoi ?

— Aucune idée, répondit Kyle en léchant le sel sur ses doigts avant de s'éloigner de quelques pas pour jeter le sachet de chips vide dans une poubelle.

Son expression était pensive lorsqu'il se retourna vers elle.

— Étant donné depuis combien de temps ils se connaissent tous les quatre, ça devait être grave à leurs yeux. Peut-être qu'il les faisait chanter ou un truc du genre ?

Laura fronça les sourcils.

— Je n'avais pas pensé à cette piste. Bien vu. Assure-toi d'aborder ce point quand tu lui parleras, d'accord ?

— Tu veux que ce soit moi qui mène l'interrogatoire ? dit Kyle, surpris.

— C'est logique.

Elle sourit.

— Après tout, tu as besoin de t'entraîner.

— Petit maligne.

CHAPITRE 44

Kay serra les dents tandis que Barnes accélérait sur la voie rapide qui longeait le Detling Showground, le paysage défilant à toute allure par sa fenêtre alors qu'elle luttait pour se stabiliser contre les secousses de la voiture et envoyer un message au commandant divisionnaire Sharp.

Dans sa vision périphérique, elle pouvait voir les gyrophares bleus et rouges de la voiture de patrouille conduite par le sergent Tim Wallace devant eux, les sirènes du véhicule éteintes pour l'instant, tandis qu'il se frayait un chemin dans la circulation en filant vers Sittingbourne.

— Au moins, on va être débarrassés des auditeurs, songea Barnes en rétrogradant alors que la voiture attaquait la pente. On l'a échappé belle.

— C'est le moins qu'on puisse dire. J'ai dit à Sharp ce qu'on faisait, alors avec un peu de chance, il va parler à la commissaire et nous faire gagner un peu de temps.

Son téléphone bipa à nouveau.

— Bien... Harry Davis a confirmé que Dominic et

Liam sont tous les deux en garde à vue. Ils attendent juste l'arrivée de l'avocat de Liam. Il est en cellule pendant que Dominic parle avec son représentant légal avant que Kyle et Laura ne l'interrogent.

— Tout se met en place.

— Mon Dieu, j'espère bien, Ian. Je veux juste des foutues réponses.

Les pieds de Kay s'enfoncèrent dans le plancher lorsque les deux voitures approchèrent d'un rond-point et freinèrent brusquement, les véhicules jaillissant de l'autre côté avant de reprendre de la vitesse. Puis son téléphone sonna.

Le nom de Debbie apparut sur l'écran du téléphone et Kay activa le haut-parleur.

— Qu'est-ce que tu as réussi à découvrir pour l'instant, Debs ?

— Eh bien, de toute évidence, Isaac était un vrai petit con à l'école, répondit l'agente. J'ai parlé à son ancien directeur, qui se souvient de lui comme d'un élève perturbateur, irrespectueux et querelleur.

— Un charmeur, donc, dit Barnes.

— Exact, et pas étranger aux bagarres non plus, dit Debbie. Il semble s'être calmé au moment où il est entré à l'université, cependant. J'ai parlé à certains de ses professeurs et de ceux de Dean, et l'un d'eux m'a dit que même s'il y avait eu des rumeurs selon lesquelles Isaac prenait de la drogue, cela n'avait pas eu de conséquences sur ses notes. Il a obtenu une licence en gestion d'entreprise avec mention assez bien. L'entreprise pour laquelle il travaille est une agence de conseil en publicité avec plusieurs clients de renom dans le sud-est et au niveau national. Selon leur site web, Isaac est un gestionnaire de comptes clés, responsable de l'intégration des nouveaux clients.

— Et ses réseaux sociaux ? demanda Kay.

— Silencieux depuis plus d'une semaine, répondit Debbie. Il était assez actif sur deux ou trois plateformes jusque-là, et tout à coup… plus rien.

— Il a déjà eu affaire à nous ?

— Rien dans nos dossiers, chef. Mais je continue de creuser et j'ai encore quelques pistes en suspens de la semaine dernière qui pourraient nous aider. Je t'envoie quelques photos récentes d'Isaac en attendant.

— Je te laisse continuer alors. Merci.

Kay mit fin à l'appel et resta silencieuse alors qu'ils approchaient de la périphérie de Sittingbourne.

Les voitures tournèrent à gauche dans une zone industrielle et elle repéra plusieurs noms de marques connues sur des panneaux à l'entrée de chaque avenue partant de l'artère principale. La voiture de Tim s'engagea dans l'une d'elles, bordée de bâtiments à deux étages, chacun avec le nom d'une entreprise au-dessus des portes d'entrepôt individuelles, et il se gara devant celui appartenant à l'agence de conseil en publicité.

Kay sortit de la voiture et conduisit Barnes et les deux agents en uniforme jusqu'à la porte d'entrée. Elle poussa la poignée chromée et se retrouva dans un espace frais et climatisé, décoré avec grand soin. Une femme en tailleur était assise derrière un bureau d'accueil et ses yeux s'écarquillèrent à la vue des quatre policiers debout devant elle.

— Je peux vous aider ? parvint-elle à dire.

— Inspectrice principale Hunter, dit Kay en présentant sa carte de police. J'aimerais parler à Isaac Trimble, s'il vous plaît.

— Je vais le prévenir que vous êtes là, dit la femme en attrapant son téléphone.

— Ce ne sera pas nécessaire, merci. Où est son bureau ?

— Euh, par cette porte, là, mais nous ne laissons pas les clients passer par là, nous préférons…

Kay n'entendit pas la fin de la phrase et suivit Sean Gastrell qui se dirigeait d'un pas décidé vers une porte marquée « privé » et la poussa. Avec Barnes et Tim Wallace sur leurs talons, ils parcoururent un court couloir, passèrent devant un coin cuisine et les toilettes du personnel, et franchirent une autre porte pour entrer dans un bureau paysager.

Six hommes et huit femmes les dévisagèrent, choqués. La plus jeune d'entre eux poussa un petit cri de surprise avant qu'un homme d'une cinquantaine d'années ne sorte d'un bureau au fond de la pièce et ne les fusille du regard.

— Mais qu'est-ce que ça veut dire, bon sang ? exigea-t-il.

Kay l'ignora, son regard balayant les bureaux jusqu'à ce qu'elle repère un homme d'une vingtaine d'années qui se baissait derrière un écran d'ordinateur. S'approchant d'un pas rapide, elle reconnut Isaac Trimble grâce aux photographies que Debbie lui avait envoyées par email.

Au lieu de l'homme confiant et sociable qui postait ses escapades de voyage et de fête sur les réseaux sociaux, Isaac se recroquevilla loin d'elle et leva les mains.

— Eh ! dit l'homme plus âgé en se dirigeant vers elle d'un pas menaçant. Je vous ai posé une question.

Barnes s'interposa.

— Un peu de tenue, s'il vous plaît. Qui êtes-vous ?

— Bradley Dankworth, le propriétaire. Pourquoi est-ce que vous importunez mon personnel ?

— Nous ne l'importunons pas, expliqua Kay.

Elle se tourna vers Isaac, qui pâlit tandis qu'elle commençait à réciter la formule consacrée.

— Isaac Trimble, je vous arrête pour suspicion de meurtre. Vous n'êtes pas obligé de parler, mais cela pourrait nuire à votre défense...

Isaac bondit de son bureau, repoussant sa chaise et renversant une jeune femme qui se tenait là avec une brassée d'épreuves de magazine, qui s'éparpillèrent sur le sol. Il traversa le bureau en courant vers la sortie, bousculant les gens sur son passage dans sa fuite précipitée, et il dérapa en contournant un box, envoyant toute la structure s'écraser sur la moquette.

— Merde, murmura Kay avant de voir Sean Gastrell s'élancer à sa poursuite.

L'agent en uniforme rebroussa chemin par là où ils étaient entrés, sauta par-dessus une pile de boîtes d'archives et atteignit la porte quelques secondes à peine avant Isaac. Il se posta sur le seuil, sa carrure trapue remplissant l'encadrement. Il esquissa un sourire crispé tandis qu'Isaac s'arrêtait en titubant, et il sortit de son gilet pare-lames une paire de menottes qu'il fit pendre au bout de sa main.

— On fait un deuxième essai, monsieur ?

CHAPITRE 45

Quand Gavin conduisit Kyle dans la salle d'interrogatoire numéro deux, Liam Peyton avait l'air malade.

Son attitude s'était dégradée depuis son passage par la procédure de garde à vue et sa rencontre avec l'avocat commis d'office qui le représentait, et il était maintenant assis, affalé sur une chaise à ses côtés. Ses cheveux mi-longs, gras et sales, tombaient mollement autour d'un visage au teint blafard. Il gardait la tête baissée et se rongeait un ongle en contemplant la surface de la table, refusant de lever les yeux pendant que Kyle vérifiait le matériel d'enregistrement et que Gavin acceptait l'une des cartes de visite de l'avocat.

— Merci d'être venu si rapidement, maître Brackenridge, dit-il. Est-ce que vous avez eu suffisamment de temps pour vous entretenir avec votre client ?

— Oui, je vous remercie, détective Piper.

L'homme rapprocha les pans de sa veste pour contrer l'air froid de la climatisation que Kyle avait réglée à une température délibérément glaciale, et il prit son stylo, prêt à écrire.

Gavin lança l'enregistrement et répété l'avertissement d'usage, puis il s'adossa à sa chaise et attendit que Liam lève la tête. Le regard de l'homme était mauvais et il baissa rapidement les yeux à nouveau et se mordit la lèvre.

— Veuillez décliner votre identité pour l'enregistrement, dit Gavin.

— Liam Peyton, marmonna-t-il.

— Il va falloir parler plus fort.

— Liam Peyton.

— Très bien, Liam, commença Gavin en joignant les mains sur la table. Parlons de ce qui s'est passé dimanche dernier, lorsque vous, Dominic Bridger, Isaac Trimble et Dean Spencer avez décidé de voler une camionnette pour vous rendre dans une houblonnière appartenant à Justin et Cassandra Mallory. Quand est-ce que vous avez eu l'idée d'y aller ? C'était prévu plusieurs jours à l'avance, ou ça s'est fait à la dernière minute ?

— Je ne m'en souviens pas.

Liam renifla.

— Pourquoi la houblonnière ?

L'épaule gauche de Liam se souleva puis retomba.

— Je vous demande de parler pour l'enregistrement, s'il vous plaît.

— Je ne sais pas.

— Mais vous y étiez, Liam, n'est-ce pas ? Vous étiez quatre à voler une camionnette appartenant à Rex Trimble, dimanche dernier, et vous vous êtes ensuite rendus sur une aire de stationnement près de la ferme. Que s'est-il passé ensuite, Liam ?

Le jeune homme ferma les yeux et secoua la tête, le visage empreint de désespoir.

— Je crois que vous vous êtes disputés avec Dean, n'est-ce pas ? insista Gavin. Quelque chose s'est passé, et vous trois avez attendu d'être sûrs que personne ne regardait avant de le traîner hors de la camionnette, puis l'un de vous a découpé une clôture et vous avez traîné Dean de force à travers un champ de maïs avant d'atteindre un chemin de terre qui longeait le champ de houblon des Mallory. À ce moment-là, vous avez découpé la clôture et traîné Dean à l'intérieur. Est-ce qu'il s'est débattu tout le long du chemin ?

— Je ne sais pas.

— Je ne vous crois pas, dit Gavin en faisant glisser une photographie sur la table. Ça vous dirait de me dire pourquoi vous avez tué Dean Spencer et ensuite gravé ces symboles sur sa peau ?

Brackenridge se racla la gorge et détourna rapidement le regard, mais Liam cligna simplement des yeux, puis repoussa la photo.

— Je ne sais rien, dit-il.

— Après avoir tué Dean, vous êtes retournés tous les trois sur vos pas, puis vous avez décidé de conduire la camionnette dans un endroit isolé, où vous avez versé de l'essence à l'intérieur et vous y avez mis le feu, poursuivit Gavin. Pourquoi ? Que s'est-il passé dans la camionnette ? Est-ce là que vous avez maîtrisé Dean, ou est-ce que vous aviez commencé à le torturer alors qu'il était encore à l'intérieur ?

— Je ne l'ai pas tué, lâcha Liam en se penchant en

avant, si bien que ses postillons faillirent atteindre Gavin au visage.

L'enquêteur esquiva juste à temps et remercia Kyle pour le mouchoir en papier qu'il lui tendait. Après avoir essuyé l'épaule de sa veste, Gavin observa l'homme en face de lui et jeta le mouchoir sur le côté.

— Alors, qui l'a fait ?

Ouvrant le dossier qui contenait les preuves rassemblées jusqu'à présent, Gavin sortit la photographie que Kay avait trouvée dans l'appartement de Dean et pointa son doigt dessus.

— Vous étiez toujours proches tous les quatre, n'est-ce pas ?

Une seule larme perla de l'œil droit de Liam alors que son regard parcourait l'image, mais il ne dit rien.

— Qu'est-ce qui a changé, Liam ? insista Gavin. Qu'est-ce qui a si mal tourné entre vous quatre pour que Dean finisse suspendu au milieu des lianes de houblon des Mallory avant que vous ne preniez un couteau pour le dépecer alors qu'il était encore en vie ?

— Je… Je ne peux pas.

Le sanglot étranglé de Liam fut interrompu par un coup sec frappé à la porte de la salle d'interrogatoire et Gavin se retourna sur sa chaise tandis que Debbie passait la tête par l'entrebâillement.

— Désolée, il faut que je te parle de toute urgence, dit-elle.

Gavin fit signe à Kyle de suspendre l'interrogatoire et il suivit Debbie dans le couloir.

— Qu'est-ce qui ne va pas ?

— Tout va bien, dit-elle en lui adressant un sourire

crispé. J'ai de nouvelles preuves pour toi. Tu te souviens de l'agente qui s'occupe de vendre l'ancien pub ? Je lui ai couru après toute la foutue semaine pour qu'elle nous envoie les enregistrements de sécurité des caméras qu'ils ont un peu partout sur le site.

— Et alors ? dit Gavin en regardant par-dessus son épaule tandis que Kyle se glissait hors de la pièce et refermait la porte derrière lui, le visage plein d'attente.

Gavin porta un doigt à ses lèvres, puis se retourna vers Debbie.

— Vas-y.

En guise de réponse, elle brandit une photographie agrandie.

— Nadine a passé la dernière heure à éplucher les enregistrements et vient de trouver ça. Le pub a un projecteur puissant au-dessus de la porte qui éclaire la route, ce qui lui a un peu facilité la tâche. C'est un arrêt sur image, mais sur l'enregistrement, la camionnette passe à une vitesse assez considérable, en s'éloignant de la houblonnière.

Gavin la prit et l'inclina pour que Kyle puisse voir. Sur la photo, on pouvait voir l'image figée de la camionnette de Rex Trimble, avec le logo de l'entreprise clairement visible sur les flancs lambrissés.

Et, torse nu sur le siège du conducteur, se trouvait Liam Peyton.

— On le tient, murmura Gavin. Merci de t'en être occupée, Debs. Et remercie Nadine de ma part quand tu remonteras, tu veux bien ?

— Pas de problème.

Gavin et Kyle retournèrent dans la salle

d'interrogatoire et tandis que son collègue redémarrait le matériel d'enregistrement et notait l'heure, il observa Liam se tortiller sur sa chaise. L'homme était visiblement nerveux.

— Liam, dit-il en reposant ses dossiers et en plaçant la photo de la vidéosurveillance sur la table entre eux, pourquoi est-ce que vous fuyiez la ferme des Mallory à toute vitesse dimanche dernier dans la camionnette de Rex Trimble que vous aviez volée ? Était-ce parce que vous veniez d'assassiner Dean Spencer et que vous vouliez détruire toute preuve vous reliant à cet endroit ?

— Sans commentaire.

Gavin retira la photographie du bureau, referma le dossier, puis se pencha en avant.

— Maître Brackenridge, je vous suggère d'informer votre client de la précarité de sa situation actuelle car, quelle que soit la façon dont on envisage les choses, Liam, vous savez exactement ce qui s'est passé à la houblonnière des Mallory, et vous nous mentez. Votre avenir ne s'annonce pas très radieux en ce moment, n'est-ce pas ?

CHAPITRE 46

Lorsque Kay suivit Barnes à travers la porte de sécurité menant à la zone de garde à vue, elle aperçut Laura et Tim Wallace en pleine conversation avec Debbie devant la salle d'interrogatoire numéro un.

— Comment ça se passe là-dedans ? demanda-t-elle. Est-ce que Dominic nous a déjà donné quelque chose ?

— Ça ira mieux quand on lui aura mis ça sous le nez, dit Laura en brandissant l'image de la caméra de sécurité du pub abandonné. C'était une sacrée trouvaille, Debbie.

— Remercie Nadine quand tu la verras, dit l'agente en uniforme. Tu as eu une copie, chef ?

Kay montra le dossier qu'elle tenait à la main.

— Oui, ici même. Tu as parlé à Gavin ?

— Lui et Kyle viennent de retourner dans la salle numéro deux avec Liam.

— Ok, merci. Est-ce que des échantillons d'ADN ont été prélevés sur les trois suspects lors de leur enregistrement, comme je l'avais demandé ?

— Oui, chef, répondit Tim, et ils ont été envoyés par

coursier au laboratoire de Harriet pour analyse. Vu l'heure, nous n'aurons probablement pas les résultats avant demain.

— Eh bien, espérons que nous aurons des réponses d'ici là.

Elle jeta un coup d'œil à Barnes et désigna d'un signe de tête la salle suivante sur la droite.

— On s'y met ?

— Après toi.

— Très bien, bonne chance pour le vôtre, dit-elle à Laura et Tim. On se retrouve en haut après pour un débriefing.

En ouvrant la porte de la salle numéro cinq, elle vit Isaac Trimble et son avocat, un homme nommé Bernard Crossley, la tête penchée tandis qu'ils parlaient à voix basse. Ils se redressèrent lorsque la porte se referma et Kay vit une lueur de peur dans les yeux du jeune homme pendant que Barnes testait le matériel d'enregistrement, puis récitait la mise en garde formelle et procédait aux présentations.

Une fois cela fait, le silence s'installa dans la pièce tandis qu'elle contemplait Isaac de l'autre côté de la table.

Il n'était pas aussi beau que ses amis, c'était évident. On aurait dit qu'il s'était coupé en se rasant au cours des derniers jours ; il portait une entaille profonde sur la mâchoire qui avait formé une croûte, d'aspect irrité et douloureux. Ses yeux bleus étaient injectés de sang, peut-être par manque de sommeil, et des auréoles de sueur apparaissaient déjà sous ses bras malgré l'air frais qui ventilait la petite pièce.

Kay ouvrit le dossier.

— Parlez-moi de Dean Spencer, Isaac.

— Qu'est-ce que vous voulez savoir ?

— Vous vous connaissiez depuis longtemps ?

— Depuis l'école.

— Est-ce que vous diriez que vous étiez proches ?

— Je suppose que oui.

Kay fit glisser la photographie prise en Thaïlande vers Isaac.

— C'est vous qui l'avez prise ?

— Ouais… on s'était inscrits pour une randonnée de cinq jours loin de la ville.

— Vous pouvez confirmer les noms des deux autres hommes sur cette photo avec Dean ?

— Dominic Bridger et Liam Peyton.

— Et depuis combien de temps est-ce que vous les connaissez ?

— Depuis l'université.

— Et vous faites souvent des choses comme partir en vacances ensemble ?

Isaac haussa les épaules.

— De temps en temps. Plus tellement ces derniers temps à cause du travail.

— Mais diriez-vous que vous êtes proches ?

— Je suppose que oui.

— Qui a eu l'idée de visiter la houblonnière des Mallory pendant l'été ?

— Je ne sais pas. Je n'y suis pas allé.

Isaac se renversa sur sa chaise, un air suffisant dans les yeux.

— J'étais en vacances avec ma copine à ce moment-là.

— Et elle dirait la même chose, si je lui parlais, n'est-ce pas ?

— On a rompu le mois dernier, mais oui. Elle vous le dirait. On était à Chypre pendant une semaine. C'était un truc de dernière minute.

— Quand est-ce que vous avez vu Dean pour la dernière fois ?

Isaac fronça les sourcils.

— Samedi dernier, je crois.

— Où ça ?

— Je… je crois que c'était au supermarché.

— Au supermarché ?

Kay jeta un coup d'œil à Barnes, qui haussa un sourcil, puis regarda de nouveau Isaac.

— C'est là que les jeunes de vingt ans traînent de nos jours ? Ça n'a pas l'air très fun.

— Non, je veux dire que j'étais en train de faire des courses et je l'ai vu là-bas.

Isaac prit un air renfrogné et croisa les bras sur sa poitrine.

— Vous vous êtes disputé avec lui ? Vous vous êtes querellés pour quelque chose ?

— Non.

— Est-ce que vous étiez jaloux de lui ?

— Non, pourquoi ?

— Parce que j'essaie de comprendre pourquoi quelqu'un qui prétendait être le meilleur ami de Dean lui aurait fait ça.

Kay lança la photographie de Dean prise dans la houblonnière à Isaac et observa son expression tandis qu'il retournait d'abord l'image, avant de reculer devant ce qu'il voyait.

Elle se pencha plus près, ignorant le regard consterné de Crossley qui détournait les yeux.

— Dimanche dernier, vous avez volé une des camionnettes de votre père, Isaac. Vous, Dean, Dominic et Liam. Pourquoi ça ? Vous vous êtes disputé avec Dean et vous avez décidé de le tuer ?

— Non.

Il secoua la tête, son corps se balançant d'avant en arrière tandis qu'il portait une main à sa poitrine.

— Vous avez enlevé Dean, n'est-ce pas, Isaac ? Vous l'avez conduit sur cette aire de repos près de la ferme de houblon, vous avez traîné Dean à travers le champ de maïs et vous vous êtes frayé un chemin à travers la clôture avant de continuer sur le chemin cavalier et de passer une seconde clôture pour entrer dans la houblonnière des Mallory. Quelque part, l'un de vous n'a pas été assez prudent, et vous vous êtes accroché au fil de fer barbelé. C'est de là que vient cette vilaine griffure ?

Isaac leva les doigts vers sa mâchoire, puis se ravisa et laissa retomber sa main.

— Non.

— Vous vous souvenez du prélèvement ADN que nous vous avons fait en arrivant ? dit Barnes. Il est en cours d'analyse par notre équipe de la police scientifique.

Kay observa la pomme d'Adam d'Isaac monter et descendre dans sa gorge et de la sueur perler sur son front.

— Quand vous avez atteint la houblonnière, poursuivit-elle, vous avez assassiné Dean Spencer, n'est-ce pas ?

Isaac repoussa sa chaise et la pointa du doigt.

— Non ! Ce n'était pas moi. Tout ce que je sais, c'est que je… je me suis réveillé dans mon lit le lendemain, j'avais du sang et du vomi sur la poitrine et je ne portais que mes sous-vêtements. Je ne me souviens de rien. Quelqu'un d'autre a dû tuer Dean.

Kay retira sa main du bouton d'alarme sous la table tandis que Bernard Crossley raccompagnait son client à son siège et qu'Isaac enfouissait son visage dans ses mains. Puis elle se tourna lorsque quelqu'un frappa à la porte.

— Suspends l'interrogatoire, dit-elle à Barnes, puis elle ouvrit.

Gavin se tenait dehors, la mâchoire crispée.

Elle sortit dans le couloir et referma la porte.

— Qu'est-ce qui se passe ?

— Liam Peyton. Je pense que tu vas vouloir entendre ça, chef.

CHAPITRE 47

Kay remercia Kyle d'un signe de tête ; celui-ci se leva de sa chaise et lui indiqua de s'asseoir avant de se diriger vers la porte et de s'y adosser, les bras croisés sur la poitrine.

Une fois installée à côté de Gavin, il relança l'équipement d'enregistrement et annonça la date et l'heure, et elle regarda Liam Peyton de l'autre côté de la table.

Depuis le début de l'interrogatoire initial dans la salle voisine, il avait vomi sur le sol de la salle d'interrogatoire numéro deux et l'enquête s'était déplacée dans une pièce plus petite, habituellement utilisée pour interroger les mineurs. C'était Harry Davis qui avait dû nettoyer, mais le vieux sergent avait adressé un sourire stoïque à Kay lorsqu'elle était passée, et elle avait acquiescé en retour.

La pièce était différente de l'intérieur austère de celles utilisées pour les délinquants adultes. Des couleurs vives recouvraient les murs en plâtre et l'éclairage était plus doux, bien qu'il ne parvînt pas à dissimuler le teint blafard de Liam.

— Je crois savoir que vous avez quelque chose à me dire concernant la torture et le meurtre de Dean Spencer, dit-elle en gardant les mains posées sur la table pendant que Gavin ouvrait son carnet.

Liam hocha la tête, puis se pencha en avant en se souvenant de l'enregistrement.

— Oui.

— Continuez.

Le jeune homme regarda son avocat, Brackenridge lui fit un signe de tête sec, et il prit une profonde inspiration.

— Je ne pense pas qu'il avait l'intention de le tuer. C'était juste pour rire, c'est tout.

— Reprenez depuis le début, dit Kay. Qu'est-ce que vous faisiez tous les quatre sur la propriété des Mallory dimanche dernier ?

— Dean sortait avec cette fille, Ingrid, qu'il a rencontrée lors d'un voyage en Norvège l'année dernière, expliqua Liam, la voix tremblante. Il passait la plupart de ses week-ends là-bas, ou à Londres quand elle venait en avion. Il s'en sort bien, alors il peut se payer les vols quand il veut. Il nous a dit l'autre semaine qu'il allait la demander en mariage, mais qu'on devait garder le secret jusqu'à ce qu'il prévienne ses parents d'abord. Ils sont… ils étaient très proches et il ne la leur avait pas encore présentée parce qu'elle vit à Oslo. Apparemment, elle arrive en avion plus tard cette semaine.

— D'accord… dit Kay.

— Un ou deux jours plus tard, Isaac nous a appelés, Dominic et moi, et il a dit qu'on devrait fêter ça, juste nous quatre, parce que tout changerait une fois que Dean serait marié. Ça ne serait plus jamais pareil. En plus, il s'est dit qu'on pourrait faire une blague à Dean : le laisser quelque part pour qu'on le retrouve, un peu comme un enterrement de vie de garçon avant l'heure, c'est comme ça qu'il l'a présenté.

Liam fit une pause.

— Je pourrais avoir un verre d'eau, s'il vous plaît ?

Kyle se décolla du mur et sortit pour revenir quelques minutes plus tard avec une petite bouteille d'eau minérale qu'il ouvrit et posa sur la table.

— Merci.

Liam en but la moitié, puis s'essuya la bouche avec le dos de la main.

— C'était l'idée d'Isaac d'emprunter la camionnette de son père. Il l'aide de temps en temps là-bas, alors on n'y a pas vu de mal sur le moment. On… on était censés la ramener avant le matin.

Il essuya des larmes, puis renifla.

— Isaac… il a eu des problèmes par le passé, avec la drogue, je veux dire. Je crois qu'il était clean depuis un moment, mais de temps en temps… Dean avait adoré la ferme. Il nous avait dit que c'était là qu'il voulait que son mariage ait lieu, alors on s'est dit quelle meilleure façon de fêter ses fiançailles, pas vrai ?

Kay déglutit, la gorge nouée par l'émotion en l'écoutant, mais elle ne dit rien tandis que le stylo de Gavin grattait sur son carnet et que l'avocat gardait les yeux baissés sur son propre travail.

— On avait de l'alcool avec nous, continua Liam. On a bu quelques bières dans la camionnette en chemin ; on a dit à Dean qu'on allait piquer quelques pédalos sur le lac de Mote Park quand on est passés le prendre, donc le temps qu'on quitte la ville pour aller à la ferme, il avait déjà quelques canettes dans le nez et il n'a rien remarqué. Quand on l'a amené à l'aire de repos, c'était trop tard. On lui a sauté dessus. C'était encore drôle à ce moment-là ; il ne s'y attendait pas du tout. On l'a traîné à travers ce champ jusqu'à la houblonnière. Isaac s'est écorché le visage sur le barbelé et c'est là que je l'ai vu chanceler. Pas comme s'il avait bu, mais comme s'il était complètement défoncé.

Il s'arrêta, posa les coudes sur la table et mit son visage dans ses mains.

— J'aurais dû savoir que quelque chose n'allait pas à ce moment-là.

— Mais vous ne l'avez pas arrêté.

Liam secoua la tête.

— Dominic riait, Dean aussi, même s'il nous traitait de tous les noms pendant qu'on le suspendait. Tout ce qu'on allait faire, c'était prendre des photos. C'était juste censé être un peu de fun avant qu'il ne se fiance le week-end prochain.

Gavin arrêta d'écrire et leva les yeux.

— Quand est-ce que tout a mal tourné ?

— La drogue qu'Isaac avait prise à notre insu a dû lui monter à la tête. Je pense… il devait avoir des hallucinations. Dom et moi, on s'est un peu éloignés pour fumer un joint, et puis…

Liam s'interrompit et prit une autre gorgée d'eau hésitante.

— La première chose qui m'a fait comprendre que

quelque chose n'allait pas, c'est quand Dean a hurlé. On a couru et Isaac était là, avec un couteau de la boîte à outils de la camionnette. Je ne savais pas du tout qu'il l'avait apporté avec lui. Je pensais qu'il avait juste pris la pince pour couper le barbelé du champ. Il... oh mon Dieu. Il avait poignardé Dean avec. Il... il l'a juste éventré. Il y avait du sang partout et...

Liam s'interrompit et se mit à pleurer, ses sanglots remplissant la pièce.

Kay ressentait peu de pitié pour cet homme.

— Qui a eu l'idée de graver les symboles sur sa peau pour faire croire à une sorte de meurtre rituel ?

— Dominic, répondit-il, la voix chargée d'émotion. Il paniquait, nous paniquions tous les deux. Isaac était couvert de sang et après... après, il est resté là, accroupi par terre, à se balancer d'avant en arrière en marmonnant pour lui-même. Je me suis dit qu'il fallait qu'on le sorte de là, alors on l'a aidé à repasser à travers la clôture en direction de la camionnette. On l'a fait monter à l'arrière et on est partis. Je n'arrivais plus à réfléchir, Dominic n'arrêtait pas de répéter qu'il fallait se débarrasser de la camionnette, et puis on s'est rendu compte qu'on avait aussi le sang de Dean partout sur nous, là où on avait traîné Isaac. Je... Je ne suis fier de rien de tout ça. Mais j'ai dit à Dominic qu'il fallait mettre le feu à la camionnette avec tous nos vêtements à l'intérieur... et le couteau. Alors, c'est ce que nous avons fait.

— Comment êtes-vous rentrés après avoir mis le feu à la camionnette de Rex ? demanda Gavin.

Le corps de Liam se mit à trembler et il serra ses bras contre sa poitrine.

— On a marché… enfin, on a réussi à tituber tout en soutenant Isaac, il était encore complètement saoul, jusqu'à ce qu'on arrive à la périphérie de Marden. On a atteint la gare là-bas, et puis on a commandé un covoiturage et on a prétendu qu'on s'était laissé entraîner dans un gage idiot d'ivrognes. On a d'abord déposé Isaac, puis j'ai dit à Dom que c'était son tour. Je me suis dit que comme ça, je pourrais demander au chauffeur de s'arrêter au bout de ma rue pour que je puisse rentrer en douce sans que Maman et Papa ne remarquent rien.

— Vous n'avez pas dit à Isaac ce qu'il s'est passé cette nuit-là, n'est-ce pas ? dit Kay. Tout ce dont il se souvient, c'est de s'être réveillé en sous-vêtements, couvert de sang et de vomi. C'est pour ça qu'il ne s'attendait pas à être arrêté tout à l'heure.

— On ne savait pas comment le lui dire. Je veux dire, il a assassiné son meilleur ami. Qu'est-ce que vous lui diriez, vous ?

Kay regarda Gavin et lui fit un léger signe de tête.

— Vous auriez dû le dénoncer, dit-il en se tournant vers Liam. Vous auriez pu dire à quelqu'un ce qu'il s'était passé. Au lieu de ça, vous et Dominic avez choisi de mutiler le corps de Dean pour essayer de ralentir notre enquête en insinuant qu'un rituel satanique ou quelque chose de similaire avait eu lieu. Vous avez altéré des preuves, à la fois en gravant ces symboles dans sa peau, puis en brûlant tous vos vêtements et en incendiant la camionnette de Rex Trimble. La liste des infractions que vous trois avez commises dimanche soir dernier est l'une des pires que j'aie vues de toute ma carrière.

— Mais c'était la faute d'Isaac, insista Liam.

— Vous avez couvert un meurtre. Vous avez mutilé le corps de Dean. Vous avez délibérément détruit des preuves, dit Kay. Je vais laisser l'enquêteur Piper vous expliquer les charges qui vont être retenues contre vous.

Elle se leva de sa chaise, remercia Kyle d'un signe de tête alors qu'il lui ouvrait la porte et sortit dans le couloir.

En retournant conclure son interrogatoire avec Isaac, ses jambes vacillèrent et elle s'appuya contre le mur pour se stabiliser.

Fermant les yeux un instant, elle se demanda comment diable elle allait pouvoir annoncer à Rowan et Maggie Spencer ce qui était arrivé à leur fils unique.

Elle renifla, reprit contenance et redressa les épaules en regardant la salle d'interrogatoire suivante.

— Bon, Isaac Trimble, murmura-t-elle. À ton tour.

CHAPITRE 48

Deux heures plus tard, la salle des opérations était vide de tout personnel administratif, et les derniers agents en uniforme étaient partis peu après.

Dehors, la nuit était tombée, la pluie martelait les fenêtres et, de temps à autre, une rafale de vent venue de la Medway venait frapper la vitre. Quelqu'un de l'équipe de maintenance avait enfin mis la climatisation en mode chauffage, si bien qu'une douce chaleur se diffusait par les bouches d'aération du plafond, et la plupart des lumières avaient été éteintes, à l'exception de celles au-dessus du tableau blanc autour duquel Kay et son équipe d'enquêteurs étaient rassemblés.

Gavin avait dévalé la rue jusqu'à la supérette pour trouver des canettes de bière, et les cheveux de Kay étaient encore humides après la courte marche qu'elle avait faite pour aller chercher des pizzas pour tout le monde. Une fatigue s'insinuait jusqu'à ses os, mais en regardant les visages des autres, elle ressentit un immense sentiment de fierté.

— À Dean, dit-elle en levant sa canette de bière blonde.

— À Dean, scanda l'équipe en chœur, entrechoquant leurs canettes contre la sienne avant de boire.

— Merci pour la pizza, chef, dit Laura, avant de donner une tape sur la main de Gavin alors qu'il essayait de lui chiper la dernière part de celle au pepperoni. Trop lent.

Kay rit en voyant le regard noir de Gavin.

— De rien. Gav, il y en a une autre comme ça, ne t'en fais pas. Je me doutais que vous alliez vous la disputer, sinon.

Il lui fit un clin d'œil en réponse, puis distribua des parts supplémentaires à tout le monde.

— Quelqu'un a eu le temps de retrouver la petite amie de Dean ?

— J'ai parlé à sa mère, dit Kyle en s'essuyant les lèvres avec une serviette en papier. Ingrid est anéantie, comme tu peux l'imaginer. Sa mère m'a demandé de transmettre ses coordonnées à Maggie et Rowan Spencer. Elle a dit qu'Ingrid aimerait toujours les rencontrer, mais pas tout de suite.

— Tellement de gens ont souffert, murmura Kay, le regard perdu sur la moquette. À chaque fois, ce ne sont pas seulement les victimes. Ce sont tous ceux qui restent.

— Quelle est la priorité pour demain, chef ? demanda Barnes, la tirant de ses pensées mélancoliques. Tu veux que j'assure la liaison avec le ministère public si tu dois te rendre au siège ?

— Ce serait super, merci Ian. Laura, tu pourrais t'assurer avec Debbie que toutes les dépositions sont cataloguées et font référence aux preuves que nous avons rassemblées ?

— Entendu, chef.

— Kyle, j'aimerais que tu travailles avec Ian sur la liaison avec le ministère public, si tu peux. Ça te donnera un peu plus d'expérience dans ce domaine.

— Pas de problème, chef, répondit le jeune enquêteur. Et merci à vous tous de m'avoir laissé mener certains des interrogatoires sur cette affaire.

Gavin se pencha et cogna sa canette contre celle de Kyle.

— Tu as bien bossé.

— Toi aussi, Gav, en sachant que nous avions deux enquêtes sur les bras, et non une seule, lui dit Kay. Une fois la piste de l'empoisonnement écartée, il est devenu plus facile de trier les preuves que nous avions. On était dépassés avant ça.

— Je n'arrive toujours pas à croire que Dominic et Liam aient pensé que c'était une bonne idée de mutiler le corps de Dean, dit Laura en secouant la tête. Je veux dire, tout ce qu'ils avaient à faire, c'était de dénoncer Isaac et d'expliquer ce qui s'était passé, et maintenant…

— Maintenant, ils risquent des années de prison, termina Kay. D'ailleurs, beau travail pour avoir écarté Joseph Mallory de l'enquête. J'ai un moment cru qu'il pouvait être un suspect.

— Merci, chef, moi aussi, dit Laura, puis elle haussa les épaules. Mais je pense qu'il est juste aigri parce qu'il n'a plus le contrôle, et c'est probablement dû à l'ennui plus qu'à autre chose. C'est dommage.

— Tu as eu l'occasion de parler aux Mallory, Kay ? demanda Barnes.

— J'ai passé un rapide coup de fil à Justin pendant que j'attendais ça, répondit Kay. Et je lui ai assuré qu'un communiqué serait transmis aux médias à temps pour le journal du soir de demain, afin que le public sache que personne à la ferme n'a été impliqué dans le meurtre de Dean.

— Tu penses qu'ils vont continuer les visites de la houblonnière ? demanda Kyle.

— J'en doute. Tu imagines le genre de personnes qui viendraient juste pour voir l'endroit où Dean a été tué.

Kay frissonna.

— Justin pense aussi que c'est mieux d'arrêter, et pour être honnête, je suis plutôt d'accord avec lui. Il a dit cependant que la nouvelle variété de plants est prometteuse, alors espérons que ça les aidera à rester rentables.

Barnes regarda les fenêtres assombries alors qu'une nouvelle rafale de vent projetait des gouttes de pluie sur la vitre.

— On dirait qu'ils ont tout récolté juste à temps, en plus.

— C'est clair. Bon, alors, qui va à la fête de départ en retraite de Harry samedi ?

Kay écouta ses enquêteurs partager leurs projets pour la célébration à venir, souriant en entendant Gavin et Barnes discuter des farces qu'ils pourraient tenter avant que l'agent en uniforme respecté, qui avait joué un si grand rôle dans leur vie au poste de police, ne franchisse la porte pour la dernière fois, puis elle rit en voyant Laura les réprimander.

Bientôt, les bières furent finies, la pizza mangée, et ils commencèrent à ramasser les boîtes vides, les canettes et les serviettes abandonnées pour le personnel de nettoyage avant de regagner leurs bureaux.

— Bien, dit Kay. Vous commencez tard demain, vu les heures que vous avez faites, alors je ne veux voir personne avant neuf heures, compris ?

— Merci, chef, dit Gavin, puis il fronça les sourcils en ramassant son sac à dos et en la voyant s'asseoir devant son écran d'ordinateur. Mais… tu ne rentres pas maintenant ?

Kyle et Laura s'arrêtèrent sur le pas de la porte, le visage plein d'attente.

— J'arrive tout de suite, dit Kay en leur faisant signe de partir. Mais je dois d'abord passer un coup de fil.

Barnes attendit que les autres soient partis, puis il la regarda.

— J'espère que ça se passera le mieux possible, vu les circonstances, chef.

— Merci, Ian. À demain.

— Absolument.

Kay attendit que la porte de la salle des opérations se referme derrière lui, puis elle attrapa ses clés de voiture et prit une profonde inspiration avant de partir annoncer à Maggie et Rowan Spencer ce qui était arrivé à leur fils unique.

CHAPITRE 49

Samedi

— Le covoiturage est là.

La voix d'Adam monta les escaliers jusqu'à la chambre où Kay, les dents serrées, se regardait dans le miroir de l'armoire tout en faisant passer une boucle d'oreille en argent dans un lobe qui n'avait pas vu de bijou depuis six mois.

— J'en ai pour deux minutes.

— C'est ce que tu as dit il y a cinq minutes.

— Le chauffeur est en avance.

Un rire lui parvint.

— Oui, il est en avance.

— Ah, fit-elle, la boucle d'oreille enfin en place.

Elle tourna la tête d'un côté et de l'autre, admirant les fils d'argent qui pendaient au-delà de sa mâchoire.

— Alors, ça me laisse un peu de marge.

— On va être en retard.

— Ça va aller, dit-elle en attrapant son sac et une paire de chaussures à talons.

Elle descendit et trouva Adam en train de faire les cent pas dans le salon. Elle lui tendit son sac tout en se tenant en équilibre sur un pied, puis sur l'autre, et elle jeta un œil au panier du chien dans un coin.

— Poppy va s'en sortir toute seule pendant quelques heures ?

— Elle va très bien s'en sortir.

Adam s'accroupit et frotta le poil de la chienne entre ses oreilles.

— Hein ? Pas de grosses fêtes pendant qu'on n'est pas là, d'accord ?

La langue de Poppy pendait d'une manière qui donnait l'impression qu'elle souriait et Kay éclata de rire.

— On va sûrement rentrer et découvrir qu'elle a saccagé la cuisine, connaissant les labradors.

— Ne t'inquiète pas, j'ai fermé la porte.

Adam se releva et lui rendit son sac.

— Tu es ravissante.

— Merci, tu n'es pas mal non plus quand tu te mets sur ton trente-et-un.

Elle l'embrassa.

— Allons-y.

Vingt minutes plus tard, leur chauffeur s'arrêta devant une salle des fêtes à la périphérie de Maidstone, qui avait été décorée de guirlandes et de ballons autour de ses doubles portes en bois. Plusieurs voitures étaient garées sur le gravier et les talons de Kay crissaient sur les petits cailloux tandis qu'elle et Adam traversaient.

De la musique s'échappait de l'intérieur, un mélange d'ancien et de nouveau, avec la voix d'un DJ qui entrecoupait les morceaux, assourdie par les murs épais du bâtiment. De temps à autre, la porte s'ouvrait lorsqu'une personne quittait la fête pour aller fumer une cigarette à l'autre bout du parking, et une odeur de nourriture flottait dans la brise nocturne.

— Bonsoir, chef.

Elle se tourna et vit Barnes marcher vers elle, sa compagne Pia lui tenant la main tandis qu'elle arpentait élégamment l'allée sur des talons de huit centimètres.

— Je ne sais pas comment tu fais.

— L'entraînement, répondit Pia, avant de la serrer dans ses bras. J'ai entendu dire que ces deux dernières semaines ont été difficiles.

— On va s'en remettre.

Kay sourit.

— Et puis, c'était quelque chose d'aller au quartier général et de voir la déception sur le visage de l'autre inspecteur principal quand il a compris qu'il n'aurait pas l'occasion d'auditer notre enquête. L'examen est difficile, mais nécessaire. J'aurais pu mieux faire.

— N'importe quoi, lâcha Barnes.

— C'est juste de la politique, Ian, rien de plus. C'est simplement mon tour.

— Encore une fois.

— Est-ce que vous parlez boulot ou est-ce qu'on va faire la fête ce soir ? lança Gavin.

Kay se tourna pour le voir, ainsi que Leanne, qui attendaient près de la porte de la salle, et elle leva la main pour les saluer.

— On fait la fête.

— Tant mieux, parce que je sens la bouffe d'ici et je meurs de faim.

Ils rirent, puis Gavin ouvrit la porte à Leanne et sourit à Kay alors qu'elle passait à côté de lui.

— Ça fait trop longtemps qu'on ne s'est pas lâchés, chef.

— Je sais. Dommage que ce soit dans ces circonstances, cela dit. Harry va me manquer.

— Kay ! beugla une voix familière dès qu'elle entra dans la salle. Tu es venue. Je pensais que tu serais encore à ton bureau.

Elle regarda sur sa gauche et vit le commandant divisionnaire Devon Sharp se diriger vers elle, sa femme Rebecca souriant un peu plus loin.

— N'y pense même pas. Je prends une soirée de repos bien méritée.

— Bien. Kyle et Laura sont dans le coin.

Sharp tendit le cou au-dessus de la foule.

— Tu as rencontré le nouveau petit ami de Laura ?

— Non… Je ne savais pas qu'elle voyait quelqu'un.

— Il a l'air correct par rapport au dernier.

— Devon, chut, le réprimanda Rebecca. On pourrait croire que—

Sharp l'interrompit avec un sourire, puis il se tourna vers Kay et Adam et leur tendit à chacun un jeton en plastique bleu.

— Bon, le bar est ouvert. Le premier verre est pour moi et la nourriture est par là… bon, d'accord, on dirait que Gavin l'a déjà trouvée. On attend juste que deux ou trois autres personnes arrivent, et ensuite je vais nous mettre dans l'embarras, Harry et moi, en faisant un petit discours.

— On met ça où ? demanda Adam en brandissant le

cadeau emballé qu'ils avaient apporté pour l'officier qui partait à la retraite.

— Il y a une table pour ça près du buffet. Tu vas la trouver. On dirait un fichu sapin de Noël, dit Sharp, puis il se retourna en entendant son nom. On dirait que je dois encore aller me mêler à la foule. À tout à l'heure.

Kay sourit en le regardant s'éloigner avec sa femme, puis elle balaya la foule du regard jusqu'à apercevoir Harry. Elle serra la main d'Adam.

— Tu m'accordes une minute ?

— Bien sûr. Je vais aller déposer ce cadeau avec les autres.

— Merci.

En zigzaguant entre ses collègues et plusieurs officiers qu'elle reconnaissait d'autres services de la division ouest de la police du Kent, ainsi que les membres de leurs familles qui s'étaient joints à la fête, Kay atteignit Harry au moment où un autre inspecteur principal partait. Elle sourit et accepta le verre de vin que le sergent partant à la retraite lui tendait, trinquant avec sa pinte de bière.

Il avait l'air détendu en jean et polo bleu pâle, et certaines des rides qui avaient marqué ses traits ces dernières années semblaient s'être déjà estompées depuis qu'il avait quitté le commissariat pour la dernière fois, trois jours plus tôt.

— À ta santé, dit-elle en élevant la voix pour couvrir le brouhaha. Et avant que Sharp ne me grille la politesse avec son discours, je voulais te dire que je n'aurais vraiment pas pu faire tout ce que j'ai fait sans toi, Harry.

Il sourit.

— Merci, Kay. Et tu as fait beaucoup de chemin depuis que je t'ai connue, quand tu nous as rejoints en tant que stagiaire de Tonbridge. Je savais que tu t'en sortirais. Je le voyais, même à l'époque.

— Ah, tu me flattes, dit Kay en rougissant. Toi et moi savons très bien que c'est un travail d'équipe.

Son regard se perdit sur les gens dans la pièce.

— Et c'est une bonne équipe, n'est-ce pas ?

— Tu vas tous nous manquer, Harry.

— Attention, dit-il en lui faisant un clin d'œil. Ça va être assez difficile comme ça de faire mon discours sans que tu me fasses craquer avant l'heure. Je pense que je serai en vrac d'ici la fin de la soirée de toute façon. Et je n'aurai certainement plus beaucoup de voix demain matin.

Kay rit.

— Oh, ça va aller. Quand est-ce que tu pars en vacances ?

— Dans deux semaines. Madame veut d'abord passer du temps avec de la famille éloignée qu'on n'a pas réussi à voir cet été, et je veux tâter le terrain pour du travail de consultant indépendant, histoire d'avoir quelque chose à faire à notre retour.

— Eh bien, tu as mon numéro, alors dès que tu as besoin de moi, tu m'appelles, compris ?

— Ça marche. Et merci encore, Kay. Ça a été un plaisir.

— Pareillement.

Kay regarda autour d'elle.

— Bon, je ferais mieux d'aller retrouver Adam et de lui apporter une bière. Je te vois plus tard.

Elle repéra Adam qui discutait avec Aaron Stewart dans un coin de la salle et elle commença à se faufiler entre les gens pour le rejoindre, puis elle sentit quelqu'un lui attraper le bras.

— Tu as une minute ? demanda Barnes à voix basse.

— Bien sûr. Qu'est-ce qui ne va pas ?

Elle le suivit à travers la salle des fêtes jusqu'à une scène à l'autre bout, dissimulée par un rideau ne laissant voir que les panneaux de bois avant de l'estrade, et elle posa son verre de vin à côté d'une rangée d'assiettes vides laissées par d'autres invités. Barnes s'appuya contre la scène et observa les festivités d'un air songeur.

— Qu'est-ce qui se passe, Ian ?

— Je voulais juste te le dire pour que tu ne l'apprennes pas par quelqu'un d'autre, dit-il. Le quartier général m'a contacté il y a trois semaines. Enfin, le service du personnel pour être précis.

— Il y a un problème ? Tu vas bien ?

— Je vais bien, ne t'inquiète pas. En pleine forme.

— Alors, que-ce qu'ils voulaient ?

Pour toute réponse, Barnes fit un signe de tête en direction de Harry, qui était entouré de quatre autres collègues, son rire se propageant à travers la foule.

— La même chose que ce qu'ils viennent de lui faire.

Kay en resta bouche bée.

— Tu ne pars pas à la retraite quand même ?

— Ne t'inquiète pas, je ne pars pas de sitôt. La lettre disait juste que si je le souhaitais, j'avais droit à une retraite anticipée.

— Qu'en pense Pia ?

— Elle pense qu'ils contactent juste plusieurs d'entre

nous pour voir si quelqu'un acceptera de prendre l'argent et de filer. J'ignore la demande, mais à un moment donné, ils vont vouloir se débarrasser de moi pour faire de la place à du sang neuf.

Il fit un clin d'œil, puis désigna Gavin qui se tenait un verre dans une main et un canapé dans l'autre, les sourcils froncés de concentration tandis qu'il écoutait un autre sergent raconter une histoire.

— Mais pas de panique, tu as un bon remplaçant pour moi juste là.

Kay suivit son regard et fronça les sourcils.

— Je ne veux pas de remplaçant, Ian. Et je ne veux pas que tu partes où que ce soit avant un long moment, tu comprends ? Nous n'aurions pas résolu le meurtre de Dean sans vous deux, et je l'ai dit très clairement au quartier général, alors ils peuvent aller se faire voir s'ils pensent pouvoir te pousser à démissionner.

— Ok, ok.

Barnes leva les mains et rit.

— J'ai compris le message. Comme je te l'ai dit, pour l'instant, ils ne font que proposer. D'ailleurs, à un moment donné, tu vas bien devoir promouvoir Gavin, n'est-ce pas ? Le temps presse en ce qui le concerne. On se l'est déjà dit : s'il n'obtient pas cette promotion au poste d'inspecteur ici, il va se barrer. Pas par manque de loyauté, Kay, mais par nécessité.

— Je sais, dit-elle. Et j'ai déjà dit à Sharp que je voulais deux inspecteurs dans mon équipe, surtout qu'il y a une ou deux personnes qui feraient de bons candidats pour des postes de détectives stagiaires au cours des douze prochains mois.

— Ah bon ? Tu as quelqu'un en tête ?

Kay sourit, posa la main sur le bras de Barnes et le guida vers le bar.

— Paie-moi un autre verre de vin et je te le dirai peut-être.

FIN

BIOGRAPHIE DE L'AUTEUR

Rachel Amphlett est l'auteure de romans policiers et de thrillers d'espionnage les plus vendus par USA Today, et la plupart de ses livres ont été traduits dans le monde entier.

Ses romans sont disponibles en format numérique, en version imprimée et en livres audio dans les bibliothèques et chez les détaillants, ainsi que sur son site web.

Grande voyageuse et détective privée par accident, Rachel possède les nationalités australienne et britannique.

Pour en savoir plus sur les livres de Rachel, rendez-vous à l'adresse suivante : www.rachelamphlett.com.